台湾的读者朋友们
大家好！

作为本书的作者
能以这样的方式
和大家见面，
十分荣幸！
也希望大家能
喜欢本书。

梁清散.

新新日報館
機械崛起
梁清散 著
瑞昇文化

獻給

怕給我添麻煩一直等著我截稿之後才悄然離去的老黑貓

目錄

From *The New Daily News*

MECHANICAL WONDERS

序章：廣播

吳淞口過後，就是燈火通明的黃浦灘。

光緒三十二年（1906年）初，上海黃浦灘已經是電氣路燈照耀下的世界。在寬闊的沿江街道上，隔不多遠就是一根烏黑的燈桿，燈桿上懸掛著的就是白瓷罩子裡的電燈。這樣的電氣路燈，要比幾年前才剛剛換上的自來火燈要明亮許多。一邊是萬國建築群的高樓廣廈，一邊是江邊大小碼頭擠滿了洋人的蒸汽輪船。

而與外黃浦灘的明亮形成鮮明對比的，除了入夜後便漆黑一片的黃浦江以外，里黃浦灘，也就是浦東陸家嘴一邊，同樣烏漆墨黑，看上去杳無人煙。

不過，實際上在浦西的地界已經變得寸土寸金的時代，洋人們紛紛把目光都投向了黃浦江的對岸。陸家嘴的近幾年，工廠已然如冒了頭的筍一樣迅猛地長了出來。造船廠、煉銅煉鐵廠、菸草廠、紡織廠日益占領這片新的土地。碼頭自然也搭建了不少，雖然沒有外黃浦灘那邊那樣擁擠，卻也是停靠了不少貨輪。

浦東還沒有浦西的照明系統，一入夜便是一片漆黑……

「你還有一分鐘的時間。」

一艘已經熄火停靠在碼頭的英國明輪蒸汽船的最底層動力艙中，有什麼人在低聲對話。

「知道了。」被催促的人也低聲回復，聲音雖然也儘量壓低，但還是能聽出被催得開始鬧情緒了，「別拿洋人的計時方法來催我。」

這個鬧情緒的，聽起來不過是十歲左右的小男孩的聲音。

「哦？你拆的輪船零件，也都是洋人的玩意兒。」催促的人明顯不是真的著急，而只是為了揶揄一下那個小男孩，「還有四十五秒。巡邏的人應該已經下到最底層了。」

「別催了！」小男孩的聲音因為著急而變得有些尖厲，同時還可以聽到有扳手扭動螺母的聲音，並不勻速，忽快忽慢。

「三十秒。」

扭動螺母的聲音變得更慌亂了些。

「二十秒。」

「不行！你這個扳手太難用了！」

「十秒。」

和螺母的聲音相伴隨的，有逐漸靠近的腳步聲。

「五秒。」

只剩下了靠近的腳步聲。

「撤。」

聲音極低，根本不容小男孩抗議，這個男人一把就將骨瘦如柴的小男孩提了起來，夾在了腋下。一側身，從近在咫尺的夜巡人員燈光邊緣消失了。

直到男人夾著那個小男孩從甲板一躍而起，在輪船的巨大明輪邊飛過，落到碼頭的木板上之後，才把小男孩放到地上。兩人又沿著陰影向遠處走了一段距離，小男孩才終於嘀咕起來，顯然是對兩手空空的結局表示不滿。

「還是不行呀，疏於練習了吧。」

「都怪你的扳手。」

那個男人倒是沒多說什麼，輕輕拍了一下小男孩的後腦勺，走到了前面。

浦東陸家嘴一帶已經建起了不少的工廠，然而由於沒有特別好地規劃，使得各家工廠圍牆外的路變得崎嶇狹窄。

兩個人並沒有打算離開荒僻的浦東陸家嘴，而是越走越深。沒有路燈，到了夜晚，全憑黑夜裡的眼力行走。不過，看起來他們對這條路實在太過熟悉，就算摸黑也不會走錯。東轉西繞，很快就到了中心地段——外國墳山，也就是洋人所造的公墓。

公墓也有圍牆，從外面只能看到建在公墓裡高高在上樣貌陰森的哥特式天主教堂。兩人沿著公墓的圍牆繼續走，完全繞過外國墳山，再走不遠，就到了一座孤零零的三層樓高的坡頂廠房前，廠房的後面再沒什麼工廠，只是一片樹林。

這個廠房，就算是一大一小兩個人的住所了。

小男孩直接推開廠房大門，頭也不回地進去了，看上去還是在賭氣。

而那個男人並沒有直接跟進去，先是抬頭看了看廠房屋頂。那裡有一個傘骨樣子的金屬網，傘把兒一樣的探頭指向浦西的上空。他看到探頭沒有變過角度，而廠房異常高聳的煙囪也冒著滾滾黑煙，這才放下心似的進到廠房裡。

一進廠房門，撲面而來的是一股和陰冷的上海冬季極不相稱的帶有硫黃味的熱氣。在廠房裡，與大門正對的是個有一層樓高的烏黑鍋爐。爐門已經被剛才進去的小男孩給打開，整間廠房裡唯有敞開的爐門照著一片暗紅的光。

而那個小男孩早已脫掉了上衣，光著膀子站在那裡，乾瘦的身影映著紅光，悶頭向鍋爐裡鏟煤。

「行了，別鬧彆扭了，幫我把這個箱子搬到車上來，今晚我得把它送到一個朋友那兒去。這東西的試驗該開始了。」男人知道這孩子還是在因為剛才去拆洋人的船一無所獲而鬧著脾氣，但他也懶得搭理這個正處在叛逆期的孩子。

而被那個男人稱為朋友的人，在此時卻還根本不知道自己已然如此被推動著，正一步步走向時代巨浪的頂端。

9　新新日報館 機械崛起

From *The New Daily News*

MECHANICAL WONDERS

新新日報館：機械崛起

第一話・人偶

梁啟一直很苦惱。

很多人以為他是梁啟超，他只好一次次地解釋。

特別是在光緒三十一年（1905年）底，他從日本留學歸來，竟也到了上海，去了家報館，做了編輯兼撰稿工作。這樣一來，更是被同事們拿他的名字開涮。不過，玩笑歸玩笑，不予理睬也就罷了，偏偏報館的經理（類似於如今的報社社長一職）把他的名字當了真：「你看，你不能辜負了自己名字裡有梁任公名中兩字之多的厚望。」所以，雖然是剛剛入職的小輩，竟要每天承擔起日報一半的版面新聞。

報館叫作新新日報館，光緒三十一年初才剛剛開辦起來的新報，名不見經傳，銷量也不怎麼樣。偶爾有空在街頭巷尾的零售點看看，大多時候也只能看到《申報》、《新聞報》、《時報》這些響噹噹的大報，自己的報紙則鮮有可見。報館的經理倒是毫不在意，並且總是跟編輯啦、主筆啦等人說「慢慢來，我們做的是態度」之類的話。不過，態度到底是什麼樣的態度，梁啟同樣不會在乎，他有他自己做新聞的態度。

既然找到了工作，梁啟也就租住在了租界內，一棟臨街英式住宅樓二層的一間，房間不大，但通風不錯，還算滿意。而一身行頭倒也好辦，配好一副偽裝用的圓框平光眼鏡，穿上一身西裝，戴上頂軟趴趴的鴨舌帽，多少像那麼回事了。

一切都如梁啟所願地安頓好了，各方面似乎都順風順水，但唯獨工作實在太忙。

每天必須出兩篇本埠新聞、兩篇外埠新聞，有時候還需要幫助翻譯西文的先生一起從《字林西報》裡偷偷翻譯轉載幾篇西文新聞中關於中國的新聞。雖然要聞啦、時評啦，都不會讓自己這樣的小輩來做，但那些現有的內容已經壓得梁啟喘不上氣來，總是熬通宵來趕稿，即便過年也不休息。況且所謂的年味兒，在上海的公共租界區本就是相當淡薄的，又是在報館，更是只有工作了。忙忙碌碌竟也就進入了光緒三十二年。

一日晚間，同事們早早收工，就像洋人們一樣按時下了班，梁啟卻獨自守在一盞筆筒一樣細長的煤氣燈前，凍得縮手縮腳，啃著筆桿發呆。本埠觀察員又遲遲不來，恐怕這一日的本埠新聞還要自己來編不可了。看著太陽完全落山，街巷外望平街上的電氣路燈也都亮起，氣得梁啟在報館裡跺腳。

忽然聽到有登樓梯的腳步聲。

以為是觀察員終於良心發現送來些什麼消息，管他是誰家丟了阿貓阿狗，還是誰家丟了阿婆阿公，寫上去就好。可惜藉著煤氣燈的光看到走進屋來的根本就不是那個該死的觀察員，而是一身短打扮的精瘦男人。

「啊?!」梁啟看到這個人不禁有點吃驚。

倒不是說這個男人跟自己是什麼仇家，或者說是他昔日的好友。這個男人是個俠士，到底叫什麼名字誰也不知道，梁啟在南京讀水師學堂時，他總是跑來也不上課也不搗亂地在院子裡練劍。梁啟問他怎麼想的，他卻說覺得梁啟的名字逗，便給自己起了個新名叫譚四，從此二人成了朋友。

「別這麼一驚一乍，看了報紙就知道你回國了。」譚四隨手從旁邊的桌上抓起一張前幾日的報紙，好似是自己剛買了認真閱讀了一樣。

「所以，你也知道我現在是真的編不出新聞來了?」

「自然。」

「……」自己編的新聞到底是有多不接地氣呢，梁啟不禁更加沮喪。

「去你家看看如何?」

「這麼晚……」

「我是說剛好有東西要搬到你家去寄放幾天。」

「可是我這稿子還沒……」

「婆婆媽媽的，煩死了!」

這傢伙果然不是來敘舊的。

無奈之下，梁啟只好跟著譚四離開了報館，一邊繼續絞盡腦汁地構思著當天的本埠新聞，一邊跟在譚四的身後像是要去他家一樣地往自己家的方向快步走去。

這傢伙的辮子還是那個樣子，根本沒好好打理過，像是擰了幾股的馬尾巴……

到了自己租住的公寓樓下，發現門口圍了不少人。

是有什麼突發新聞？梁啟剛要激動地趕過去打聽，就見譚四搶先一步把那些人像趕蒼蠅一樣地轟散了。人群散開，倒能看見他們在圍著看的東西：一個極為可疑的大木箱子鎖在了公寓大門前的鐵柵欄上。

「過來搭把手，先抬上去。」譚四打開了鐵鍊鎖。

「天！這麼沉！」

隨後兩個人無聲地抬著木箱上樓。

終於，在沒有引起房東先生懷疑的情況下，兩人把大木箱搬進了梁啟的房間。雖然才過了年，天氣陰冷得很，但梁啟還是冒了一頭的汗。好久沒有幹過這種強度的體力活兒了。

沒等梁啟緩過氣來問譚四，譚四反倒先發話了。

「說是來找你，結果好幾天都不在家。乾脆把東西先運過來，然後去報館叫你。」

「你……你怎麼知道我住在這兒？」

譚四撇了撇嘴，用右手食指敲了敲自己的腦殼，懶得回答梁啟。

「看看報紙就知道你在報館寫稿有多痛苦了。兄弟我來解救你於苦海，幫你在家裡完成稿子。」

近幾年電氣在上海逐漸普及，自來火也就是煤氣的價格也還是降不下來。對梁啟來說，電自然用不起，自來火也負擔不起，所以這間屋裡只有盞比蠟燭稍亮一些的豆油燈，用來照明。懂得些西醫常識的梁啟實在不想毀壞自己的視力，因此在這樣的光線下，他是堅決不寫稿的。

譚四自然看得出梁啟的意思。不多說，拍了拍大木箱。

「靠這個玩意兒來搞定。」

什麼東西？難不成是個可以隔空取電的電燈？

梁啟不禁看了看自己的書桌，那盞棗核形燈座扣著個油乎乎胖肚子玻璃燈罩的豆油燈，只是有氣無力地亮著微弱的火苗，房間裡影影綽綽的。

譚四把木箱打開。梁啟探頭去看，昏暗光線下正看見一雙直勾勾盯著外面的眼睛。著實嚇了梁啟一跳。不過，當譚四把箱子裡的東西搬出來以後，梁啟也就看出那是個什麼東西。

「只是個寫字人鐘而已。」

對好友視為稀罕玩意兒的這個東西，梁啟多少有些不屑。自從認識譚四以來，就知道這傢伙很是聰明，眼界也開闊，但自己好歹也是從日本留學回來的人，親眼見識到的西洋奇器早已超出了這東西的水平。隨後，又覺得譚四可憐了。好好的人才，只是因為沒有出國的機會，已經開始要被時代拋棄了嗎？

可是譚四也同樣一臉的不屑。

要說不一樣，倒也有之。這個被譚四小心翼翼從大木箱裡抬出來的人偶，個頭可是大得有點嚇人。梁啟在東京見過的寫字人鐘，多是自鳴鐘大小，也有更小一些的，但從未見過與人身高相當的。

譚四把人偶搬出擺到一邊後，梁啟提起燈走近來看。

結構上倒是和寫字人鐘差不多。人偶穿著暗紅色帶花邊的大領子洋服，圓圓的腦袋上頂著金褐色的自來卷頭髮，裸露在外的臉、手、腿全由木製，做工雕琢都算得上精細，眼睛雖然沒有什麼神，但貼有睫毛，還可以轉動。這不稀奇，梁啟見過的更有整個頭部以及眼珠都可以與手同步轉動的，只要連到同一個軸上，並且有足夠的動力即可實現。

再轉到人偶的背面來看。和絕大多數寫字人鐘一樣，人偶的背面是敞開的，內部的機械元件大體可以看見一二。在昏黃的豆油燈光下，看到元件都很精緻，橫橫豎豎、錯落有致的金紅色銅件，銅軸粗細各異，撥片和大小軸承弧線清晰，充滿了西方的科學美感。看來也的確有令梁啟驚訝的地方。怪不得會這麼大個兒，原來它的內部有三個縱向凸輪組，每一組又是三根凸輪。一般來說只需一組，就可以寫出不少句子而非單字了，這裡面竟有三組。另外一點不大相同的地方是，在人偶的尾部，並沒有通常該有的可以選擇書寫內容的字母或者漢字輪盤，而是又一組複雜的齒輪組件。並沒有更深的機械知識的梁啟，能看得懂的恐怕只是這個組件最外端有三個方向的斜齒輪，就像真的有條尾巴一樣。

看來是要繼續安裝其他部件了。

「喂！過來搭把手，把窗子前面收拾收拾。」

只見譚四搬了個小煤爐一樣的東西到窗邊，正在架煙囪。

「房東不許在屋裡生火的。」

「不會有煙，只是防止一氧化碳中毒。而且，我搬這個東西過來，一是為了給你解燃眉之急，二是也需要有個試驗過程。就算咱兄弟倆互助了，將就將就，瞞著房東讓這傢伙工作工作可好？」

話都說到這份兒上了，梁啟也不好反駁，只好和譚四一起把窗前的廢紙閒書都堆到了另外一邊，將小煤爐在窗下架好，伸出小小的煙囪到窗外。

架好煤爐之後，又和譚四從木箱中搬出四個方方正正的小木箱，垂直於窗子按照某種只有譚四知道的順序擺成一個凸字形。

在擺放的過程中，梁啟有一搭沒一搭地問起了譚四的近況。聊起來之後才知道在自己留學的幾年裡，譚四也一點沒有荒廢時間。雖然沒有出國，但也不知是在哪兒學了外語，不僅日語了得，英語、德語也都很是精通。語言沒有障礙後，譚四就開始博覽群書，從那個舞槍弄劍的俠士搖身一變成了懂得科學的新人。

凸字形方陣已經擺好後，兩人便把人偶小心地搬到了比中間的高度略低一點的木箱上。位置調整合適後，譚四分別把另外三個木箱朝向人偶方向的一個小門打開，剛才被梁啟認為的人偶的尾巴，咔咔幾聲便扣了進去。再把梁啟的書桌挪到人偶面前。此時，這個張大著眼睛、手握毛筆的人偶，還真像是煞有介事了。

隨後是將煤爐和三個木箱上預留的洞口用銅管連接到一起，譚四用梁啟看著新鮮的活動扳手將所有螺口一一擰緊。

「沒辦法，猜到你這裡沒通自來火，通電更不可能，所以只好用蒸汽機了。」

「這個？」梁啟指著那個黑乎乎的小煤爐問。

「功率低很多，但總比發條要強。」

「可是這玩意兒……」

正想問這麼個怪模怪樣的大型寫字人鐘到底和自己編不出來的新聞有什麼關係的時候，譚四已經將梁啟留著晚上洗臉擦身的水統統灌進了蒸汽機裡。擰上水箱的蓋子，點燃了引燃紙塞進原本就有木柴和煤塊的燃料艙中。

過不多久，水溫上升，人偶身旁品字形擺放的三個木箱都發出了咔嗒咔嗒的齒輪咬合聲。

再過了一會兒，水應該是開始沸騰了，三個木箱聽起來完全進入了工作狀態。

「去拿紙，再給毛筆蘸點墨。這個寫字機器人太大了，不會自動蘸墨。」

按照譚四的吩咐，處理好後，兩人就都直勾勾地盯著筆尖了。

且聽咔嗒咔嗒聲之後，似乎是什麼小珠突然快速滾動起來的聲音，同時是疑似輪盤的東西旋轉的聲音，一連串不明所以的聲音之後，人偶的手動了起來，毛筆尖落到紙上，字寫了出來，而同樣的聲音又從另外一個木箱中傳出。就這樣，人偶寫寫停停，竟是把一張紙都寫滿了字。隨後，譚四按下蒸汽機上的一個閥門，人偶在逐漸緩速下來的齒輪咬合聲中停了筆。

梁啟立刻把那張紙拿過來看，字跡略失風骨卻也不難看，工工整整。

這不稀奇，但看著文字梁啟還是大吃一驚，竟然不是隨便寫寫畫畫，或者只是寫一些市面上隨處可見的吉祥話，而是一篇像模像樣的新聞文章。讀起來，雖然略顯生澀，遣詞造句也略有一點古怪，但這樣一篇本埠新聞發在明天的日報上，倒是完全沒問題。

「啊！這是今天的新聞？」

「和你每天編的新聞一樣，也許是，也許不是。」

「什……什麼意思？」

「就是說，你讀到的內容也是隨便編的。只不過編新聞的不是人，而是它。」

梁啟說不出話來，只是目瞪口呆地看看手裡的稿子，又看看拿著筆還想寫什麼東西的人偶。在梁啟發呆時，譚四則去旋轉每一個小木箱上的搖把，直到咔的一聲什麼東西歸了位為止，而後又按動蒸汽機的閥門，熟悉的咔嗒聲再起。

「到底是什麼原理？」

譚四卻笑而不語，一臉神祕。

真是可惡，這個時候賣關子，好像自己就搞不明白似的。梁啟在心裡懊悔剛才不走腦子就問了原理。

「我還要趕回去辦點事。」譚四又看了看那張寫了新聞的紙，覺得滿意了，「回頭咱們再敘舊。這機器你先用著，也算是試驗期，我需要收集一些結果。不過，你倒是不必向我彙報什麼，每天的《新新日報》就是絕佳的試驗數據。」

隨後，譚四起身便走了。

待到梁啟想起該問一下譚四到底住在哪裡時，趴在窗口去看，譚四已經匆匆地走進公寓樓下熙熙攘攘的人群，往大馬路（南京路）方向去了。

屋裡只剩下這個雙眼無神卻能在一連串不知所以的咔嗒聲後編出新聞的人偶。它在小蒸汽機的餘熱下，仍舊咔嗒咔嗒地響著，躍躍欲試要寫下一篇新聞。

反正這個東西放在這裡，譚四終究還會再過來。既然它真的能寫新聞，不如就先用著。梁啟就像屈服於什麼似的，檢查了一下蒸汽機的水位表，而後再次啟動，收穫了一篇新的新聞，完成了當天的任務。

雖然這東西很占地方，而且咔嗒咔嗒響起來總怕惹來房東，但兩篇本埠新聞稿子，只要一缸水就可以搞定，也實在是給梁啟解決了不小的苦惱。

況且，稿子的質量還真不錯。就連寫了一陣子新聞逐漸成了熟手的梁啟，看到人偶寫出的新聞都會覺得有不少值得學習的地方。什麼「黃姓僕人之女被拐，主犯誘之而逃……」，什麼「靜安寺後葉姓家昨晚被盜賊入室內竊絲綢衣服多件……」等等，事件起因、經過、結果一應俱全，文字又凝練得體。從此，只要不發生重大突發事件不得不報，本埠新聞完全可以放手交給那台聰明的寫稿人偶完成了。

每天少寫兩篇稿子的梁啟，生活都變得輕鬆許多，偶爾還能在傍晚時沿著四馬路走到黃浦灘去看看黃浦江，看看洋人們的輪船，再等到晚上也好好欣賞一下白瓷罩子裡的電燈。如五線譜一般的電線間，烏黑的燈桿上，電燈放著比月光還要亮的白光，照得黃浦江也更雄渾許多。梁啟都覺得自己來到上海的選擇很明智了。

直到大概兩個星期之後的一天，經理找梁啟來談話。

一開始，梁啟以為是寫稿人偶終於敗露，可結果卻是得到了經理對自己的大加讚賞。

「本埠新聞寫得相當好呀。新鮮有趣，果然有著梁任公一半以上的才華了。」

雖然深知經理只是為了讓自己多幹活兒才這樣說，但聽到這樣的高度評價，梁啟也只有哭笑不得的份兒了。

梁啟終究還是個文人。所謂文人，也終究還是有一點自命不凡的骨氣。因此，被經理如此誇獎，心裡反倒覺得像是受到了什麼羞辱一般突然醒悟。

可不是滋味歸不是滋味，卻遲遲沒能付諸行動來解決。

回到住處後，第一件事仍是給蒸汽機灌水，點火開機，等著這一天的稿子生成。

梁啟的確已經習慣於有寫稿人偶為自己代勞，所以只有把希望寄託在譚四身上，盼著譚四能快些來把這個東西拿走，好重新找回自尊。可一旦想起譚四這個人時，梁啟又意識到，也許他正偷偷躲在什麼地方，看著人偶寫出的新聞並嘲笑我梁啟的無能呢。

至少……至少我要把原理搞清楚吧！

梁啟咬著牙盯著勤勤懇懇地寫著新聞的人偶，咔嗒咔嗒的聲音簡直如同在給自己上著煩躁的發條。

終於，等人偶把兩條本埠新聞都寫好後，梁啟開始了對人偶原理的探索。

按照自己所知道的寫字人鐘的原理來看，寫出字來的機關應該正是人偶身體內所藏的凸輪。凸輪是帶動人偶的手臂移動的直接部件，因此到底寫什麼也應該體現在凸輪上才對。然而這個寫稿人偶要比寫字人鐘複雜得多，至少它所藏的凸輪不止一個，而是三組縱向凸輪組。

梁啟趴到人偶的身後仔細看了又看凸輪組上的螺紋和齒輪構造。

因為凸輪組之間的銜接太過複雜，細小的零件和軸承錯綜，幾乎不可能看懂它們之間的關係和凸輪組之間轉換的方法。不過，當機器啟動之後，觀察一會兒還是發現些端倪：原來在人偶寫不同的句法時，工作的凸輪組是不同的。

「啊！明白了！」梁啟對著又開始寫字的人偶就如同對著個活人一樣喊了一聲。所以……實際上每一組縱向凸輪組就是人偶所使用的一種句法了。

怪不得總覺得人偶寫出來的新聞多少有一點呆板，是因為反反覆覆只有三種句法在輪流使用吧。不對，不是輪流使用，更準確地說是隨機使用。梁啟又觀察了一會兒凸輪組轉換的規律以及之前所寫出的新聞的句法對照，得出了如上所述的新結論。

那麼，三個小木箱之中……

感覺一切問題都迎刃而解了。

因為謎題即將得以破解，梁啟略有些興奮，在人偶還沒有寫完一條新聞時，便關掉了蒸汽機閥門。拿了根細鐵棍，將一只小木箱撬了開來。

果不其然，小木箱裡正是一個輪盤，輪盤外圍有一圈用隔板等分隔開的小格子。

再去將蒸汽機閥門打開，各種齒輪咬合的聲音再起。

忽然，咔咔的聲音停下，「啪」的一下，一顆彈珠從輪盤中心彈射出來，與此同時，輪盤也飛速地旋轉起來。輪盤的旋轉方向，和彈珠旋轉的方向相反，但很快兩邊的旋轉速度都降下來，彈珠撞到隔板，落入某一個溝道。隨後，從木箱下面產生了某種攪力傳到人偶的「尾巴」上，斜齒輪轉動，連著人偶的一組縱向凸輪轉動起來，胳膊隨之移動，人偶落筆，一筆一畫地寫了一個詞在紙上。

梁啟去看到底寫了什麼，是個地名。

沒有關機的情況下，被撬開的這只小木箱停止工作。而後是旁邊的另一只開始響動起來。一連串與剛才完全相同的聲音，凸輪組隨之轉動，新的詞寫於紙上。

接下來就是等待一條新聞完全寫完了。

拿到一條新的本埠新聞後，梁啟看了又看。又認真思索了一陣子，再根據木箱的工作順序和呈現出來的文字判斷，梁啟一下子完全明白了這個寫稿人偶的原理。

不過就是用「名詞箱」（也就是剛才撬開的那只）、「動詞箱」和「虛詞箱」，根據「句法」的不同而輪番啟動，隨機選出一個詞，然後寫到紙上。

這個自己以前也想過的呀。

梁啟不禁想起剛回國來到新新日報館開始學習寫新聞時的自己，不是也發現寫新聞有新聞八股，句法單一，用詞固定。因此準備偷懶從《申報》、《時報》這些大報裡多找些新聞高頻詞，以備不時之需。可是萬萬沒想到的是，自以為已經很聰明的偷懶辦法，竟被譚四這小子用個機器人偶徹底自動化地實現了。

真是……真是感覺自己一下子被譚四給甩開了不小的距離。不甚服氣，梁啟決定倒要看看譚四都用了哪些詞，在科學方面自己是比他不過了，至少在文字敏感度上要勝他一籌才好。

然而，當梁啟真的把幾個詞庫箱都拆開以後才發現，無論是輪盤的上方還是下方，都根本沒有任何標注。輪盤直接連接在各種精密的齒輪之上。了解西方科學的梁啟，深知越是精密的儀器就越不能隨便亂動，就像一台精細的自鳴鐘，只要拆開了，假若沒有專業的知識和技能，也沒有鐘的結構圖紙，那就等同於親手將鐘報廢。鐘已如此，更何況這個能寫新聞的機器。

因此……

顧不了那麼多了，梁啟膽戰心驚地又將三個詞庫箱憑記憶重新裝好。隨後，再次打開蒸汽機閥門，聽到一切運轉聲音正常，才終於放心了些，不再多想什麼。

拆開又重新組裝上人偶的重要部件的事，自然不能告訴譚四，也不能讓譚四發現。所幸的是，裝上之後，人偶仍然可以工作。

一切都順利如初。

鬆了一口氣的梁啟，再也不去多想什麼文人的尊嚴或者人偶的原理了。

然而，該發生的終究還是會發生，只是早晚之差別。

大概一個月的時間過去了，譚四沒有再出現過，也不知道這傢伙到底去幹什麼了。忘了這個人偶了嗎？還是躲什麼仇家去了？

倒不是梁啟有多想念這位舊友，因為人偶已經使用了一個月之久，即便自己沒有動過那個人偶一顆螺絲，它多少也該重新調試、進行一次全面檢修了，更何況……

可是，譚四不出現，梁啟也完全不知該如何聯繫到他。甚至連利用自己的小小權限登報尋人這樣的極端方法都想過，但因為實在太鋌而走險，容易洩露自己的本埠新聞全是由人偶寫出的祕密，終於放棄。

並不是梁啟杞人憂天，在長時間沒有檢修的情況下，人偶的確開始出現問題。

大概又過了不到一個星期的時間，在啟動蒸汽機後，人偶的反應開始變慢。怎樣變慢呢？一開始並不容易發現，只是如同心理作用的隱約覺察。但幾天後，那種細微的變化開始明顯。人偶的每一步動作之間，曾經都是緊密相連，可是現在，梁啟發現這傢伙都要停頓片刻，就像是需要思考一下才能記起下一步該做什麼一樣。

真不是憑空擔憂啊！看著人偶寫字停頓的時間越來越長，梁啟開始心焦和不安起來。沒有辦法找到譚四，自己又不敢再次拆開人偶檢查。只能任其病情惡化，像對待絕症病人的臨終關懷。

或許是時候徹底放棄這個寫稿人偶了。

實話說，觀察了這個傢伙一個月之久，再笨的人也差不多能掌握所有編新聞的方法了。從某種意義來說，已經不必再浪費一缸水來完成這種簡單工作。特別是現在人偶寫新聞的速度還沒有自己幹來得快。不過，大概也因為相處了足足有一個多月，對梁啟來說，終究有點對其不捨。直到這一天，梁啟照舊回到家裡，給蒸汽機灌好了水，點燃煤爐，啟動人偶。

在寂靜地等待許久之後，咔嗒咔嗒的響聲終於開始。然而，聲音相當難聽，但好像比前幾天狀態好些，梁啟也有些期盼可以略微順利地完成寫稿任務。

人偶顫顫巍巍地將毛筆落到紙上，寫起了字。不過看動作感覺它又沒有什麼改觀。機器這種東西，終有壞掉的一天。如果真的壞了，扔掉不用就是了，倒也沒什麼大不了。人偶斷斷續續寫著一組一組的詞，看起來很努力，生怕被梁啟所捨棄。

宋教仁※、遇刺、於、上海火車站、兇手、為……

等等，宋教仁？

這個名字，梁啟剛好知道。日本有個舊友是這個宋教仁在東京法政大學的同學，常聽他提起。又和陳天華他們混在一起，剛剛加入同盟會。那個舊友倒是對這傢伙崇拜有加，還說宋教仁以後肯定能成為個什麼大人物。可是，聽說他也只是剛轉學到早稻田，怎麼可能突然跑回上海來坐火車，還在國內遇刺。何況，又不是真的什麼了不得的人物，哪裡值得點名道姓地上新聞。梁啟這樣念叨著，心裡正煩，想起那個咋咋呼呼整日高談闊論的傢伙，就更煩了。

一把將顫顫巍巍準備繼續開始寫下一組詞的人偶給停掉。

這是煞有介事地要開始寫那個兇手名了？很能幹呀，可惜要是真寫出個名字來，豈不成了誹謗？這個該死的人偶越來越離譜了！不僅速度變慢，未免把莫須有的事情也編得太過分了些吧！

煩躁起來的梁啟，三下兩下把那張紙團了扔進紙簍，沒好氣地把筆從人偶手中抽出。不再給這傢伙任何重來的機會。

他也終於下定決心決定重操舊業，自己的新聞還是要自己來編！

變得孤零零坐在窗邊手裡沒有筆可以握的人偶怎麼辦？等譚四來處理吧。

把書桌重新搬回來，手握毛筆準備起筆寫作的梁啟，心情不禁竟變得好了起來。

科學，真是容易掉鏈子的沒用的東西呀。

注：宋教仁（1882-1913），辛亥革命主要參與者，1913年初在北上參與國會議員選舉前，於上海火車站遇刺身亡。「宋教仁遇刺案」，成為影響中國歷史走向的重要節點，至此之後，袁世凱當選國民政府大總統，共和瓦解，軍閥混戰時期開始。而本文所述年代，即1906年，宋教仁尚在日本東京留學，積極參與同盟會的革命宣傳活動。

第二話・試炮

在耀眼的路燈下不必害怕。

對譚四來說，確是如此。或者說，譚四從來也沒害怕過什麼。雖然他感到正有人迅速接近，從他的身後。

這是譚四把寫稿人偶搬到梁啟住處那天的事。也正因此，使得之後一個來月譚四沒能再去找梁啟一次，幫他檢修人偶。

那天晚上，譚四從梁啟的公寓出來後，本打算徒步溜達到黃浦灘找條私渡，渡到黃浦江對岸的陸家嘴，回自己那個祕密基地繼續一個持續已久的實驗。而且還有那個毛小子在那兒。

街上熙熙攘攘，一幅冬季都市的繁華夜晚景象，偶爾還有些許爆竹聲，算是延續著點年味。

或許是大馬路上替代掉自來火燈的那些電氣燈，即便被罩在玻璃球裡依然太過光亮耀眼，讓譚四的腳步多少放慢了一些。本是走走看看時而還感慨一下的譚四，忽而就察覺到了身後的那個人。

似乎並沒有什麼殺氣，譚四便繼續向前走著，像方才一樣東張西望、優哉遊哉。

那人很快就走到了譚四的身邊。不出所料，那人並沒在夜上海的明亮路燈下襲擊自己，只是到了譚四耳邊，用極低的聲音說了一句「大姐頭回國了，就在上海，跟我來一趟」後，不減速地從譚四身邊掠過，步子不停地繼續向前走。

這個「大姐頭」，正是譚四近年來一直跟隨的一位女俠。她的人生倒也相當崎嶇，先是婚變跑到了日本，又帶著新思想殺回了國，組了隊伍，專為新的理念四處奔波。

看著那個人因為走得太快，發現譚四根本沒有跟上來而焦躁地在馬路中間快步打了個轉的滑稽樣子，譚四也只好加快了些腳步跟了上去。

那人感覺到譚四跟緊，便不回頭只是悶頭前行。

大馬路轉開，仍走大路，從江西路一路往上，直到吳淞江，過了河，再往上走，沒走多遠，就從一個過街樓下面鑽進了一條里弄。

雖然仍屬公共租界地，但這裡的大街遠比吳淞江以南要蕭條許多，然而一旦從大街鑽進弄堂，立刻如同進了另一個世界。在昏暗的茶樓、客棧的煤油燈照明下，污濁濁混雜著各式味道的里弄裡，驟然間又變得烏煙瘴氣、人頭攢動、嘈雜喧鬧。賣蒸點的、賣餛飩的、賣煙的、賣茶的、賣唱的、賣笑的，炒菜的、洗衣的、晾尿布的、刮魚鱗的、打孩子的，統統擁擠在這個極小的封閉空間內吵鬧繁亂、熱氣騰騰，甚至將冬季的寒風都趕到了弄堂外面的世界。

跟著那人，從那些滿身汗臭或者飯菜油煙味的人身邊擠過，就又鑽進了一條狹窄無光的支弄裡去。一轉瞬，闃然無聲。這條支弄看起來是死路，前端不通而被其他弄堂的建築所阻擋，再加上兩旁的木磚式小樓沒有一點照明，只有一線天可見彎月，要比里弄更漆黑得多。

摸著黑上了二樓，走到把角的一間廂房前，站住了腳。

譚四知道，這間廂房內自然是有什麼要給自己。那人卻沒有去開門，把一把鑰匙遞給了譚四後，依然用低聲說：「屋裡是大姐頭從鐵爵爺那裡搶來的……死光機。」

短短一句話說到結尾處，明顯可以聽出這個人微微地打起顫來。

是在害怕？看起來倒不是怕被什麼人發現，而是單純地害怕屋裡所放的死光機。

譚四在掌心裡捏了捏那把鑰匙，倒是覺得有趣起來。

死光機？只是多少有些傳聞而已的東西。竟然真的存在？那些傳聞是從一幫南方的剿夷激進分子那裡傳開，什麼只要一瞬人就能被死光燒成黑炭，神乎其神。而且又是從鐵爵爺那裡搶來的，恐怕還真是有點意思。那位「鐵爵爺」呢，叫愛新覺羅•奕檮，論輩分該是當今光緒帝的叔叔，但因為是庶出的庶出，父輩又沒立過什麼功，爵位已經落到不入八分輔國公。不過，多少也是奕字輩的皇族，手上的權力自然不小，雇了一大批人專攻西洋奇器。以前偷偷跑到他的府邸倉庫裡看過，算是給譚四大開了一次眼界。那把可以調節卡口尺寸的活動扳手，就是在鐵爵爺家的倉庫裡看到後自己照葫蘆畫瓢打出來的。

「大姐頭說讓你來鼓弄鼓弄，看看到底怎麼用。」

那人又說了這麼一句後，如同逃離火災現場一樣，竄到了樓道裡，一路小跑下了樓。

譚四撇了撇嘴，摸著黑，把鑰匙捅進鎖眼，咔嗒一聲，鎖開了。

鐵爵爺是個很有意思的人，雖然憑一己之力就引進了那麼多西洋奇器，但他本人卻又是對洋人恨之入骨。估計算是「師夷長技以制夷」思想貫徹得最為徹底的一位。再加上他極度保守，反對任何新變，使得他和大姐頭一派也是完全對立。

不過這些對譚四來說都無所謂，他現在唯獨念著的只有那台所謂的死光機。

屋裡一片漆黑，什麼都看不清楚。譚四根本不在意被任何潛在的敵人發現，找到了一盞豆油燈，點亮。

燈光雖然昏暗，但一眼就看到了那個死光機，躺在房間的正中間。從擺放的方式看來，死光機也讓擺放者多少有些害怕。

所謂的死光機，卻並沒有什麼特別嚇人的外觀。細長，像個畫筒。

譚四把豆油燈放到死光機旁邊，藉著微弱的燈光繼續仔細察看。

通體光滑，是精心打磨過的木筒外殼。木筒兩頭分別可以看到些金屬內件。一頭是密閉的金屬殼和像槍口一樣的小孔，大概所謂的死光就是從這個地方發出。另一頭則像是還需要連接上什麼東西一樣，預留了幾個接口。

看著接口，譚四打算拆開這個死光機繼續研究。可惜光線太暗再加上手頭沒有工具，因而作罷。

待在這裡終究不可能再有什麼進展，所幸的是死光機旁還有個手提箱，剛好可以把這個圓筒狀沉甸甸的東西裝進去。

在收拾死光機時，譚四發現有什麼人躲在支弄裡以及窗下，監視著這間屋子裡的動靜。絕不是剛才的那個人，那麼恐怕是鐵爵爺的人了。不過，譚四相信在此時他們不會出手，所以也並不在意。

裝好死光機，提著手提箱，譚四重新上路，回黃浦江對岸的陸家嘴了。

下了私渡後，站在光禿禿、破破爛爛的碼頭上往回看，並沒有看到再過來什麼船，大概那些人沒打算繼續跟蹤。只看到浦西的夜上海，夜上海在更換了電氣燈後，更加明亮。可惜沿岸幾里，統統擠滿了大小碼頭，停靠著渡輪、貨輪、私家小船。明亮的萬國建築，沒有一點倒影在江中。

當然，與浦西相比，浦東這邊什麼也沒有，只是一片漆黑。

私渡的碼頭都是簡陋的，在旁邊不遠處，則是大型碼頭，也停靠著英美的輪船。烏黑的船身，在浦東一側更顯得巨大。烏黑巨大，多少是令人感到恐懼和強烈的壓迫感的，但譚四卻是這些輪船的常客——在夜深人靜的晚上。那個寫稿人偶身上的不少零件，就是在這些船上卸下來組裝到一起的。慢慢拆掉一艘洋人的輪船，多少也算是剿夷了吧。實際上，譚四根本不在乎這些。

譚四提著沉甸甸的手提箱走出碼頭，走進了陸家嘴的工廠區。

從工廠區崎嶇狹窄的小路東拐西繞，再繞過外國墳山，就回到了譚四的那座祕密廠房。

推開廠房的厚重大門，那個十來歲的小男孩正在鍋爐前。

小男孩的正經名字沒誰在意過，所有人都是稱呼他「大招」，是大人們胡亂給他起的，到底是要招些什麼，卻沒有誰特意說明過。原本是寶山縣的漁民孩子，不知是窮還是家裡孩子太多，在他還很小的時候，便自己到了上海。差點餓死在上海街頭姑且不說，後來在法租界跟了一撥所謂的剸夷志士。剸夷行動倒是幹過幾次，打過一個法國老頭，還搶過兩次法國商人的包。大概因為那時的大招年齡太小，第二次搶包跑在了最後面，眼看就要被巡捕給逮住，讓剛好路過的譚四給救了，從此就跟了譚四。

跟著譚四，也有崇拜他的一面，拳腳了得，還懂科學，可是誰讓他正處在叛逆期，結果對譚四總是愛搭不理地沒個正臉。

看著大招一身炭黑，冒著汗還一鍬一鍬地往鍋爐裡送煤，就知道這小子大概還在賭氣。多說無益，譚四便提著煤油燈從金屬樓梯上到鍋爐的頸部位置，去檢查氣壓錶。幾個錶頭數字都檢查了一遍，沒發現異常，譚四才算鬆了口氣。這小子雖然賭氣，倒是沒亂來。放下心來，輕輕拍了拍鍋爐的爐壁，像是安撫一隻孤獨在家等著主人回來的大型犬一樣。

「休息休息吧，不用添這麼多煤。」下了鍋爐樓梯的譚四又走到大招旁，「給你看個好東西。」

大招自然不會做出什麼直接的反應。譚四太了解這小子的脾氣，也沒多說，只是走到鍋爐的另一端，那裡有幾個機械操縱桿，用力推上一根後，聽到因為飛輪快速旋轉而有的蜂鳴聲。蜂鳴聲響了略有一瞬，廠房內一下明亮起來。是四盞電燈，在廠房高高的屋頂上方同時點亮。

這就是譚四的世界。

當然，僅僅只是一座烏黑的鍋爐不可能點亮電燈，在鍋爐旁還有一個龐大的在電燈下閃爍著金屬光芒的傢伙，那才是這個廠房裡的電力之源。一人高的飛輪在搖臂軸有力的帶動下旋轉著，電力也就從飛輪所聯動的皮帶的另一頭產生。

這是一台八十五馬力蒸汽發電機。

在光緒三十二年的上海，一台八十五馬力的蒸汽機所帶動的發電機根本算不上什麼先進設備，想點亮租界區所有的電氣路燈，幾組八十五馬力的蒸汽機根本不夠。但對譚四所需要的電能來說，這個量已經足夠。

蒸汽發電機當然不是譚四造的，那是十年前英國人在這裡建的一個小型發電試驗廠，試驗成功後就廢棄了工廠。在上次大姐頭回國的時候，譚四跟著她跑到陸家嘴做炸藥試驗，偶然發現這個廢棄工廠。後來，大姐頭再去日本，譚四則誰也沒告訴，獨自把舊蒸汽機和發電機整修了一遍，將這個地方變成了自己的祕密基地。

「喂！費電！」大招終於停下手裡的鐵鍬，戳在地上扭頭瞪著譚四。

「大姐頭給的東西，不過來看算了。」

聽到「大姐頭」三個字，大招倒是立刻不再躁動，拿起條毛巾擦了擦身上的黑汗，像模像樣地跟在譚四的後面。

「什麼鬼東西……」大招湊過去看到那個木質外殼圓筒狀的東西從手提箱中被拿出，皺著眉頭看了又看。

「說是從鐵爵爺那裡搶來的死光機。」譚四特意把「死光」兩個字加重說出，果然收到十足的效果，大招微微後退了半步。

「不妨試試看唄。」譚四又擺弄了擺弄死光機。在白熾燈下看得清楚多了，原來一端的那些預留接口，不過是幾個需要連接電線的電口。

譚四心裡更有數了些，叫大招去拿幾根電線，再拿個電閘。大招嘴上很不樂意，但還是跑去拿了，並且提了工具箱，跟在譚四後面上了二樓。

說是二樓，實際上只是在廠房的較高位置搭了個平臺。那個在半空中的平臺，完全是譚四為了節省寶貴的電線長度而搭的。因為在二樓與蒸汽發電機相對的另一端，一張桌子上擺著譚四近半年多來視為至寶的東西——一架三柱鑿孔機。

路過這架三柱鑿孔機時，譚四和大招都條件反射般地放輕了腳步，生怕因為微小的震動影響了它的數據結果。當然，自啟動它直至此時有半年之久，插在機器裡的紙條尚未動過一分一毫。

譚四抱著死光機向二樓所通往的屋頂平臺走去時，瞥了一眼三柱鑿孔機，沒說什麼，只是多少有點失望。

在大招的幫助下，很快就將死光機的電路接好。譚四一手舉著死光機，一手拿著電閘，在廠房的屋頂平臺上尋找合適的位置。夜已深了，浦東不說，望向浦西，也只有燈光，再無人聲。最終，選定朝向不遠處的那個外國墳山來試炮。雖然大招還是有些害怕，但依然湊近了些，想看得清楚。

與此同時，譚四看到有人影在廠房前的樹林中，大概四五個人，但他們並沒有靠近。還是跟到了這裡嗎？無所謂了，既然已經找到這裡，早晚把他們打跑就是了。

「那麼，我要通電了。」譚四毫不在意那幾個匆匆離去的人影，將死光機扛到右肩上對準墳山，左手按到電閘上，扭頭跟大招說。

大招微微咬著嘴唇，並沒有退後，只是點了點頭，大概表示自己做好了準備。

不知道譚四有沒有再回想那些關於死光機的傳聞，電閘便在他手裡合上。廠房內的四盞白熾燈同時變暗了許多，然後……

大概是與想像的完全不同吧。

扛著死光機的譚四和站在旁邊目不轉睛地盯著墳山的大招，全都愣了一下，然後才意識到，電閘按下，除了燈變暗了，似乎其他什麼都沒有發生。死光呢？想像中即便不會是一道黑光那樣玄之又玄，也該有道藍光紅光才對，可是什麼顏色的光束都沒能從死光機中射出。再望向墳山，也看不到絲毫被破壞的痕跡，再……

突然聽到廠房內發出了「嗒嗒嗒」的聲音。譚四聞聲立刻將電閘打開，斷掉了死光機的電。不出所料，那聲音也一同停止，白熾燈重新恢復了一開始的亮度。

「剛才是什麼聲音？」

看來大招也聽到了，那麼一定沒錯了。譚四把死光機從肩上卸下，小心翼翼地先將其放到地上，叫著大招就回了廠房二樓。

「怎麼根本沒射出死光？」

譚四卻沒有在意大招的問題，只是走到鑿孔機前，看到有一小段紙條被打了孔吐了出來。大招見譚四對自己置之不理，便孩子氣地又問了一遍。譚四終於耐不住這小子的糾纏，用眼神瞥了一下天臺，眼珠一轉，說：「電力不夠。」

「啊？那怎麼辦？我再去給鍋爐裡多添點煤？」

「完全不是一回事……」譚四看過打了孔的紙條後心裡更有數了，「走，今天夜裡我帶你拆輪船去。」

「真的嗎?!」

一說到拆船，大招立刻興奮不已，完全把沒見到死光什麼的忘到腦後。不等譚四多說，大招已經跑下樓拿了工具箱，等在了廠房門口。

拆船，自然不是為了搞破壞，譚四沒那麼無聊，他的目的只有一個，就是拆來足夠的零部件，改造發電機，提高它的功率。

有大招的協助，不到一個月的時間，發電機的初步改造就完成了。再聽那台巨大的發電機旋轉的聲音，都覺得酣暢許多。而在改造發電機之餘，他們還拆了一些不關痛癢的鋼管螺扣之類，給死光機量身打造了一個結結實實的支架，搭在了廠房的屋頂上。朝向上海黃浦灘的公共租界區上空。

發電機改造完成，支架也搭好了，兩人卻還沒有停下來。一來大招玩得開心，搭起支架後還是意猶未盡，二來譚四也認為還少點什麼東西，便繼續帶著大招夜探貨輪。從而拆掉了幾塊船員休息艙裡的厚厚的艙窗，打磨出了數塊尺寸不一的凸透鏡，做了個大型的瞄準鏡樣子的東西。

不過，即便是再做多少東西出來，大招都不會滿足吧。看著一切準備就緒、終於完工的天臺布置，大招又開始鬧彆扭。嘟囔著還要再做個大轉盤，讓死光機可以三百六十度自由旋轉。

這樣的旋轉毫無意義，譚四自然直接拒絕了大招的提議。大招看在死光機上肯定是沒的可玩，便賭氣說以後不再幹活，也不再幫忙給鍋爐鏟煤，除非譚四帶自己去張園坐過山車玩。幾年前，就有洋人馬戲團在張園搭了過山車，軌道像駝峰一樣上下起伏，據說坐在小車裡跑上一圈刺激極了。可惜別說去坐，就算張園，來上海這麼多年也從來沒去過。

「那可是洋人的東西，你不是最恨洋人嗎？」

「這不也是。」大招指著發電機，「我不管。」

譚四笑而不語。誰管你那些，張園那個地方，彈子房、電光影院、舞場、書場，亂七八糟什麼都有，還通宵達旦歌舞昇平，鬧都鬧死了，無聊的人才會去那種地方。譚四根本不再管大招怎麼軟磨硬泡甚至威逼利誘，也懶得搭理。

大招無計可施，就又央求譚四教自己拳腳。

然而這個更是不教的。譚四認為拳腳這東西早晚會過時，孩子早學無益，不如先學科學，長大後學上三兩招防身即可。所以隨便教了大招一個計算彈道曲線的算式，對付了過去。

「可是……咱們的是死光機，發射的是光吧？也能和炮彈一樣畫出曲線？」

「問題太多了。」

「這回真的能發射出死光嗎？」

大招繼續喋喋不休地問著。譚四卻早就把他扔到一邊，自己去檢查改造好的發電機。

之後，只剩下等待。譚四說要等來晴朗的夜晚再試炮。過了年的上海，還沒進入梅雨季，卻也是陰天多晴天少。晴天終於等來了，不過，等來的同時，也等來了那一撥不速之客。

陰雨連綿一個星期之後，天晴了。入了夜，見依然沒有一絲陰雲，大招便知終於該開始了。大招主動跑到鍋爐前，賣力地給鍋爐添煤。鍋爐的火燒得更旺。譚四再次檢查了所有錶頭的數據，確保一切運轉正常，便叫著又是一身炭黑的大招，擦擦身子，穿好衣服，一起上了二樓爬到廠房屋頂。

屋頂的小平臺上，一個鐵製支架像一門土炮一樣立在最前端，死光機穩固地架在支架上，尾部幾根電線連接電閘以及廠房中的發電機。同在這個支架上，與死光機保持平行的，還有另外一根金屬圓筒，頭尾兩端皆是玻璃鏡片，樣子更加像是死光機的瞄準鏡了。

也就在此時，看到有人影穿過廠房前的小樹林。

大招也看到了人影，立刻緊張起來，想要問譚四那些人是誰，卻又不敢出聲。

人影移動奇快，再看到時已經近在咫尺，到了小樹林與廠房前空地的交界處。藉著夜色和廠房內的燈光，譚四定睛看了一下，一共五人，身材高大。五人都穿著鐵銹紅色的短衫，胸前有「鐵」字，是鐵爵爺的私兵無疑。

五人也察覺到已被發現，本打算突襲，現在卻停了腳步。

終於還是打算搶回死光機？再看五個人影，三個腰裡掛著單刀，兩個手托朴刀。譚四一看就笑了，沒用的一幫人，一個帶槍的都沒有。

要以快制勝，在樹林裡更有利於自己。譚四沒交代任何事情，當機立斷衝回廠房，跳下二樓衝出大門朝樹林奔去。

面前正是一個拿著朴刀的，那人也發現了譚四，剛要舉刀來劈，譚四已經近身，雙手接住刀柄，借慣性側身向下一推挑起刀柄末端，正中他胯下要害，力道十足，恐怕不可能爬得起來。奪下朴刀，借勢轉身砍進後面撲來的辮子兵的大腿。

另外兩人同時撲來。

譚四悶聲用朴刀格開雙刀，手震得發麻，深知不宜久戰。朴刀又用得極不順手，便趁格開時的三步身位，將朴刀用力拋出正中一人右肩，同時已近身到另一人面前，單拳轟在咽喉。

轉瞬四個辮子兵已經全部倒地呻吟。

但還有一人。

在黑暗的樹林裡，譚四正要尋找。就聽到大招高喊「再靠近我就開死光炮了！」隨後聽到有人重重摔在地上慌張逃跑的聲音。

譚四趕回廠房平臺下方，看到有一條繩索連接在平臺與最近的一棵樹間。

看來那人不敢貿然進廠房，看到平臺上只有個小孩，便打算走個捷徑。

「怎麼樣？」站在下面的譚四微微喘著氣向平臺喊。

「我……我沒事，可是……」

大招還沒說完，譚四已經又回了廠房。五個人已經跑了一個於事無補，其餘四個就隨他們去吧。上到平臺，正看到大招坐在地上，手裡拿著死光機的電閘。

「我……我把電閘已經合上了……」

譚四卻沒有要責罵的意思，只是「哦」了一聲，走到被啟動了卻仍舊沒有任何變化的死光機前來看。

先檢查了電路，沒有問題，又回頭看了看那架傘形天線，方向沒有變。而後走近死光機，微欠身將眼睛湊到金屬圓筒的鏡片前。在不動任何角度的情況下，譚四仔細調整著看似是瞄準鏡實際上可以說是望遠鏡的焦距。

靜下心來，隱約都能聽到遠處黃浦江的浪聲。

透過望遠鏡，譚四又看了許久，不斷地調整著鏡片間的細微距離。終於，在不知又過了多久之後，他嚴肅的臉上浮出了笑容。

「還真讓你歪打正著了。」

「什麼？」

「沒什麼。也嚇得你夠嗆，趕緊睡覺去吧。」

「誰……誰被嚇到了……」

大招雖然嘴上還硬，但全身仍舊顫抖著，看來還沒有從剛才的驚嚇中緩過勁來。便也不多強嘴，嘟囔著自己回了廠房。

譚四又看了看樹林裡，確保沒有埋伏，便也回去。走到鑿孔機前，看了看這台幾乎沒有工作過的機器。默不作聲中，只能聽見發電機的飛輪被蒸汽機探出的搖臂用力轉動，為這個廠房裡所有默默運轉著的傢伙們供著電。

真是可笑呀，這幫傢伙。竟然真的認為那個是什麼死光機，還豁出性命地搶來搶去。譚四不屑地笑著，坐到了鑿孔機旁，準備就在此靜候結果了。

不過，到底需要等多久呢，譚四自己也不清楚。

大招在下面找了個暖和的地方睡熟了。窗外的夜色更深，隨後又有了黎明時分的一絲清冷白光。

突然，就在譚四也開始昏昏欲睡的時候，那台半年來只在上次死光機拿來通電試驗時工作過一次的三柱鑿孔機，突然響動起來。是齒輪帶動開始走紙的聲音。

譚四一躍而起湊到了鑿孔機前，看到架在紙條兩側的打孔柱開始在移動的紙條上打起了某種規律排序的小孔。

竟然真的有結果了？

沒錯。當看到鑿孔機源源不斷地在紙條上敲打著，才終於敢肯定這個信號並非什麼干擾，而一定是自己想要的。靜候半年之久，一切似乎都變得一發不可收拾，鑿孔機完全是在宣洩一般地將接收到的信號譯為摩爾斯電碼呈現在紙條上。

聽到鑿孔機有節奏的響動，大招也醒了過來，睡眼矇矓地爬上了二樓，正看到鑿孔機異常努力地吐著紙條。

「什麼呀那是？」

「現在跟你講你也聽不懂。」

譚四懶得搭理大招，一心只是捧著紙條看。在譚四腦中，已經開始了對摩爾斯電碼的破解計算。的確沒錯，這就是半年來自己夢寐以求的。譚四的大腦高速運轉了許久後，才終於解讀出一點信息，但僅是這一丁點，就已經證明打滿孔的紙條上的信息正是自己所要的。

「來，幫忙把外面的電閘關了吧。」譚四終於想起搭理大招，「小心地上的紙條，別踩到。」

大招被這樣支使著，自然不樂意，但終究架不住好奇心，決定先忍住，問個清楚再說。

「到底是什麼呀？」關好電閘後又回來的大招劈頭蓋臉地問。

譚四卻不著急，將已經打了孔的紙條小心地捲好放入盒子裡之後，才慢條斯理地跟大招說：「現在還沒完成，等我去朋友那裡取回個東西，讓那傢伙來完成最後一步，到時候你看了自然明白。」

大招實在太了解譚四的脾氣，知道再追問下去也不可能有什麼結果，只好甩了句「隨便你，記得帶我去張園玩就行」，坐到了一邊。

不多說什麼，譚四才懶得給予什麼承諾，扔下了大招，獨自走出了廠房。

一夜過去，外面的天，濕漉漉地陰沉下來，又要下雨的樣子，從下而上透著上海晚冬的陰冷。樹林裡還有昨晚惡鬥留下的血跡，看到血跡，譚四忽然意識到昨晚打鬥中就隱約感覺到有些異樣的東西。至少，流下來的血太少了些吧。

砍上去的手感也不大對勁。

但也無從深究，只好以後遇到再多加注意。幾隻碩大的灰耗子在那血跡旁徘徊，等待著譚四走遠後去舔舐充饑。

因為廠房裡熱氣蒸騰，乍一出來多少有些不甚適應，打了個寒顫的譚四並沒有回去添些衣物抑或拿把雨傘，只是一心想著借助機械的力量轉碼的可行性，向碼頭而去。

第三話・打賭

沒有誰不覺得這個世界變化得太快。幾千年的科舉制度都能說沒就沒了，再來什麼變化，人們大概都會習以為常。

然而，梁啟對近來自身的變化仍舊覺得有些不大自在，報館竟然要派自己出去兼觀察員的工作。經理還特意與其談話說這是重視他的才華，在西方，報館裡有才華的人才會被如此重用，在他們那裡這是一個新職位：記者。

經理的話，聽起來倒不無道理。見過外面世界的梁啟對於「記者」並沒有什麼直觀的情緒，更何況來到報館的幾個月來，自己也深受無能的本埠觀察員折磨，還不如親自上陣來得痛快。

然而得到這個新身分的時間卻令梁啟耿耿於懷。

光緒三十二年初春，在南昌發生了震驚中外的「南昌教案」，南昌知縣江召棠被教士王安之設鴻門宴殺害。案件本身倒不複雜，但案子卻意外地震動了全國報業輿論界，特別是在上海。在上海的諸多外資報紙開始大量書寫時評，認為江知縣根本就是自殺，北京的《京話日報》、上海的《時報》和《南方報》等報紙迅速發表文章痛斥與反駁，中外媒體論戰就此開始，將一起刑事案件徹底升級。

原本是歷史性的事件，梁啟也躍躍欲試要就此施展才能，可任職也偏偏是在此時，一下子被架空到了事件之外，讓梁啟感到不快，卻又無可奈何，只好忍耐從命、伺機表現。

懷才不遇的文人情緒就讓其歸為情緒，按時去上班仍是一成不變，這大概正是梁啟來到上海後給自己定下的人生底線。只要自己活得認認真真，就問心無愧。

直到這天清早，房門突然被打開，梁啟知道自己精心調整的生活可能又要被迫激起波瀾。站在門口的自然是那位舊友譚四。

自從上次一別足足兩個月沒再見的譚四，毫不敘舊，推開門看了一眼梁啟的屋子便問：「我的人偶呢？」

梁啟本打算抱怨幾句「也不來檢修」之類，想想也沒必要，便沒說出口，只是用下巴指了指牆角。譚四看過去才發現自己的人偶被拆卸開堆在了牆角。

「壞了。而且太占地方。」

譚四倒也不介意，一步走到人偶前，抱起那傢伙看了看，又翻開人偶背後的機械元件，一手托著下巴思考了片刻，嘴裡自言自語地嘀咕起來：

「不行，轉碼和寫稿果然不能通用……動力大概也不夠……動力改造倒是好辦……」

「沒事，能用。趕緊起床，幫忙搬到我那兒去，我急用。」譚四把人偶又放回了原處。

「要上班啊。」

「曠一天工，兄弟帶你開開眼界。」

「別逗了……樓下等我。」梁啟皺起了眉。

在樓下，譚四等了有一陣子，梁啟才下了樓。

梁啟的穿著還是與兩個月之前沒什麼兩樣，一身洋服、皮鞋，戴著頂鴨舌帽和圓框眼鏡，手裡還拄著一把長傘，就像英國紳士手裡的文明杖。

譚四本以為梁啟是要曠一天工，結果看到這麼一身穿著，也知道不可能了，便跟梁啟說要再去一趟他屋裡。

很快譚四又下了樓，沒有拿其他的詞語箱，身後單獨背著那個人偶。

幸好是反著來背，人偶的機械元件都沒有露在外面，不會因此招來什麼沒必要的圍觀。

「剛好我也要再轉轉，一起走吧。」雖然背著個怪異的人偶，譚四說話依舊泰然自若。

梁啟上下打量譚四，心想，在上海光怪陸離的奇人異事多了去了，譚四這樣頂多也只是惹得路人回頭看看，引不起什麼騷動。說是個要去張園擺攤子賣藝的流浪漢，都能有幾分可信度，便沒有阻止，點頭後率先出了公寓樓門。

街道邊，退去清晨的冷清，已經是一片繁忙景象，蒸騰著陰沉的天。在路上，譚四驚異地發現：賣早點的小販也好，趴活兒拉洋車的車夫也好，酸腐的教書先生也好，在洋行打工的雇員也好，通事買辦也好，哪怕是巡警甚至洋人，竟都或多或少地認識梁啟，主動跟他打個招呼問個早。

對於譚四，這些人裡面有不少都根本不屑交往，或者說根本沒時間去交往，沒想到初來乍到的梁啟竟跟這個三教九流的世界迅速融為了一體。

這傢伙還真是夠能混人緣的啊。譚四一邊跟著一邊心裡嘀咕。

「你去哪兒？」繼續向前走，譚四還是有點好奇，問了去向。看梁啟走在街上轉彎前行都不猶豫，恐怕是有想好的目的地。

「四馬路。」

譚四不禁「喲」了一聲。四馬路的名聲之大，可以說早已溢出上海，聲色犬馬的地方，說是茶館、戲樓都只不過是掩飾，無人不曉那裡妓館雲集。

「別想多了，到那兒就知道是什麼地方了。」

本來沒多想的譚四，跟著梁啟一起到了四馬路，穿行於熙攘人流，在一家有相當規模的妓館門口停下。這一停，譚四不想多也不容易。

梁啟沒有理會譚四的不屑，走進了妓館。

看樣子是相當熟的客人，上來迎接的侍女不多說話，領著兩人便上二樓。途中只是偷偷看過兩眼譚四身後背著的人偶。

走到二樓正中央的房間。房間的門簾懸著，說明沒有客人，侍女微微探身向裡面說了聲

「妙卿姐，梁啟爺來了」之後便扭頭走了。

妙卿？正是上海妓女起名的一大喜好，用《紅樓夢》裡的人物名。大概這是用了妙玉和秦可卿吧。譚四背著人偶，與梁啟一起進了妙卿的屋。

梁啟很懂規矩地將門簾放下。

「今天來得這麼晚，還直接帶了朋友？」一個懶洋洋的聲音從房間一角傳來，「啊，那背的是什麼鬼東西？」

那個聲音輕聲驚呼了一下，梁啟立刻食指抵到嘴前，讓她消聲。

譚四倒是無所謂，心想梁啟願意怎麼尋歡作樂就隨他好了，正好有個房間，自己繼續鼓弄這個人偶。然而，他還是不經意地向聲音方向看去，房間那角正是一張床，床上側躺著位女子，那女子……譚四把人偶放下，不禁又看了一眼，那女子長相可以說是相當標緻，但看到男人進來，眼神裡冷得簡直就像一塊石頭，完全沒有青樓女子的樣子。

再看梁啟，根本沒有去女子那邊，而是坐到了屋裡的一張書桌前，書桌上筆墨紙硯早已準備齊全，看起來是什麼日常工作。

依然輕聲輕語的梁啟，招呼放好了人偶的譚四過來，低聲說：「我是在這裡辦公呀。」

譚四更加疑惑了。

「妙卿姑娘呢，某些方面過於冷淡了，現在根本沒有客人點她，這剛好行了我的方便。在妓館，客人們最守規矩。」

「那也不必偏要在這種地方。」

「錯了，正是因為這種地方魚龍混雜，上至達官貴人，下至落魄書生，什麼人都會來到這裡。而且跟你說吧，後來我還發現，也有很多黨派人士同樣借這種地方集會。只要仔細，天下大事全能聽來。」

不多時，真就有腳步聲清晰可聞了。

梁啟笑了笑，擺出一副認真去聽的樣子，隨後輕聲說：「這是怡和洋行的人。哦，還有中西女學的老師。」

「這都能聽出來？」

梁啟沒有回答，妙卿示意譚四到她那邊去。

「聽多了自然就能聽出來。」妙卿懶懶地說。

「你也能聽出來？」

「沒太大興趣費那個神。」妙卿往床裡面歪了歪，讓譚四坐下，「不過，前段時間還有革命黨的人來過，說要刺殺什麼親王，也全讓梁先生給聽到了。」

也許妙卿還想說些什麼，但她卻只是嘀咕了一句「說白了，我看他也只是跑到我這裡來偷閒」，便重歸剛才懶洋洋的樣子歪在那裡，像一隻肆意伸展開的野貓。

這話，梁啟當然也聽得到，不過他不動聲色，仍舊是一本正經的樣子，坐在那裡，看起來無比認真負責地在工作。

譚四被妙卿帶得正要起身伸個懶腰伸展伸展筋骨，然後回到人偶前再琢磨琢磨改造的方法，就看見門外簾子下面有一雙腳走過。僅從步伐的節奏來看就感覺有點不大對勁。果不其然，那雙腳很快就又回到簾子下面，緊接著簾子被掀起。

那人還沒完全進屋，梁啟便已經開口說：「喂，盛少爺，您這是闖房間啊！太不守規矩了。」

「誰管得了，反正你在房間裡也不做那種事，怕什麼。」隨後那人走了進來。

剛剛站起來的譚四上下打量了一下這位盛少爺，感覺此人非同一般。長相倒是說不上好看，和梁啟同樣是一身洋服、皮鞋的裝扮，但無論從做工還是面料，一眼就能看出遠遠超出了梁啟好幾個檔次。

「我要那個。」盛少爺指著牆角放著的人偶，「開個價吧，多少錢。」

譚四一聽不禁笑了，心想這位少爺倒真識貨。看他要怎麼鬧下去。

「盛少爺……那是我朋友的東西。咱們先互相認識認識，再談生意。」

梁啟也不慌不忙地站了起來。

「好呀。」

這位盛少爺倒是個性格爽朗的人，看穿著就知道出身絕不一般，卻一點沒拿腔拿調，也算少有。

「這位是盛司琮盛少爺。」梁啟站到兩人中間，「就是盛宣懷盛大老闆的公子。」

聽到盛宣懷，譚四突然眼前一亮。假若是其他人，梁啟一定會認為這個人財迷心竅，聽到了上海甚至全國首富的名字就立刻開始給自己算起賬來，看能藉機撈上多少。但現在這個人是譚四，梁啟毫不懷疑地認為他雖然也在迅速盤算著什麼，卻一定和錢無關。

「這位是我朋友，譚四……」

「開價吧，多少錢。」盛司琮已然不耐煩地再次詢價。

「呵，我不賣東西。」譚四倒也是不卑不亢地回答著。

「那怎麼辦，我就是想要那個。」

譚四卻只是笑了笑，不予回答。

「別賣關子了……」

同時，盛司琮還偷偷看了一眼屋子一角躺在床上的那位。貌似妙卿已經因為太過無聊而睡著了。這些人……還真是不一般了。盛司琮無奈地開始尋思新的對策。

「我不賣東西，規矩不破，但我們可以來打賭。我要是輸了，這個人偶直接就歸你。」

「哦？有意思，那賭什麼題？」

「當然是您來定，不然像是我特意來下套了。」

「你已經想好要我什麼東西了吧？」

「自然。」

「嘿，說說看。」

「韋斯登收報機。」

譚四脫口而出，可是因為這個賭注太過跳脫，不僅盛司琮，就連梁啟也一時愣住，遲遲沒能反應過來這樣的賭注是怎麼冒出來的。

「您父親掌管全國的電報，不可能沒有多餘的韋斯登收報機吧。」

「嘿，這麼一說，我倒還真覺得你是要特意下套讓我往裡跳了。」

「哪兒有，您完全可以選擇不要我的人偶。」

「果然有你的，行，那我就來出題。」

說完後，盛司琮卻陷入了沉思。譚四和梁啟兩人也不急。梁啟心想，既然要開賭局，也許這兩天的新聞都夠寫的了，反正現在所有人都只關注南昌教案，自己寫什麼也不會有人在意，從而更不在意隔壁幾間房間的動靜了。

大概兩三分鐘過去的樣子，其中妙卿還醒過一次，睡眼蒙矓地看了看屋裡的三個人，隨後說了一聲「哦，盛少爺今天也來我這兒湊熱鬧了」，就又接著睡了過去。盛司琮終於像是想好了方法，得意地一笑之後，說下樓去打電話，一會兒在門口見，隨後就出去了。

屋裡兩人不得不讚歎有錢人家的公子就是不一樣，雖然也會來老百姓常來的妓館，卻專門安裝了電話可以打。

又過了一陣子，聽到樓下有叮叮噹噹的車聲，兩人猜到應該是盛司琮家的，便跟妙卿告了聲別，一同下了樓。

妓館門口停了輛四輪的西洋皮篷馬車，盛司琮已經坐在裡面，看來沒錯了。馬車的樣子相當氣派，似轎似船，篷頂四角皆有銅鈴，四隻金屬車輪全有橡膠包裹，再看裝潢更是選料精良、雕工華麗。

不過，梁啟本以為盛司琮會叫來一輛只有盛家那樣的富豪才會擁有的汽車，最好還是德國產的來坐一坐。一看只是普通的四輪馬車，略有一些失望。

兩人坐進馬車，盛司琮看到譚四抱著人偶，甚為滿意，並要讓人偶坐在自己身邊。譚四倒無所謂，將人偶放了過去。馬車走起，盛司琮則一直像個上學背著先生偷玩手裡的蛐蛐的孩子一樣，時不時地偷看身邊人偶背後裸露出來的機械元件，卻又膽怯不敢動手。

馬車一路往市外走，眼看著已經過了吳淞江，隨後出了公共租界區，駛在了鄉間小路上。也不知到底要去往何處。

東拐西繞，馬車終於停下。車外是一片空場，以及兩個長相完全一樣的男人。大概是雙胞胎？雖然身材看上去並不魁梧彪悍，但從眼神和身形也不難看出兩人都是練家子，不容小視。

馬車停穩，盛司琮也不等站在外面的人來開門，自己便迫不及待地打開車門跳了出去，問了聲：「都準備好了嗎？」

兩人用完全相同的聲音同時回答：「少爺放心。」

梁啟和譚四先後下了馬車，人偶則放在了車上。一來譚四懶得總是背著它，二來外面是沙地，也沒地方可放，要是不小心弄進了沙子，清理起來也麻煩得要命。

梁、譚二人下了車，看到那對雙胞胎的其中一位也不知從什麼地方抱來了一個鐵匣子。

盛司琮指了指鐵匣子，讓那人也放進馬車裡，說：「我的賭注。」

譚四瞥了一眼，就知八九不離十，再加上對這位盛少爺的接觸，大體上可以判斷他不會在這方面弄虛作假。

「那好吧，我們開始了。」盛司琮說著，走在前面，往空場一角的房間而去。

雙胞胎緊隨其後，梁、譚二人也就跟了過去。

梁啟再觀察了一下這個地方的環境，又仔細觀察走在前面的雙胞胎，心裡大概也對接下來的賭局有所猜測了。

等五人都站在小屋門前時，盛司琮對譚四說：「現在還能反悔，我可以出大價錢買，或者乾脆拿那個收報機來換。我的這兩位朋友，可都是高手。」

「沒關係，反正我也閒得無聊。」譚四回答得倒是輕鬆。是比武嗎？梁啟不禁繼續猜測。看這兩位都不是一般人，又在盛少爺的身邊，大概是保鏢？那武功估計都不差。譚四那小子能打得過嗎？看來這人偶是有點保不住了。隨他去吧，反正也不是自己的東西，譚四他願意怎麼處理都是他自己的事。

加油吧，兄弟。身為記者的梁啟，最愛做的自然就是旁觀。

「好，那麼二對二的比試就此開始。」

什麼？二對二？梁啟聽到盛司琮這樣宣布，一下子愣住，有些不知所措。

盛司琮自然是看在眼裡，更感得意，親自推開了小屋的門，小屋裡只有一張桌子，桌子上擺著四把樣貌完全相同的毛瑟手槍。

看到四把手槍，譚四「哦」了一聲，並沒多說什麼。

「不用怕，不是讓你們互射，我沒興趣看什麼血腥場面。」

此時，有人在空場的另一頭立上了一排靶子。梁啟明白過來，大概這裡就是相傳熱愛射擊的盛少爺的私人射擊場了。可是，他剛才說「二對二」，拿槍這件事，自己真的做不到啊。梁啟左右為難，又怕拖累了朋友。

然而看看譚四倒是滿不在乎，等著聽盛司琮說規則了。

「規則非常簡單，就是快槍比賽。槍，大家也都看到了，我這是輕型毛瑟手槍，每把裝有五發子彈，一人一把，去打靶子。只要有一人打完槍裡的五發子彈，比賽就立刻結束。隨後統計你我兩隊各擊中靶心的數量，數多者勝。」

怪不得會找一對雙胞胎，他們一定會配合得相當默契，並且，恐怕這兩人也都是快槍手，很有可能他們會同時以最快速度射完。那樣比賽結束時，說是一人射完比賽即結束，但他們同時射完十發子彈的可能性更大，看來他們的勝算實在太高。

「不用那麼麻煩，由我一個人應戰即可。」譚四依然滿不在乎、輕描淡寫地說。

盛司琮盯著譚四看了看，說：「不許用雙槍。」

「沒問題，不用雙槍。還有其他限制嗎？」

盛司琮自信地一笑，說：「沒有了，這樣一來你已經沒勝算了。好，你先來挑槍吧。」

「沒有其他限制就好。我不用挑槍了。」隨後，譚四從自己懷裡掏出了一把槍，「我用我自己的。」

「喂！你怎麼隨身帶槍呀！」不僅盛司琮和那雙胞胎兄弟，即便是梁啟，也被譚四隨手就掏出了一把槍的行為給嚇到了。

「最近不太平，帶著防身。」

盛司琮倒也並不小氣，雖然被驚到，但很快也就平靜下來，只顧盯著譚四手裡的那把槍看。這把槍的確長得略有些獨特，烏黑槍身，實木槍柄，口徑不小，但只不過是老舊的轉輪手槍。實話說，當譚四自己拿出槍時，盛司琮還以為他拿的是滿堂十發子彈的毛瑟手槍，心中正要懊悔不該用平時隨便玩的輕型款。但看到譚四的轉輪手槍，盛司琮又重新信心滿滿。轉輪手槍只能裝六發子彈，原本自帶槍支有可能出現的優勢立刻全無，並且轉輪手槍換子彈需要用退彈桿一個一個地將彈殼推出來，耗時得很，又是它的一大劣勢。

「你們要不要換槍？用正經的十發子彈。」

譚四竟也說到了盛司琮心坎裡去，盛司琮先是一愣，隨即略帶生氣地說：「不用！擺不下那麼多靶子……」

「那太好了，我也沒那麼多子彈。」

「……」

「我們開始吧。」譚四反倒催促起盛司琮來。

就此三人各站好自己的位置。雙胞胎兄弟動作相同，橫握槍柄，一看便知是行家，完全懂得使用毛瑟手槍的最佳方法。譚四也不遜色，舉起右手，槍口指向遠方屬於自己的十個靶子之一。

盛司琮親自指揮，高喊：「預備——開始！」

聲音方落，三把槍幾乎同時響起槍聲。

不出梁啟所料，雙胞胎兄弟開槍的節奏重疊，幾乎像是同一個人在打槍，甚至兩人連手腕的抖動幅度以及槍口的轉動角度都完全一致，只見遠處的靶子一對一對地被同時擊穿，並且射擊速率極高，完全看不出他們需要瞄準即可立即開槍。

然而，就在雙響炮一樣的槍聲之間，還夾雜了更為快速的槍響，那就是譚四手裡的轉輪手槍發出的。還沒等梁啟注意到譚四的射擊情況，他槍中的六發子彈已經射完。

盛司琮自然也在期待這一時刻的到來。果然是個快槍手，竟然如此神速，但再快又有什麼用，頂多打中六個靶子，等你換好子彈，比賽已經結束。

盛司琮想著，不懷好意地笑了出來。

可是正在盛司琮一閃念認為勝利到手的時候，譚四毫不慌張用左手一拍槍身，那個轉輪竟一下側滑從左側推出了槍膛。右手一抖，轉輪整體滑落。與此同時，左手已經從懷裡又掏出新的裝滿子彈的轉輪，咔的一聲裝上推回了槍膛。緊接著繼續毫無間斷地連發四彈結束了比賽。

整個換彈動作僅在一瞬之間，而正在這一瞬，譚四竟還有暇說上一句「也是自己改造的」，來解釋為什麼這個轉輪可以從槍膛側面推出來還能整體換輪。

不僅梁啟看得驚呆，甚至連盛司琮都一下子沒能反應過來，恍惚間以為譚四的槍裡原本就有十發子彈了。

雙胞胎兄弟自然也不可能反應得過來，在譚四射完十發子彈率先結束以後，他們仍舊按節奏打完了接下來的兩發。兩發子彈自然也都擊中靶子，但誰先誰後，所有人都心知肚明。

比賽結束，略微平靜下來的盛司琮，遠遠看看靶子，笑了起來。

「有意思有意思，你贏，這回算你贏了。」

譚四說了句「承讓」，彎腰撿起了地上那個只有彈殼的空轉輪。

雙胞胎兄弟依然站在那裡，看來沒有盛司琮的命令，他們是不會有多餘的動作。而盛司琮倒還是一臉笑容。對於這樣的局面，梁啟的確一點也不會擔心：一來他了解盛少爺這位公子哥的脾氣，雖然任性得很，但總還是相當講道義，不會胡來；二來譚四的槍裡還剩兩發子彈，以譚四的本事，更是一種威懾。

「那個什麼收報機拿走拿走。我叫馬車送你們回去。不過，你得記著，你的人偶我早晚還是能弄過來。對了，還有你這把槍，我一概都相中了。哈哈哈，有意思，今天玩得真是有意思了。」

盛司琮叫雙胞胎兄弟在自己一左一右往射擊場的休息室走去。看著他們三人在夕陽西下的射擊場上走遠，也真是有些英雄遠去後會有期的豪邁了——當然，假若天氣能再晴朗一些，不像現在這樣陰沉沉冷颼颼的話。

梁啟和譚四相視一笑，也不必辜負了盛少爺的好意，又上了馬車，拿著人偶和戰利品一起回了市區。

這回不必再回四馬路，直接到了梁啟的住處下車。譚四背起人偶，抱著贏來的收報機，滿意極了。告訴了梁啟自己的住處，邀他有興趣可以過去看看，隨後跟梁啟告了個別，也往黃浦灘方向走去，搭船回陸家嘴去了。

在回去的路上，譚四猛地看到了昨天晚上被自己砍傷大腿的那個辮子兵蹲在弄堂與街巷轉角的陰影處。從他蹲著的樣子來看，一點都看不出在前一天剛剛受了重傷。這一點譚四看在眼裡，更是意識到這其中一定有什麼蹊蹺。

譚四本來打算趁機引誘那傢伙到沒人的地方逮起來拷問一些情報出來，卻驚奇地發現他似乎根本不認識自己了。那麼這個辮子兵是在伏擊誰呢？不想那麼多了，先趕緊回去再說。

因為怕在晚上背著人偶太過惹眼而沒走大馬路、穿行於小巷裡的譚四，更是加緊了一些腳步。

第四話・兄弟

在公共租界和法租界的交界處，發生了一起爆炸案。當天下午，剛剛開始熱鬧起來的咖啡館，突然爆炸。死傷慘重，其中有兩對法國夫婦、一名英國紳士，以及包括一名美國主廚、三名中國服務員在內的咖啡館全部員工，所有在咖啡館內部的人，統統被當場炸死。咖啡館門口一名中國的賣報紙小販和一名洋車車夫，還有三個行人被炸成重傷。

英美法巡捕聯合介入。爆炸現場也是圍觀者眾多。說實在的，看屍體本就是人們茶餘飯後的一個談資愛好，特別是被炸得血肉模糊的洋人的屍體。

而在圍觀群眾中，出現了譚四的身影，並非偶然。

譚四是特意前來調查情況的。他必須確認這起爆炸事件是否跟大姐頭有關。因為，一來他沒有接到大姐頭給出的指令，二來他極為反對這樣毫無意義的恐怖式爆炸行為。然而，由於圍觀群眾太多，再加上西捕（洋人警察）拉了警戒線無法靠近，也就不能根據炸藥痕跡來判斷爆炸案是否源於大姐頭的組織。但就在譚四感到將要無功而返的時候，在人群中他有了意外的收穫。

一個極不起眼、矮小的身影從人群中悄悄擠了出來，鑽進小巷。

假若是旁人，大概不會注意到這樣的細節。但剛好這個身影對譚四來說實在太熟悉了，他不可能不注意到。

那個人，正是當年一起習武的夥伴——劉龍。

劉龍和譚四算得上是髮小了。在譚四還是大招那麼大的毛頭小子時，他便在北京城外不遠的通州一家武館習武。雖說是武館，但並沒有固定的流派，雜七雜八什麼功夫都有。然而，由於距離北京很近，當時赫赫有名的武林豪傑大刀王五王正誼會時常親臨指點，使得小小的武館反倒是人才輩出，各個學徒皆是一身好武藝。

其中最為出類拔萃的，正是譚四和劉龍兩人。

年少的譚四就以長劍著稱，比武無敗績，並且長劍舞起來又優雅輕盈，甚至連大刀王五都讚不絕口。而與譚四齊名的劉龍卻是另一番境遇。他生來身材矮小，矮小到沒有人認為他是習武的料。但劉龍卻另闢蹊徑地練得一手出神入化的匕首技，再加上打得一手百發百中的飛刀，令人見之便已經不寒而慄。雖然說起來，劉龍就像一條毒蜥蜴一樣，但實際上那只是功夫層面，而其為人仍是不失習武少年應有的灑脫。

譚四和劉龍兩人，因為從小一起習武相伴，也時常互相切磋，卻又不分伯仲。鑒於少年英才，被當時的人們戲稱為「京東雙傑」。

不過，庚子之變，洋人入京，先就是通州淪陷。武館就此解散，一場混戰之後，京東雙傑也失散了。

確實是久違了的身影。

譚四看著劉龍的背影，不禁回想起太多往事。真沒想到竟然多年以後會在上海再次相遇，真想立刻趕上去相認一番。不過……與此同時，在爆炸案喧鬧的現場，也有了一絲不祥的預感籠罩。

就在譚四打算先跟上去探個究竟的時候，忽而又一個熟悉的身影輕步跟蹤著劉龍也進了小巷。

譚四笑了，那不是梁啟嗎？是來看爆炸案現場好寫新聞吧。怎麼盯上劉龍的？不得不說，這傢伙……敏感度還真是高呀。

但就以梁啟的那點功夫，走不上兩條街就肯定會被發現。為了避免有什麼不必要的衝突發生，譚四迅速繞路先趕到了這條小巷的另一頭，搶先與劉龍碰頭。

「真沒想到居然能在這兒碰到。」

在巷口被譚四攔到的劉龍，除了低聲驚呼了一聲「啊」以外，並沒有太多過激反應，依然是老樣子，一臉滿不在乎的開朗笑容，只是說起話來聲音變得沙啞了些。

「可不是嗎，看背影約莫著就是你。追過來一看，果然是。」

「這一轉眼都六年過去了，真沒想到咱還能活著相見。」

相遇自然驚訝不已。由於距離爆炸案現場不遠，人多眼雜，譚四和劉龍只是簡單相約了個地點，待第二天傍晚再聚。

不過，約好之後譚四又回到了爆炸案現場，在旁邊的一家茶樓等到了夜裡。

六年前，也就是庚子之變洋人入京的時候，對於譚四來說真是沒什麼好回憶的。一群義憤填膺的年輕人，還沒喊出殺氣來，就統統被包圍到死角裡，整齊有序地讓洋兵們用洋槍把腦袋崩開了花。整場戰役，耗時不過一刻鐘，簡直如同胡鬧一般地就白白死掉了幾十個苦練武藝多年的年輕人。

再之前些的事，倒是有些值得回憶。比如說，兩人總是私下切磋武藝，切磋則有勝負，結束後總還要討論如何改進對方的招式。

還有比如武館裡的人實際上最怕的就是大刀王五來，雖然他是赫赫有名的豪傑，但他每次來都會把所有人給揍個半死，然後給出一個極為嚴酷的訓練計劃，讓所有人都更加苦不堪言，卻還不敢有什麼怨言。

只有譚四和劉龍兩人不覺得這些有什麼艱難，面對大刀王五和他的各種挑戰，無不信心滿滿，樂在其中。

也只有大刀王五來了，武館裡才算有點意思，不至於那麼無聊。即便現在回憶起來，譚四依然這麼覺得。

爆炸案現場雖然尚未解除戒嚴，但一來圍觀群眾已經散去，屍體也都運走，二來洋人巡捕也紛紛下班，只留了兩名看起來資歷尚淺、只能幹髒活累活的華人巡捕。

有了潛入的好機會，譚四自然不會放過。繞到被炸爛的咖啡館的後面，一翻牆而入。

破碎的瓦礫廢墟中，彌漫著各種焦糊的混濁味道，燒焦的紡織物的臭氣和鬧不清是些什麼食材混合後燃燒的味道，伴著咖啡豆再次過度烘焙後的焦糊香氣，幾乎完全覆蓋了下午血肉模糊的屍體味道。

爆炸的勁道相當強，整棟咖啡館小樓完全坍塌。幸好這裡不是那種連排小樓而是獨棟，不然旁邊的建築都得遭殃。不過，爆炸勁道反過來也可以說明安裝炸藥的人並不專業。炸藥安放的位置過於重疊，作用也相互干擾。可以說，是一次相當鋪張浪費的爆炸攻擊，外行得慘不忍睹。

觀察了炸藥的位置之後，譚四走近一個爆炸點，仔細觀看炸藥殘留的痕跡。

黑灰色裡還帶有不少土黃色粉末，顯然是相當古老的炸藥了。這樣想來，竟能完成這麼強的爆破力，倒也令人有一點欽佩。但使用這麼劣質的炸藥，也必然不可能是大姐頭他們所為。這倒是讓譚四鬆了口氣，實話說，一直以來他都不希望也不喜歡大姐頭他們做這樣的傻事。

那麼恐怕……

正在譚四剛剛翻牆而出準備回去的時候，忽然聽到遠處有急促的警鈴開道聲。

譚四立即看了看天色。

這麼晚……恐怕出了不小的事。

聽聲音是在法租界內，不如趕過去看看情況。

事發地點並不難找，街上四處可以看到騎著警用自行車的華人巡捕向某個方向趕去。不過，尚沒能抵達，就看到街巷遠遠地被戒嚴了。

無法靠近，只好暗地裡打聽。圍著戒嚴圈走了一周，也就明白了個大概。

是個法國海關檢查員一家被殺。包括檢查員和他妻子以及一對兒女還有保姆下人在內，一共死了七人。原本是神不知鬼不覺就被殺了個乾淨，但哪知檢查員還有個小兒子，趁亂跑了出來，在大街上大哭大喊，才讓人們發現，報了警。

譚四在心中盤算了一下。首先，沒有槍聲。其次，能如此高效地就殺掉大宅子裡的七個人。恐怕只有……

譚四回想起多年前在通州的武館裡，他閒暇無聊時和劉龍討論過如何一個人單槍匹馬攻破一個大宅。宅子的難度主要在於逃生出口多，一個人不容易將所有人全部擊殺。因此，第一重要的就是不能讓宅子裡的人互相通知，只要有所知會，就必定會有逃走的人。而逐一擊破並不是萬全保險的，說得玄一些，當開始有人被殺，那種殺氣遲早會蔓延開來，總會有人在沒見到殺手之前就察覺到異樣。因此，速度則是更為關鍵的。在這一點上，劉龍的匕首技的優勢就顯現出來，再加上他本身身材矮小，是天生的暗殺者。可是雖然他們會討論這些，但那只限於紙上談兵，譚四也好劉龍也罷，都不是那種無腦的殺人狂。

殺人這種事，實際上最無聊了。面對一個沒有功夫的人，無論你殺得多精彩，都一點值得榮耀的地方也沒有。

譚四正想著，突然看到遠處又有情況。

濃煙冒起。方向西北。

火警鈴聲響起，在海關檢查員家宅這裡還沒清理完現場，另外的地方就又折騰了起來。

喂！搞什麼呢！

譚四看著遠處火光衝天的樣子，奔波了兩個地方後，已經有點累得茫然了。鬧得也太過分了點吧。

這回倒是聽到槍響。一天鬧出這麼多大事，巡捕再不戒備抓人都說不過去了。

而當譚四又趕到新的案發現場時，街道又已經被戒嚴。即便是方才的槍戰現場，也靠近不得。

不出所料，第四起案發。

公共租界區北部全面停電，一家英國電氣公司被搗毀。

譚四再趕到電氣公司時，已經累得上氣不接下氣。

哪裡不太對勁了。他一直以為是劉龍所為，可是如此密集的連續作案，一個人怎麼可能完成。但要是組織行為，為什麼不同時開始，線性完成危險度太大。而且以時間間隔來說……也的確是個腳程不錯的練家子跑過去的時間。

顧不上思考更多，第五起、第六起、第七起案件繼續接連不斷地發生……

太陽終於升起，光明照亮整個上海租界，卻也是一片狼藉。

同樣，譚四也被折騰得兩腳發麻、頭發暈。抬頭一看，正在四馬路附近，乾脆不回去，在這裡等到傍晚算了。

妙卿原本還懶洋洋地斜靠在床上打盹兒，門簾掀開時，半抬起眼一看，竟然是譚四，著實嚇了一跳。

「最近你們倆都是怎麼回事?!都不打聲招呼就來。」

「我交了錢了……」譚四疲憊得已經半合上眼，晃晃悠悠就往妙卿的床走去。

「喂喂喂！別過來！我只是在這兒混飯吃的，我不能……」

譚四把妙卿推到一邊，一頭扎到床上迅速睡著了。

「什麼呀，這倆人……」

坐在床腳的妙卿，看譚四的眼神反倒溫柔了幾分。

一覺睡醒，剛好到了傍晚，譚四向妙卿道了謝，便急匆匆地走了。

租界區裡依然人心惶惶，一夜間再加上前一天的下午，連續七起惡性事件，又將入夜，無人不心有餘悸。但也有人說不用擔心，所有的目標都是洋人，一看就是剿夷黨所為，只要離洋人們遠點，就不會出事。

這麼恨洋人，還能連幹七場全身而退，恐怕也只有劉龍了。但這樣的話，他還會來赴約嗎？以譚四對劉龍脾氣的了解，他不會不來，而且一定會來，還會萬分自豪地立刻告訴譚四這些就是他幹的。

譚四和劉龍約在南市的一家小酒館。那裡一來沒有洋人出沒，二來也相對偏僻，對正犯案的人來說容易掩人耳目一些。

雖然前一天晚上被折騰得疲憊，但往南市趕去的譚四反倒倍感興奮。

這位曾經九死一生才活下來的兄弟，還真是能給自己不小的驚喜。

時值傍晚，小酒館裡卻依然沒什麼客人。僅有兩桌看起來像是車夫的華人在吃著幹餅。看不出他們是哪裡的人，也許是密探，但譚四覺得無所謂，看起來劉龍也不在乎。

兩人要了一壺酒，一碟豆子，沒有互相謙讓，直入主題。

「所以說，就是你幹的了？」

「天底下還能找出第二個人來？」

譚四不緊不慢地倒了兩碗酒，推給劉龍一碗。劉龍卻不喝，似乎在等譚四對自己的認可。

「怎麼做到的？」譚四也不多兜圈子，直接問了最疑惑的地方。這次劉龍卻沒有正面回答，看了看酒碗，依然沒有要喝的意思，豆子也不吃，只是停頓了一下，說：「怎麼樣？夠厲害吧。昨天晚上兄弟我才只是試試刀。過兩天我一夜殺光所有洋人不在話下。」

「別逗了，一個人？」

「你是在試探我？」

「我只是好奇。」

「好！我信你。不說這個。你現在在給那個小丫頭他們幹？」

看來這傢伙從今天淩晨到現在還是沒閒著，把自己的底細也查了個遍，譚四心想。怎麼能有如此體力？太不正常了。譚四回想到自己一整個白天都在妙卿那兒睡了過去，對此就更加疑惑了。

「我不管你現在跟著誰吧，雖然我一直看不慣那個丫頭片子。有什麼本事？大概連大刀都舉不動。好，不說她，你還不如跟著兄弟我一起幹。就以咱倆『京東雙傑』的本領，沒兩下就能打出一片天地。我跟你說，全大清國我看能趕走洋鬼子的人，就只有咱倆了。別人，全都是飯桶，根本靠不住。」

有趣是有趣，但現在是非常時刻，不能以小亂大，因為劉龍的魯莽惹來不必要的麻煩。

「我倒是無所謂你幹什麼，但在上海這裡，不是北京城，更不是通州，多少得守著這裡的規矩。」

「你怎麼現在變得這麼囉唆了？」

「第一，不招惹報館。」

「我對那幫二毛子酸文人一點興趣沒有。」

「第二，不招惹官府。」

「行吧，只要他們不賣國。」

「第三，不招惹洋人。」

「呸！合著你就是讓我什麼都不幹了？丫頭片子他們不幹這些事？我不信了。」

「都一樣。這些都毫無意義，何必浪費精力。」

「你什麼意思?!不和我合作，還要轟我走？」

譚四不置可否地笑了笑，說：「就算你一時殺得痛快，也一點用都沒有。」

「怎麼沒用?!殺光就是硬道理！誰敢動我大清國一根手指頭，我就把匕首插到誰腦袋裡頭去！」

劉龍越說越激動，聲音也變大了不少，引得酒館裡其他客人投來驚恐的目光。

譚四不知道為什麼劉龍現在的脾氣會變得如此暴躁，眼看就要引起騷亂。旁桌的人聽到已經嚇得悄悄叫來小二結了錢逃走，不好說誰出門就去報警。心想此地已經不能久留，只好起身，準備先撤離再說。

「你給我站住！你知道得太多了，既然不跟我合作，那就不能留你活口。」

「這是兄弟之間說出來的話嗎？」

譚四只是淡淡地一說，放下酒錢，轉身就走。

出了酒館不遠剛好是個小樹林。譚四聽到劉龍氣勢洶洶地追了上來，無奈只好一路小跑鑽進小樹林再說。

劉龍的腳力相當強勁，竟然很快就追了上來。

譚四見前面有一小片空場，又已經上了山坡，沒有居民，便轉身停了下來，準備就此迎戰。

「行了！別跑了。這裡沒人，不妨就在此做個了斷！」

原來劉龍也是這麼想的，倒是正合譚四心意。

「你的劍呢？」

「早不用了。」

劉龍略有些失望，但手還是伸到了腰間。

譚四從懷裡將那把被他改造過的轉輪手槍掏了出來。

「屁用沒有！昨晚上一群洋人，個個拿著槍也根本鬥不過我。」

劉龍話音剛落，一抬手，三枚飛刀已經向譚四飛來。

譚四卻沒有躲閃，只是手起槍響，三枚飛刀已經被擊落。當然，劉龍不可能只是單純擲刀，借勢他已經直握匕首向譚四撲來。

這也是譚四沒有躲閃的原因之一，飛刀先將路封死，只要朝空當躲閃，正中下懷。

只見劉龍手下毫不留情，匕首已經向著致命的位置刺來。

無奈，譚四只好用最快的速度朝劉龍的大腿不傷筋骨的位置開了一槍。

子彈悶聲穿過劉龍的腿，濺起血花。

但劉龍的動作流暢得如同根本沒有中這一槍一樣。

這不正常！

譚四腦中一個念頭一閃而過。

根本沒有時間給譚四多想，手中的槍向上一抬，原本瞄準了劉龍的頭，但一念之差，槍口還是向下一滑，朝劉龍的胸口開了一槍。

依然毫無反應。

容不得譚四再思考什麼，匕首已經直指心口。譚四手中不是長劍，不可能用手槍去格匕首，那樣自己的寶貝就報廢了，只好用最快的速度向一邊側身。匕首重重地在自己胸上劃開了一道口子。

劉龍的匕首已經瞬間換為立握，反手向譚四後心扣來。

情急之下，譚四只好再開最後一槍。

不必去看，太了解劉龍的套路，背身一槍，正中劉龍手中的匕首。擊飛匕首，緊接著順勢將劉龍推開拋出。

直到此時，大概因為失血過多，劉龍才終於對剛才的槍傷略有反應。並沒有再次撲上來，只是站穩，死死地盯著譚四。

「哼！連我的匕首都不敢擋的武器有什麼用?!」

他嘴裡冒著血，發出如同溺水一樣的聲音。

譚四沒有再動，他也不想再動。只是盯著劉龍胸口的槍眼，久久不能釋懷。然而，他問不出口，為什麼劉龍會和鐵爵爺的那些奇怪的私兵有同樣的體質?難不成劉龍也成了鐵爵爺一夥?鐵爵爺到底對他們做了什麼……

而再等譚四回過神來，劉龍已經走遠不見了。

譚四看著地上的血跡，思索片刻。捂著胸口的刀傷，走到了樹後。

「啊！你知道我在這裡?」

一直躲在樹後的是梁啟。

「廢話……」譚四深吸一口氣，抑制住刀傷的痛感，「要不然我費那麼大力氣把他往另一邊拋幹嗎……」

「哦……」

「你怎麼想？」

「我認為沒什麼值得報道的價值，算我白忙活了。」

譚四淡淡地說了一句「呵，結果還是你比較有趣了」，頭也沒回就走遠了。

梁啟只是看著譚四的身影越來越長，直到消失。

隨後，聽到遠處譚四的一聲喊：「無聊啊！」

第五話・嘀咕

終於，梁啟還是拿著譚四給他的地址，穿過大馬路到黃浦灘找了艘私渡過了黃浦江，去找譚四。

這已經是譚四從盛司琮手裡贏得那台韋斯登收報機之後一個月的事了，在此之前梁啟從沒去找過譚四。雖然在陸家嘴的地址寫得清清楚楚，而且梁啟對那台韋斯登收報機在譚四手裡的用途也滿是好奇，但實在太忙了，完全脫不開身。

梁啟所忙的依然不是關於「南昌教案」的大論戰，在全上海報界已經徹底陷入論戰的白熱化階段，無緣參與的梁啟終於也接到自己報館生涯中的第一個專題任務：訪查萌新女校傳言。

萌新女校原本與雨後春筍般生發出來的任何一所女校沒什麼兩樣，但在近一個來月裡，卻頻繁有傳言說該校校舍總是出沒不乾淨的東西，鬧得連校舍周圍的居民也都誠惶誠恐，紛紛抱怨，要求拆除女校、建廟驅邪。

「破除迷信」本就是新報的重要職責之一，因此即便是在「南昌教案」論戰如火如荼地佔據了報紙的絕大多數版面的時期，關於女校傳言，新新日報的經理依然重視。受命調查並進行深度報道的梁啟，嗅到了終於可以施展才能的時機。

對一篇有深度的專題報道來說，僅僅只是跑到事發地點採訪幾個周圍居民，運氣好的碰到一兩個願意說上兩句的當事人採訪一二，這樣是遠遠不夠的。躊躇滿志的梁啟就更是不可能滿足於此。從接到任務之後，梁啟便不再去四馬路的妓館偷聽，而是到了女校周圍觀察環境，為之後真正的暗訪環節做足功課。

萌新女校的校址在南市，距離法租界比較近。辦學的校長是位既有錢又有維新理想的李姓商人。根據辦女校時所提供的檔案看，這位李校長沒有出過國，曾經考過科舉但沒有考上，沒有捐個官做，而是做起絲綢類的小買賣，從此發家。甲午之役以後，他恨國之腐朽不堪，立志為破除時弊盡自己的微薄之力，因此從纏足之弊開始，辦起女校來。

幾天來，梁啟一直暗自在萌新女校附近巡查。

校舍的占地面積並不算大，圍牆內不過是一小塊操場加上一棟三層的洋樓，有些不想回家或者無家可歸的女學生會住在學校裡。雖然有圍牆，但在街上依然可以看到三層洋樓的樣子，擠在周邊的弄堂木樓之間，顯得多少有些突兀。倒是有一座由上海道學著租界區裡的樣子自己建起來的消防瞭望塔，黑乎乎、笨乎乎的在女校附近算是怪裡怪氣地相得益彰了。

原本弄堂是比較封閉的，鑽進石庫門的鐵柵欄，外來人會立刻被住戶們注意到。不過，因為這裡還殘存了些沒有搬到閘北去的小手工作坊，也變得比租借區的弄堂複雜得多。這一點對於前來暗訪的梁啟是相當有利的，除了因為那些小作坊的存在而使得空氣中彌漫著滿是煤炭燃燒的硫黃味和煉油的刺鼻味道，實在是令人有些不快。

女校旁邊有一條油膩膩的小溪，溪流帶著微微的腐臭流淌而過。幾天來的觀察，他發現小溪旁有個每天都來的餛飩擔子，來吃的人不少，老闆還準備了些長條板凳。相當合梁啟的意，也就姑且無視奇怪的味道，坐到了餛飩擔子的常客們之中。

坐在長凳上，自然不是為了吃餛飩，而是要細細地打聽。

為了不引起無謂的懷疑和周圍居民的反感，梁啟並沒有急於求成。用了兩天的時間，才基本上和餛飩擔子的攤主還有幾個常客混熟，從而開始有一搭沒一搭地聊起萌新女校。

雖然這些人也多是道聽途說，但至少他們一旦說起，根本不需要梁啟再運用什麼暗訪的技巧來引導，就你一言我一語地開了話匣子，說起來沒完。

信息的確雜亂無章了一些，但從這些細節中，梁啟依然整理總結出了不少有實際意義的內容，大體上，進一步地了解了事件的始末。

事件大概持續發生有十天之久，最開始只是下學回家的兩三個女學生在路上聊，卻被路人聽到。

她們並不住校，只是聽住校的女同學們說，深夜學校樓道裡會忽然有男人嘀嘀咕咕的聲音。大概就是住校生該就寢的時間之後不久，宿舍門外會隱隱聽到有男人嘀嘀咕咕的聲音。到底嘀咕些什麼，也聽不清楚。雖然並非每晚都有，但隔一兩天就會來上一次，十分頻繁。有的終於壯起膽來決定當面抓到這個人，但就在窗下嘀咕聲又起，立即推開門來看時，發現外面什麼都沒有。原本半夜女校裡有男人，這件事已經足夠可怕，而此時徹底驚悚化了。

事情迅速傳開，不僅學校裡人心惶惶，傳到校外之後更是以訛傳訛得更加邪乎，什麼因為女校聚集陰氣過重招來惡靈之類的說法也都隨之出現。只是對於女校方面，因為以信奉科學、破除一切怪力亂神為本，硬是挺著不承認是異靈作亂。不過據說已經傳得滿城風雨，那個門外的嘀咕聲依然夜夜出現毫不收斂。

外圍的信息收集小有成效，梁啟便打算進一步深入調查。想要深入調查，最好的辦法自然是進入到內部中去。然而，當梁啟嘗試想應聘成為萌新女校的教師時，卻遭到了直截了當的拒絕。拒絕理由也無可厚非：學校資金有限，不缺師資。

吃了閉門羹的梁啟，只想到一樣東西。或許只有那樣才能進到女校內部探個究竟了。

天色已經到了傍晚時分，不住校的女學生們紛紛離開後，萌新女校的鐵門緊閉，夕陽餘暉灑到女校的洋樓上，半面金紅，看上去還真是有幾分妖異。

這裡面到底藏了什麼樣的祕密……

回到住處，梁啟將房門關好，點亮豆油燈，掛到屋頂正中央垂下的懸鉤上，昏暗的燈光影影綽綽地照亮了屋子。他又靜了靜心，走向屋子角落的一個木箱前，打開了木箱。

木箱裡，在雜七雜八的日常用品下面，一塊藍印花布包裹著的，正是自己要找的那樣東西。梁啟把東西從藍印花布中小心取出，一種不可思議的久違之感湧上。是一本手寫的日文書。當年在日本留學時，特意從一位常駐在上野公園一株櫻花樹下的街頭藝人那兒買來。買時多少只是一時好奇，沒想到竟真的有用得上的一天。

梁啟並沒有多做什麼，只是看到這本書依舊完好，也就放下心來，裝進手提包裡。又點了些錢，塞進包裡，熄滅了豆油燈，走向了仍舊熙熙攘攘的街道，若無其事地向四馬路而去。

無論白天還是晚上，除了梁啟以外，不會再有人點妙卿，因此到了妓館，幾乎是隨時到隨時可以進屋。然而，在開始接待真正來妓館尋歡作樂的客人們前來消費的夜晚時間，梁啟出現在妙卿的房間裡，還是讓她大吃一驚。

「不會吧，你難道也要……」妙卿看著梁啟熟練地將房門的布簾放下，驚得張著嘴說不出完整的話，並不由自主地向床腳的方向靠了靠。

「沒有的事。」

梁啟也不顧妙卿驚慌失措，只是把那本書從包裡拿出來遞給她看。

「全是日本字，我看不懂。」

不過，還沒等梁啟做什麼解釋，妙卿自己翻開書挑著日語裡的漢字看，再看了看各種手繪圖示，立刻就明白了。隨後，妙卿饒有興趣地對照著書裡的幾幅插圖盯著梁啟看，嘴裡還不斷地念叨著「哦？原來可以這樣！」、「哦？好神奇呀，我怎麼從來沒想到過」之類的話。

被妙卿盯著看的梁啟，有些坐立不安，只好支支吾吾地說：「別……別誤會……我只是工作需要……」

「還解釋什麼？趕緊開始吧。」

「至少讓我解釋一下具體是什麼工作吧……」

平時永遠慵懶懈怠的妙卿，此時竟是精神抖擻，根本不等梁啟解釋，就已經拿著那本書，看著插圖猜著內容準備拿梁啟開試了。

「是我跟一個街頭藝人那裡買來的。」

「也就是傳說中日本的高超易容術了？」妙卿取來自己的梳妝盒，坐到梁啟面前。

「算是吧。」

「怎麼只有男扮女？所以你的趣味真的有點……」

「別管那麼多了，當時有好多種，我隨便挑了一本。」梁啟匆匆打斷了妙卿的話，閉上眼，摘掉了眼鏡，任憑妙卿在自己臉上又塗又抹。

在妙卿給梁啟的臉上打了厚厚的粉，還畫了眉、畫了唇之後，梁啟還是慢慢地把萌新女校的事情講給了妙卿聽，以及最後出的這一招，準備男扮女裝混進學校看個究竟，也都說了出來。

「你膽子倒是真不小呀。」

「被逼無奈，只是試試看，不成我就跑。」

剛好梁啟本來樣貌也很清秀，骨骼也不粗大，再加上妙卿按照那本神奇的日文書上面的步驟，一步步給梁啟打扮，給梁啟換上了自己的胸衣和裙子，又拆掉辮子，戴上假髮，在燈光下，活脫兒就是個身材有些高大的姑娘樣子了。

「原來你的喉結這麼不明顯呀。」就像欣賞自己的藝術作品一樣，妙卿讓完裝後的梁啟在燈前轉來轉去，看個不停。

梁啟微微低下頭，沒好意思說什麼。

「聲音怎麼辦？」妙卿忽然意識到。

「書後面也寫著方法……」

書上寫道：只要人為地將聲帶抬高一個指位，保持住，說出話的聲音就是女聲了。

說來簡單，但真的想要做到，卻相當困難。練了整整一個晚上，說話的尾音還是總會不自覺地掉下來。眼看著天也亮了，就算一開始興奮不已，妙卿現在也還是開始哈欠連天、面帶倦容了。大概是因為練得有些過度，梁啟已經大聲說不出話，再加上聲帶抬高一個指位，反倒中性了許多。

不過，就算妙卿已經困得睜不開眼，梁啟還是沒讓她直接倒頭就睡。給了她一把銀圓，叫她務必出一次妓館，帶自己去萌新女校。

在梁啟百般央求之下，妙卿打著哈欠，終於有氣無力地說了聲「好」，也就換了衣服帶著女裝模樣的梁啟出了門。

一下子以女裝樣貌站在街上，即便是清晨還沒什麼行人，梁啟還是緊張得不自在極了。幸好有妙卿掩護，叫來一輛洋車，不敢多說話，去了南市。

教師不需要，而學生呢，既然是送錢的主兒，沒有什麼理由拒絕。只要是真心想要學知識的女性，不問出身不問年齡不問學識，一概可以立即入學。

妙卿在學校的接待房給梁啟辦好了所有手續，拍了拍姑娘樣子的梁啟的肩膀，微微笑著低聲在他耳邊說了聲「加油」後，就毫不留情地走掉了。

只留下了梁啟一人，獨自面對。

雖然面對學校門衛，萬分緊張，但事已至此，硬著頭皮也得繼續了。

梁啟遵照書上所說，在沒有自信的情況下，多用「嗯」和「嗯？」，儘量少用完整句子的原則，還是蒙混過了這一關。

終於算是進了萌新女校的大門。一不做二不休，梁啟咬著牙，走進校園。

不巧的是校園內，正遇到有一些女學生在操場自由活動。

操場上可以活動的項目看起來相當豐富，兩個在打從英國學來的擊球，球拍擊打在往復彈跳於球網之上的球，發出著啪啪聲，還有幾個在球場兩側喊著應該如何擊打抑或看得入神。另有三兩個在操場的另一角邊鞦韆，以及一個正東倒西歪地學習騎兩輪自行車，看上去完全沒能掌握平衡。

趁她們沒有注意到自己，梁啟低著頭迅速往教學樓裡走。

梁啟對自己的聽力倒是頗有信心，在他匆匆穿過操場時，雖然聽到有女學生開始竊竊私語，但並沒有質疑自己的女性身分。從而，就像躲雨一般，梁啟一路小跑，鑽進了教學樓的門洞。

咚的一下，和什麼人正撞個滿懷。

梁啟微微捂著嘴倒吸了一口氣，而被撞到的人卻沒有發脾氣。梁啟抬頭看，是位相貌堂堂的穿著款式考究的英式西裝的年輕男子。

「密斯……梁？」男子雖然遲疑了一下，但還是說對了梁啟的姓，大概自己的信息已經傳進來給了教職工們。

雖然男子仍舊梳著長辮子，但無論是行為舉止還是表情言談，看上去都儼然是一位英國紳士的樣子。他走近梁啟，梁啟依稀聽到操場上的女學生們竊竊私語的聲音更雜亂了。

「你好。」男子向梁啟微微一笑，「我是本校的西學老師，我姓孟，叫我密斯特孟就好。」

「您好。」梁啟把頭低得更深了。不過，這樣怯生生又不失禮的表現，實際上還是很令梁啟滿意。

「剛好還沒到上課時間，我帶你先熟悉熟悉學校環境吧。」

梁啟微笑點頭，跟在密斯特孟的側後方，進了洋樓。

洋樓裡就像任何一棟西洋建築一樣，有著長長的走廊，走廊昏暗且陰冷。密斯特孟和梁啟的皮鞋，在石質地板上相應地嗒嗒作響。密斯特孟先帶梁啟去看了位於一樓的宿舍房間。看過後，他們繼續走在了走廊裡。

走廊的一側是一間採光很好、有四排長桌、坐滿了女學生的教室，教室的前端有一個半人高的講臺桌，講臺桌後面有一位穿著藏藍色長衫、身材微胖、年近暮年的老先生，正在搖頭晃腦地講著什麼。

「這位是我們的國學老師，是位相當有學識的老先生。」

密斯特孟走在前面，低聲給梁啟介紹著。這位老先生姓趙，但沒有人敢直呼姓氏，都稱他「先生」或者「夫子」。待走到走廊的盡頭，密斯特孟才終於停下腳步，轉過身來面對梁啟悄悄說：「他呀，可是我們學校的異類，極端厭惡洋人，卻偏偏要來這麼西化的女校教學。」

「也許是因為找不到其他工作？」梁啟對自己的偽裝越發有了些信心，俏皮地悄悄說道。

密斯特孟哈哈地笑了起來。

二樓同樣是長長的走廊，兩側的房間則是圖書館、地理教習室、化學教習室等。

「我們不教女紅，只教科學。」

三樓相對狹小許多，是校長以及教師的辦公室。

「一會兒是地理課，西學都是我來教，直接到地理教習室來上課就可以了。我現在要去做些準備。」密斯特孟依然彬彬有禮，和梁啟用英式的握手禮告別，「希望你能喜歡我們萌新女校。一會兒見，密斯梁。」

一直待密斯特孟完全走離自己的視線後，梁啟才終於放下女性姿態放鬆片刻。不過，胸衣對自己的束縛無論怎麼也鬆弛不下來。

從一樓的教室裡已經傳來女學生們開始朗讀詩文的聲音。似乎是《弟子規》之類的陳腐之文，朗誦的聲音也明顯可以聽出她們百般不耐煩。但想要識字，又沒有什麼專門的教材可用。

梁啟獨自悄聲走在二樓的走廊，仔細觀察整棟樓的建築結構。

這是典型的磚石結構的洋樓，建築時間大概不會在甲午之役以前，也就是說這是一棟不過十年的建築。從建築的內部走廊和兩側的房間布局來看，當初必然不是為做學校的教學樓而建，應該是西洋的什麼公司。雖然距離法租界很近，但從建築風格來看，更可能是英國的公司。再看剛才密斯特孟的做派以及門衛的風格，估計這所學校本身就和英國關係更近些。

就在梁啟小心翼翼地在走廊裡觀察時，聽到了有腳步聲下樓。很快密斯特孟的身影就又出現在梁啟眼前。

「密斯梁？」密斯特孟親切地問，「怎麼沒進到教室裡去？進來吧，她們一會兒就都上來了。」

梁啟心裡苦笑著，我能避開她們就避開呀，站在女學生堆裡，還不瞬間就被發現……

然而，梁啟也不能做出什麼異樣舉動，只好跟著密斯特孟，走進了地理教習室。

地理教習室和一樓的教室很不相同，更加方正一些，沒有一排排的桌子，而是圍著一張圓桌擺了兩圈木凳。圓桌上擺著一個比黃浦江上輪船的船鋅直徑還要大些的巨型地球儀。教室一邊有排格子木櫃，木櫃上擺放著些看起來是航海所用的羅盤、望遠鏡種種，而另一側張貼著平面的世界地圖。

有趣的是，全都是英文標識，那張世界地圖也是以格林威治子午線為地圖的中軸線。這些更能證明這所學校與英國的密切關係了。

「我是從英國留學回來的。」密斯特孟像是在解釋為什麼全都是英文標誌似的，「所以，我也要用英文授課的。你學過英文嗎？」

梁啟微微咬著嘴唇低下頭搖了搖。

「沒關係，英文很簡單的，等下課我來給你補習。」

密斯特孟親切地凝視著梁啟的臉，從他的目光中完全看不出是不是已經將梁啟的偽裝看穿。

昨天一晚上，除了讓妙卿按照那本書所寫給自己精心化妝易容以及進行反反覆覆的聲音練習以外，梁啟的精力全都放在反反覆覆地演習書後面所寫的種種遇人應對方法上了。而這本書的核心精神就是：只要不露出破綻引起懷疑，裝扮是什麼性別，對方就會深信你是什麼性別，哪怕有些細節略有偏差。而破綻源於聲音、表情、姿態。

梁啟牢記要點，把頭低得更深，就鑽到了地理教習室的角落。

此時，聽到有腳步聲紛紛亂地從樓道傳來，不一會兒，來上課的女學生們就都擠進這間地理教習室。

慶幸的是，這個時代女扮男裝十分普遍，甚至是個潮流，而男扮女裝在戲院之外幾乎沒有，所以只要梁啟儘量減少引人注意的舉動，儘量少直接接觸人就好。

上完地理課後，密斯特孟並不食言，留梁啟在教室要教英文給他，從ＡＢＣＤ開始。而梁啟自然不敢久留，怯生生用幾乎聽不到的聲音說了一聲「不用了」，就跟在下課的女學生們後面出了教室。

接下來的課程是：古文課、化學課、時事課。

逐漸，梁啟發現女學生們似乎都很喜歡密斯特孟，只要是他來上課，她們就會很熱情，回答問題也都很積極。

一天的時間迅速過去，夕陽西下，不住校的女學生們紛紛離校。

梁啟自然也假意跟在她們後面，不過趁人不注意，一下子鑽進了樓道的拐角，獨自留在了教學樓裡。

萌新女校的人員基本構成已經大致摸清。

學校的女學生人數，包括新來的梁啟一共有十七名，分成兩個班來上課。而教師則只有兩名，分別是教西學的密斯特孟和教國學的趙夫子。顯而易見的是，風趣且紳士的密斯特孟更受歡迎，並且也承擔起更多的課程，而刻板保守、食古不化的趙夫子則基本上就只能受到包括密斯特孟在內全校人的冷漠待遇。不過，反過來說，因為趙夫子本人又對西洋文化極端抵觸和反感，這種冷漠似乎又正是如其所願，剛好在西學包圍下獨善其身了。

不過，趙夫子整日陰森森的樣子，又總不能給人以儒者的感覺。甚至於，在第一眼見到他的時候，梁啟不禁開始猜疑所謂的異靈事件，實際上就是這個老傢伙搞的了。他實在太有化身惡鬼的潛質。

夜晚的探察，實際上更為重要。

一直等到深夜，女學生們紛紛回到了一樓的宿舍裡就寢，梁啟才安心地從藏身的角落裡出來。

正在梁啟打算繼續夜探萌新女校的時候，忽而聽到樓道的另一端，盡頭的拐角處傳來了男人的嘀咕聲。

梁啟一下子興奮極了，沒想到自己潛入到女校的第一個晚上，就能趕上最想查清楚的事情。

梁啟把妙卿借給自己的皮鞋脫掉，用最輕的步子向走廊的另一端走去。路過了女學生的宿舍，宿舍裡已經熄了燈，不知女學生們是否也聽到了這一晚的嘀咕聲。

然而當梁啟越發靠近聲源，越感覺哪裡不大對勁。這個聲音聽起來十分耳熟，嘀嘀咕咕地似乎在說著什麼羞於見人的事情。這是……

就在梁啟略一遲疑的片刻，突然在傳出嘀咕聲的位置竄出一個人影。是……密斯特孟？沒錯，那個嘀咕的聲音也不會是別人的。隨著密斯特孟站出來之後，又有一個女學生的身影從角落裡走了出來，並且低聲說了句：

「真討厭呀，原來是那個新來的，不懂規矩！」

密斯特孟遠遠地在黑暗中盯著雙手提著皮鞋的梁啟，似乎面帶著不懷好意的笑容。梁啟僵住了片刻，但立即做出了最為正確的反應——不顧一切地掉頭逃走。

梁啟聽到那個女學生問密斯特孟，要不要追。密斯特孟回答了什麼，跑出學校洋樓的梁啟沒有聽到。

或許是發現了真相的興奮，梁啟完全不顧街上用異樣眼光看著自己的行人，一路跑回了住處。三下五除二地把妙卿的裙子、胸衣統統脫掉，終於順暢地喘上了一口氣，隨後點亮那盞昏暗的豆油燈，準備把新聞稿寫出來。

是醜聞呀，果然關於女校的傳言都會伴隨這樣師生不倫戀的醜聞。

可以說，當自己第一眼見到密斯特孟時，就已經大概猜到這所女校在夜晚到底發生了什麼事情。

不過，現在還不是出手的時候，雖然所謂異靈事件的真相基本明確，但還沒有確鑿的證據來進行報道。自己總不能在報道裡寫「筆者偽裝成女學生而得知」之類吧。那麼，今晚所見所聞便不能作數，取得可以報道又確鑿的證據則是接下來工作的重點。想要取得新聞報道所用的證據倒也是有不少辦法，一來是直接報警，二來是強迫密斯特孟自首。

可是……

梁啟立刻認為這兩種辦法都不夠明智。密斯特孟絕非等閒之輩，短時間內無法抓到他的把柄來威脅他，而自己又不是巡捕，毫無義務在一件事上花費太多的精力和時間。更快捷省事的辦法自然是報警，可是一旦驚動巡捕，其他報館必然也會趨之若鶩地跑來採訪報道，那樣獨家肯定泡湯，自己這不也就白忙活了。

所以……梁啟的腦袋拼命地運轉，卻還是想不出什麼好的對策。或許等到第二天辦法自然就有了。

然而，等到第二天，還沒有來得及讓梁啟想到什麼靈光一閃的對策，卻先收到了線人傳來的一手消息：萌新女校的西學教師孟文興，意外死亡。

收到這條消息後的梁啟愣了許久，又回想了前一天自己親眼所見的關於萌新女校的一切，才忽然意識到自己可能是被表面的所謂真相給蒙蔽了，事情似乎還不是想像的那樣，有什麼又回到了原點。

第六話・瞭望

密斯特孟，本名孟文興。

二十九歲，單身獨居。

沒出過國，僅在寶山一帶的英國教會學校學過英文以及些許西學。

二十三歲到上海謀生，做過買辦的翻譯和書記員，後來經朋友介紹，偽造了留英經歷，去了萌新女校任教。

這是密斯特孟事發之後，梁啟立即委託線人查來的底細。

而他的死因也得到了確切的信息。正是在梁啟潛入女校的第二天清晨，密斯特孟在萌新女校的洋樓樓頂墜下身亡。不過，有意思的是雖然死了一名教員，但這個消息卻似乎是被封鎖了一樣，嘰嘰喳喳的女學生們，沒有一個人在校外說起過，從而也不會像之前夜半嘀咕聲那樣傳得滿城風雨。

甚至於因為密斯特孟本身就是個單身漢，家人也不在上海，連喪事似乎都沒有人來籌辦。當然，事件發生突然，還沒來得及應對也是原因之一。

只有像梁啟這樣一直關注著萌新女校一舉一動的人，才會在第一時間得知。

當梁啟親身探察到這所女校中的不倫師生戀時，的確是滿心歡喜，甚至因為女學生們對密斯特孟的態度，以及那天晚上女學生說到了什麼懂不懂規矩之類的話來看，很有可能這個姓孟的所染指的女學生不止那晚的那一個。對女校醜聞的報道，本來是極受大眾關注的，然而此時這傢伙卻突然死掉了，很有可能是自殺，還沒有完成的取證算是一下子斷了線，並且明顯可知這所女校所隱藏的事情絕非不倫師生戀這麼簡單了。

根據梁啟手裡所掌握的情報來看，這個「真相」已經近在咫尺。卻因為斷了線而看不清到底是什麼，怎能不令人心癢。

剛好梁啟也還算是這樣一個心癢的有心人。只不過，梁啟所能用到的手段也都用了，現在唯有去找譚四尋求可能有的幫助了。那個傢伙，大概會有什麼常人不能掌握的方法。

也許是唯一的辦法了。

梁啟拿著譚四給的地址，找了渡船，過了黃浦江。

實際上譚四所占的那棟廢棄電廠並不難找，繞過外國墳山，遠遠地就能看到電廠高聳的冒著黑煙的煙囪。

當梁啟推開電廠廠房大門時，首先看到的並非是自己那位舊友譚四，而是個光著膀子、一身黑灰、髒乎乎的乾瘦小孩。

小孩看到廠房門被推開，還進來個人，如臨大敵一般突然定住不動，雙目死死瞪住了梁啟。

幸好這時站在鐵架二層的譚四也看到了進來的人是梁啟，立即制止了那孩子接下來很可能要採取的暴力行動。

終於放鬆下來的梁啟，看到那小孩所站的位置旁邊鋪著一張地圖，地圖上畫著些紅色標誌，不禁問那是什麼。

小孩心直口快，毫不掩飾地說道：「是個什麼女校，大姐頭說要炸掉它。」

「女校？」梁啟微微皺眉，意識到這裡面更有隱情，「難不成是……」

此時，譚四已經下了樓，走到那個小孩身邊，狠狠地拍了一下他的後腦勺，說了句「淨洩露機密！」便搶先問梁啟來做什麼。

梁啟原本就沒打算隱瞞什麼，把自己調查到的有關萌新女校的情報簡略說了一下之後，就直截了當地問譚四有什麼辦法可以繼續獲取新的情報，以便作為報道登報的證據。

「怎麼你也摻和到這件事裡來了？」

看到譚四對自己調查萌新女校的反應，再聯繫到剛才那個孩子說奉什麼大姐頭之命炸掉女校，梁啟立刻知道這所學校正如自己所預料，在不倫師生戀之下隱藏的才是它更真實的面目。

自己這次是不虛此行了。

雖然譚四聽到梁啟提及「萌新女校」四字便皺起眉頭，但他也並沒有要將梁啟拒之門外的打算，而是叫那個孩子去管管鍋爐裡的火。

小男孩雖然不情不願，但還是去了。

譚四沒有解釋這是要做什麼。梁啟也不多問，靜觀其變。

火焰在那個乾瘦得不成樣子的小孩把一鍬接一鍬的煤添進鍋爐裡去之後越燒越旺，烏黑巨大的蒸汽發電機開始帶著低鳴聲運轉起來。同時，伴著硫黃味的潮熱也在廠房裡逐漸蔓延開來。

對於這一點，梁啟實在不喜歡。

但當看見譚四抱著一捆打滿了小孔的紙條，到那台和盛司琮打賭贏來的韋斯登收報機前時，梁啟意識到這才是更為關鍵的一個環節，從而完全忽略掉了環境帶給自己的不適。

在被改造過的韋斯登收報機旁邊，連接在一起的是那個曾經跟自己朝夕相處了一個多月的寫字人偶，但要說親切感，梁啟卻一點都沒有感到。那人偶坐在這間悶熱的廠房裡，散發著完全不同的氣息。它手握著毛筆的樣子，蓄勢待發像是就要寫出什麼祕密。

譚四讓改造的韋斯登收報機一點點吞進紙條，讀取著紙條上通過疏密不一的小孔所含帶的信息。

來找譚四的路上，梁啟構想過譚四能提供怎樣的工具。對一個繼續取材的記者來說，自然是那種可以便於取材的工具，比如可以留下圖片證據的照相機。然而照相機實在太笨重了，取材必然還是要暗訪，那麼怎麼運進去藏好，怎麼在關鍵時刻挪到正確的位置，又怎麼在鎂光燈爆出白光後不被發現，當然，更重要的是就算拍下來，能攜帶著笨重器材逃走，也幾乎是不可能的事。

如果只是一台常見的照相機就可以解決問題的話，梁啟也不會跑來求助於譚四。想像中，譚四大概會給他提供更輕便的照相機啦、不會發出爆炸聲的鎂光燈啦之類的，結果……

就算是這個人偶寫出來什麼證據，又有什麼用？像編本埠新聞那樣？那麼和自己寫有什麼區別？但當熟悉的咔嗒聲響起，人偶卻沒有寫出一個字來，而是虛虛實實地畫起了畫。

人偶再次讓梁啟驚訝不已。

各種線條看起來雜亂無章地被人偶畫到紙上。線條逐漸勾連在一起後，畫面也越發清晰明瞭，正中央是個空場，空場裡有球場、有鞦韆，空場的一邊是一棟三層的英式洋樓。

「這是……」梁啟像第一次見到這個人偶開始工作時一樣，既驚訝又略看出了點門道，欲言又止。

「昨天晚上的，我一直在採集。」

譚四從來不故弄玄虛，在被改造了的韋斯登收報機有條不紊地繼續吞噬著紙條、人偶繼續畫著萌新女校的校園時，他又去拿來了一沓圖紙。

把圖紙鋪開，猛地看上去，完全沒有區別，都是萌新女校斜上方視角的鳥瞰圖，但細節上確實有些許不同。除了院子裡僅有的一株梧桐的樹冠形狀略有變化以外，亦有人影在不同位置出現。

「這都是它畫出來的？」

要不是梁啟親眼看著那個人偶正一筆一畫地畫著，是完全不敢相信的。圖，雖然沒有照相機拍出來的那麼清晰，但無論是透視效果的表現還是陰影的明暗處理，都遠遠強過當時風靡的畫報用畫水準。

「準確地說，是我攝來，再交給它畫出來。」

攝來？梁啟一時間滿腦子的問號，但深知還不是刨根問底的時候。這些暫時與女校事件並無直接關係。

「這個人很可疑。」譚四指著每一張圖裡都會出現的人影說。

一開始梁啟以為那是死掉的密斯特孟，根據他自己的切身調查，自然所有的問題都會指向這個色膽包天的人。但當他仔細看那個身影時，才發現那並非是穿著西服、總拿著個英國紳士的文明杖的密斯特孟，而是體形已然發福、穿著長衫的那個刻板老頭趙夫子。

再看了幾幅圖後，梁啟更為肯定那就是趙夫子。

本以為譚四會和自己一樣，關注點被密斯特孟的奇異舉動所吸引，卻沒想到他的目光是定格在了趙夫子身上。果然看問題的角度不同，所看到的問題也不盡相同，以及這所學校果然還有什麼更深的陰謀。

「因為他隔三岔五就會在半夜進學校一趟。而且總是小心翼翼，走在操場上還會回頭看好幾次才進到樓裡去。」

聽譚四所言，梁啟又仔細看了看圖上的人影，從定格在畫面上的樣子看，就不難判斷其行跡相當可疑了。

「那他這是要幹什麼？」

譚四撇撇嘴，只是說：「你想辦法查吧，我今晚也還要行動。」

「行動？」梁啟此時才想起他一進門時，那個孩子就說過有個大姐頭要讓他們把萌新女校給炸掉。

可是……譚四不可能是那種暴力至上的人。

不過當聽到「行動」二字時，那個滿身流著一條條炭末和著汗的黑水的小孩，一下子興奮起來。也不鏟煤，跑過來問到底什麼時候行動。

有這孩子一鬧，恐怕更不可能從譚四那裡挖出什麼新東西了。

圖也不是給梁啟用於報道的，而是要給那個大姐頭，並確定炸掉學校的必要性。眼看就要兩手空空地回去，梁啟才跟譚四說了關於這一天早晨密斯特孟死掉了的消息。

譚四也為之一震，立刻問：「是那個穿西裝的老師？屬實嗎？」

梁啟點頭。

譚四愣了片刻，眼珠在眼眶裡快速轉了一圈，說：「反倒是我要拜託你一件事了。」

梁啟繼續點頭。同時在心裡笑了笑，正是要這樣的效果。

「這所學校問題很大，然而我似乎早就被他們盯上了，一直防著，所以根本沒法靠近。因此，希望你能想辦法潛入到學校裡面去探察一下。主要是那棟洋樓的內部結構，我從外面看不到。一定要仔細，不放過每一個細節和拐角。」

看建築結構？難不成他真的要炸這所學校？不過，梁啟依然相信譚四並不是個魯莽的人。

「但有個條件。」梁啟一本正經地在討價還價，「就是到時候，你要以受訪人的身分，接受我的採訪，報道萌新女校事件的全過程。」

「沒什麼問題，到時候再說。」

這個時候，那個小男孩已經迫不及待地要準備晚上的行動，只是又被譚四給按了回去。

所謂「到時候再說」，多半也就黃了。但梁啟並不著急，別人不敢強求和保證，但譚四這傢伙還是跑不了的。

離開陸家嘴回到浦西之後，梁啟直接去了四馬路。

可以說在上海能給梁啟幫助的人，大概除了譚四，也只有妙卿了。好歹自己也是她唯一的主顧，雖然她懶散至極，但那只是對於她自己的本職工作而已，到了該幫梁啟的忙的時候，她還是相當講義氣的。

「哎喲！梁姑娘您回來啦？」

一見梁啟進了門，妙卿一反常態地有精神。

梁啟剛把門簾放下，回身就看到平常像隻懶貓一樣的妙卿正用一雙如同盯住了獵物的眼盯著自己，似乎已然可以看穿他全身的一切。

在妙卿熾熱的目光下，梁啟不禁背後一涼。

不過，妙卿發現梁啟並沒有把自己借給他穿的衣服拿回來，頓時不甚高興。梁啟卻顧不了那麼多，總怕時間耽誤不起，只好完全無視妙卿嘟起來的嘴，一板一眼地講起早就想好了的計劃。

見妙卿不耐煩地瞥了自己一眼又要睡，梁啟趕緊湊過去表現得殷勤一些。妙卿倒是也受用，緩緩地繼續說：「你不是看到那個叫什麼的教師和女學生亂搞了嗎？正好是個機會，你就說那個人也要對你非禮，我假裝是你姐姐，過去鬧上一鬧，拖住他們，你趁機去調查咯。」

梁啟聽到妙卿這樣說，立即表示認可。

「真是比我還木頭……」妙卿低聲嘀咕著，「好，反正你給足了錢，我什麼事都能給你辦。」

「下次再帶你出去玩點新鮮的。」

「隨你吧……」

不容梁啟多說什麼，妙卿已經開始面無表情、冷冰冰地給梁啟化起妝來。而手法顯然熟練多了，感覺這個慵懶的姑娘可能在梁啟離開之後，照著書上的圖又反覆研究過。

也真是不知道她是勤奮好學還是懈怠懶散了。

這次，梁啟穿得相當樸素，只是一套舊式旗袍和軟綿綿的布鞋，乖巧地跟在「姐姐」妙卿的身後。而妙卿則穿得甚是華麗，頭上戴著有兩顆珍珠的蝴蝶簪，絨毛花邊扇面高立領小坎兒配洋布面料的緊身長裙，露出雪白的小臂，無處不嫵媚耀眼。當然，這並非是妙卿成心炫耀，她根本沒有這個興致，之所以這樣打扮，只是為了更引人注目，好為梁啟創造更大的隱蔽空間。

走到了萌新女校門前，妙卿主動去與門衛交涉。

因為前一天妙卿已經和門衛有過交集，再加上早晨又出了密斯特孟的事件，門衛本應多加防範，但妙卿也好，還是站在後面假裝唯唯諾諾的梁啟也好，都裝作對密斯特孟的死一無所知。梁啟又是已經入學的學生，為了不節外生枝，只好放他們進去。

時隔一日，再次扮成女學生的樣子來到這裡的梁啟所思索的事情卻略有不同。他不經意間開始構想譚四的那些圖到底是怎麼弄出來的。

朝著自己設想的方向仰頭一望，正看到那座立在居民區弄堂小樓之間倍顯突兀的消防瞭望塔。

別看梁啟平時戴著眼鏡，但那只是為了偽裝而配的平光眼鏡，實際上梁啟的視力很好，從而一眼就看到塔尖上坐著一個人。

果然如此了。

那人正是譚四，而譚四的身邊，有個黑乎乎圓筒炮樣子的設備以及一個傘骨狀的東西用傘把對著整個女校。

梁啟忽然想起前一天譚四說過個「攝」字。難不成那個就是他所謂「攝來」所使用的法寶？想必不會有錯了。

每晚他都守在那上面？今晚大概真的要有什麼行動了吧。

鐵門開啟。梁啟怯生生地跟在妙卿身後，再次踏入萌新女校。

和昨天一樣，校園裡依然有五六個女學生在運動，打撞擊球的、練習騎自行車的、盪鞦韆。然而，當她們看到梁啟跟在氣勢洶洶的妙卿身後時，就知道來者不善，紛紛耳語起來。

梁啟偷眼看向她們，從此時的表情看不出她們到底知不知道密斯特孟已經死了。不過，當進到女校洋樓內，找到管事的教務人員時，明顯可以看出他眼窩深陷、一臉疲憊，必定是因為清晨密斯特孟事件忙得焦頭爛額。

平時慵懶的妙卿，扮演起潑辣的姐姐，竟能擁有如此的爆發力。他們之前說好，絕不透露出知道死訊一事，一口咬死要找密斯特孟出來討個說法。臨時來處理事務的教務人員全力招架，一心只想趕緊把這兩個人打發走繼續忙自己的那些爛事。

妙卿不依不饒，必須要密斯特孟出來當面對質。那位教務人員急得都快哭出來了。

吵鬧聲下，梁啟悄然撤離了教室。沒有人注意到他，又因為穿著布鞋，走在樓道裡掩蓋在妙卿的喊叫聲下，更是悄無聲息。

路過宿舍走到了樓道盡頭。

就在梁啟準備踏上樓梯上到二層時，腦中忽然意識到一直以來忽略的細節。所謂的傳言是：女生們半夜在宿舍裡聽到門外有男人的嘀咕聲。一開始，梁啟認為這件事本身就是假的，然而從譚四那裡獲得了新的信息之後，他對傳言的內容不得不再次注意且分析起來。

這棟洋樓是磚石結構，也就是說樓上樓下的隔音效果要比中式的木製結構好很多。而所謂的嘀咕聲，必然不會是像現在妙卿那樣的高聲力斥，既然能在宿舍裡聽到，發聲處必然不會太遠，也更不會是在二樓甚至三樓。

隨即梁啟又走回宿舍門口。

這個地方到底有什麼玄機呢？梁啟上下打量著這扇不算厚重的宿舍門。房門是再普通不過的木門，所以假若樓道裡有聲音，是不會有什麼阻隔的。然而，傳言同時也說到打開門看，樓道裡空無一人。雖然宿舍距離樓梯不遠，但想要迅速躲藏起來，終究要有急行的腳步聲。因此，嘀咕聲本身就不會是從樓道裡傳來。

梁啟不禁推開宿舍門，進到了宿舍裡面。宿舍裡沒有人，梁啟便迅速將房門關好。

宿舍是第一次進來，面積並不大，只有六張床鋪整齊地擺放著，環視了一下房間，並沒有看到任何可以用於隱藏暗道的櫃子、書架之類。

然而，梁啟忽然意識到，這間宿舍，左側是樓梯，右側是教室，根本沒有空間修建暗道。除非……梁啟迅速走到宿舍的窗口，向外看了看。又在心裡計算了一下距離。

果然有問題！

窗子與宿舍牆的距離，與窗外看到的窗的邊框與洋樓一角也就是樓道盡頭樓梯拐角的距離，合起來相減，並不是樓梯的寬度。之間相差的距離，粗略地算來大約有四到五尺。

是有這麼厚的一堵牆嗎？梁啟立刻敲了敲牆壁，果然是空的。

同時，梁啟又回想起了上面的樣子。二樓，樓梯邊是地理教室，位置應該和宿舍完全一致，也就是說房間與樓道之間同樣有四到五尺的距離，而三樓……緊挨樓道有一扇門。果然是密道？可是，這個狹窄空間，根本不夠建樓梯的。

那會是什麼……

此時，聽到妙卿肆無忌憚地喊著：「跟那個姓孟的說，想睡我妹妹？得給錢！」梁啟聽著也是暗自叫苦。幸好自己不是她妹妹，要不然保不齊什麼時候就真被她給賣了。而且，既然妙卿把要錢的招數都使出了，也就說明她已經是強弩之末，堅持不了太久了。

梁啟迅速離開了宿舍。

剛一出宿舍門，正與從樓梯下來轉過來匆匆忙忙向前走的趙夫子撞了個滿懷。

兩個人同時低聲驚叫了一下。

梁啟順勢摔坐到了地上，並羞紅了臉。

但趙夫子完全沒有一點儒雅的樣子，看也不看梁啟，只是嘴裡自顧自地嘟囔著「天天拈花惹草的，死了還給我添亂」，就慌慌張張地跑走了。

看著趙夫子跑遠的身影，梁啟微微笑了起來：「果不其然有問題呀，這個老頭子。」

梁啟回到了已經擠滿了女學生的辦公室。快哭出來的樣子低著頭鑽回到了姐姐身旁，拉了拉妙卿的袖角。妙卿一下子停了下來，溫柔地看著低著頭的梁啟，用拇指擦了擦他的眼角，然後狠狠地回瞪了一眼那個可憐的教務，又罵了一連串不堪入耳的話後，拉著梁啟扒開人群，向外走去。

不出所料，那個教務還算機靈，追了上來，塞給妙卿一把銀圓，低聲說了句「求饒，千萬別再聲張」。而後，他見妙卿沒有拒絕他的錢，也就放下心來，知趣地退了回去。

走出去很遠後，妙卿才鬆開梁啟的手，把一臉怒氣全部卸掉，恢復為梁啟最為熟悉的那個妙卿。

梁啟本打算客套地說兩句什麼表示感謝。妙卿則太了解梁啟這傢伙了，所以根本沒等梁啟開口便打了個哈欠，說了句「不用不用，我要回去睡覺了」，頭也不回，抬手叫了輛洋車，坐上遠去了。

見夕陽已經西下，來不及回去換裝了。梁啟便又直接繞道回到了萌新女校旁邊。

這也是他提前和譚四約好的。

在弄堂之間的小巷穿梭，很快就找到了那座消防瞭望塔。

瞭望塔外面有圍牆，但並沒有消防隊員把守。大概是譚四通過某種關系跟他們溝通好了。在租界區外的消防隊本身都是民間組織，相對來說更容易說話。

在圍牆外，看到了那個叫大招的鏟煤小孩。穿上了衣服以後，倒是不顯得那麼乾瘦。

也許是因為梁啟身著女裝，而且臉上還有剛才假裝擠出來的眼淚弄花了妝的淚痕。就連那個無時不鬧彆扭的大招，此時見了他都不由自主地讓著他三分。幫著梁啟提了手提箱，帶路登上了瞭望塔。

譚四優哉遊哉地坐在塔頂瞭望間外面的頂上，聽見大招帶著梁啟上來，才一個翻身跳回到瞭望間裡面。而後，看到梁啟一身女裝嬌羞的樣子，差點笑趴在地。

梁啟也沒辦法解釋什麼，只好一個勁兒地催笑得直不起腰的譚四，趕緊聽自己查出來的新情報。

一說到正題上，譚四自然也恢復了往常的冷靜。當聽到梁啟說在宿舍和樓梯之間有一個狹小的夾層時，譚四忽然趴到了瞭望間的邊緣，向萌新女校的洋樓望去。看了又看後，轉身向大招說：「行了，你拿著大姐頭的名片去警局，說今晚行動。」

早就等待這一時刻到來的大招像個身經百戰的士兵一樣不容分說地答應了一聲，便一溜煙跑下瞭望塔。

「接下來就是等著巡捕來了。」

這一次，梁啟並沒有阻攔報警，因為他知道如果一切推斷都屬實的話，除了報警也沒有其他辦法。而那些推斷十有八九是沒錯了。況且，巡捕來了，直接搗毀，梁啟必然是首發報道，還是相當有意義了。

「這個到底是什麼？」梁啟終於抽出空來，指著那個架在鐵架子上對準女校的黑乎乎的圓筒狀東西問。

「你……你能不能不用這種聲音跟我說話……聽得我渾身發酥。」

「啊！」這時梁啟才意識到自己其實還在用那種把聲帶抬高一個指位卻半細不細的聲音說話。梁啟覺得臉都丟盡了，乾脆賭氣地說了句「不能」。

「好好好……」譚四無奈地扭過頭去，看著已經被夜幕籠罩下的萌新女校，女校的宿舍裡亮起了電燈，「是死光炮。」

「啊?」梁啟驚訝地向後退了幾步。

「根本就沒有什麼死光。這個回頭跟你說吧，正好給你看個厲害的東西。現在呀……我不想跟你說話。」

「呸。」

又過了大約一個小時，從瞭望塔上可以清晰見到在弄堂間有十來個手持洋槍的巡捕和一個乾瘦的小孩往女校方向跑來。

低語一聲「來了」的譚四起身從一邊拿起了一個黑乎乎像是炸彈一樣的球，並點燃了它的撚兒。

「這是什麼?!難不成你當真要炸掉那個學校?裡面還有好多無辜的學生呢!還有，巡捕就要來了，你這是鬧哪一齣呀?!」

「別吵……你看著。」譚四隨即將點燃的黑球用力向女校的洋樓扔了出去。

轉瞬黑球在洋樓的正上方炸開。

不過，和梁啟所想像的完全不同，甚至於那個黑球連爆炸的聲音都沒有，只是炸開一團灰濛濛的霧朝女校洋樓沉下。

隨著那團霧沉落到洋樓上，宿舍電燈同時熄滅了。

「你沒看最近的《萬國公報》?上面不是都介紹過這東西，可以全方向隔絕電流的粉末。

我只是給改成了無聲彈，更好使用而已。」

譚四見梁啟還在發呆，用力拉了他一把，說了一聲「趕緊下去呀」，就率先跑下了瞭望塔。

譚、梁兩人跑到女校門口，剛好和巡捕們會合，不多說話，一起衝了進去。

此時，聞聲探頭來看的住校女學生看到這麼多荷槍實彈的巡捕，嚇得穿著睡衣尖叫著跑出學校。當他們衝進宿舍的時候，裡面已經空無一人，只是一片狼藉了。

不容分說，兩個事先準備好大錘的巡捕三下五除二地將牆面鑿開。

牆內黑乎乎的，只看到中間懸掛著兩條鐵鍊。

和梁啟所設想的一樣，那裡面果然是西方樓房裡已經普遍使用的電梯。由於譚四事先用絕緣粉末停了女校的電，現在下面的人已經逃不出來。

巡捕們點起火把跳了下去，迅速砸開電梯的頂後，喊叫著衝進了地下室。

然而，當譚四背著女裝的梁啟也下去以後，卻只是看到巡捕們愣在了原地。

鬆開環抱譚四肩膀的雙手，梁啟也進到地下室裡。

不出所料的是一股鴉片味道撲面而來，然而混在鴉片味之中的，還有濃濃的血腥味。

地下室裡一片死寂。

巡捕們點亮了地下室裡的油燈，這下更清楚地看到眼前的一切。

這個地下室正是一個小型的鴉片煙製造作坊。堆著滿地的煙膏，和成箱的半成品。這也是譚四和梁啟分頭調查匯總信息後推斷出的，而專門負責這些的正是那個偽裝成極度厭惡洋人的刻板保守的教書先生趙夫子。

然而現在，在沒有走漏任何風聲的情況下，這個鴉片作坊竟已經是死屍一片。其慘狀就連巡捕們也都看得不禁咋舌。

事已至此，巡捕也沒有辦法，只好分頭驗屍，檢查現場。

死的包括作坊裡的工人，一共七人，以及四名看起來像是保鏢的人。死狀極為慘烈，都是被大刀亂砍而死，沒有一具全屍。

隨後，在角落裡找到了同樣被砍得四分五裂的趙夫子，他一臉的驚恐，雙眼已經暴突出來，醜陋至極。

緊接著，巡捕們又有了新發現。在地下室的另一個出口處，有一具被亂槍打死的屍體。因為屍體手握一把滿是血的大刀，想必是與鴉片作坊發生衝突殺掉所有人的敵對一方。

譚四走過去看那具屍體，一下愣住了。

屍體身上全是槍眼，但面無表情，不痛苦也不驚慌。而屍體所穿的衣服，鐵銹紅色的短衫，胸前有「鐵」字標記。

這是……鐵爵爺的私兵。他怎麼也摻和進了這件事？而且，這具屍體的確還是很古怪，竟然中了這麼多槍，說明生命力相當頑強。譚四又一次想起當初在自己的廠房外面與鐵爵爺的私兵對戰的一幕，用刀砍上去的手感也完全不對勁。

然而，譚四並沒有過多停留在這具屍體前面。因為他知道鐵爵爺是個相當棘手的人物，恐怕巡捕們也是知道這一點。並不希望梁啟也被捲入其中，便迅速離開，走到梁啟身邊，跟他說東說西，儘量不讓他注意到這具屍體的細節。

整理了屍體，大家也就散了。

對於事件全部，雖然結局略有點出乎意料以及過於血腥慘烈，但梁啟還是如願以償地寫出了一篇震驚全城的報道。當然，報道中的記者身分是隱藏不提的，所以大概除了譚四、妙卿和大招以外，並沒有其他人知道那個被密斯特孟看上的新來的漂亮女學生，正是做報道的記者梁啟本人。

至於那位密斯特孟到底為什麼會從樓上墜落？大概並不是因為自己的醜聞被發現而引咎自殺這麼簡單了。

第七話 · 密探

盛司琮一直對譚四的人偶念念不忘。

不過與此同時，盛司琮一心想開一家屬於自己的電影院的心願也初見眉目，正忙著在虹口看地皮，根本無暇抽身。同時，他毫不猶豫地從父親的公司調來一位據說相當厲害的密探，來為自己辦事。

密探確實能力出眾。在他第一次的反饋報告上，關於萌新女校事件就都給調查得清清楚楚。

「所以，那個梁啟竟然能男扮女裝混入女校？」聽完報告後，盛司琮饒有興趣地問道。

「也不過是些雕蟲小技。」

密探習慣性地躲在陰影裡，看不到他的臉，但從語調裡也能明顯感受到他臉上不屑的一笑。

盛司琮和密探約在張園的安塏第，那座有著淡紅色磚牆和滬上最高點的觀景角樓的大洋樓。

按理說，安塏第這個張園裡甚至於全上海最為人雜多事的地方，本不應該成為和密探交換信息的地點。但一來剛好張園的電影院開業，盛司琮正熱衷於觀察這家電影院，所以長時間在張園停留，二來密探也想顯示自己隱秘的高超能力，從而沒有反對。當然，更主要的原因在於，在可以放下五十張桌子的大開間之外，安塏第的二樓，盛氏家族擁有自己的專屬會廳，足以保證私密性。

在安塏第一樓大廳裡，又是一撥憤世嫉俗、義憤填膺的人在發表演說，偶爾喊著口號，吵吵嚷嚷，讓專屬會廳裡的密探更感覺有一種可以被環境掩蓋住的安全感。

「還能更厲害？」

「比如像現在這樣。」這句話在陰影裡說出時，就讓盛司琮聽來有幾分毛骨悚然，因為這聲音和他自己的一模一樣。

「好。」盛司琮盯著陰影處看了看，依然看不清這個密探的身形，「反正我也不關心這個。說說譚四，他有什麼舉動。」

密探又恢復了自己的那種毫無特點的聲音，將譚四如何用人偶畫出女校的實景圖，又是如何突入女校剿滅地下鴉片工廠，一一講給盛司琮聽。

「原來那個人偶是幹這個用的呀……」盛司琮陷入了沉思。

「在您桌子上的正是那個人偶畫出來的圖。」

盛司琮早就注意到了桌上的一沓圖紙。大約有六七張。他隨手翻了翻，都是畫著同樣的建築鳥瞰圖。根據密探所彙報的，應該就是那所萌新女校。有時有人、有時無人的操場的確有趣。一幅和萌新女校的建築鳥瞰圖完全不同的圖呈現在盛司琮眼前。

這幅圖的確也太過特別了些。

密探一定也看到盛司琮注意到了那幅圖，略微等了片刻後，說：「那幅不是女校事件時的，推斷大概是春天時候畫的。我發現這幅時，它已經被撕碎，不過想要拼貼回原貌並不難。」

能做到將撕碎的圖紙恢復原貌，密探自然對自己這一手也很得意。特別是拼貼一張實際上被塗得漆黑、根本看不出什麼特殊圖案、只能靠撕開的紙片的邊緣紋路的圖。

盛司琮看著這張重新拼貼好的黑乎乎的圖，皺著眉頭。

的確看不出個所以然，只有右下角用白色的漆料細細地寫著一個英文單詞：Halley。

盛司琮不喜歡在別人面前表現出自己有什麼事情是百思不得其解的，從而皺眉也好遲疑也罷，都只是片刻之間，隨後立刻繼續詢問起來。

「那麼他們現在在幹嗎？」

「現在……」一直信心滿滿的密探被這樣一問也遲疑了片刻，「現在，他們在擺弄自行車。」

「啊？」

自行車？聽到這個詞，盛司琮未免有些失望。自行車根本不是什麼稀罕東西，現在連女學生都會騎著上街，在上海的街頭隨處可見。

樓下的演說集會再次進入高潮，口號聲喊得更加響亮，但也鬧不清他們到底是革命一派還是維新一派。

密探並不想用自己的聲音壓過樓下的嘈雜，因此等到樓下進行到下一環節、安靜下來之後，才開始講述關於自行車的事件始末。

在女校事件之後，有段時間譚四頻繁去找梁啟。

追蹤譚四是一件不大容易的事情，雖然密探對自己的隱秘能力相當有自信，但對象是譚四這樣從走路身形就能看出是個練家子的人，多多少少都要更加小心。而此時，一來通過女校事件了解到了梁、譚二人的關係，二來他們也經常一起行動，所以密探開始著重跟蹤梁啟，從側面繼續收集有關譚四的情報。

然而也有麻煩。梁啟和譚四每次碰面都會開始在上海的大街小巷漫無目的地轉，一逛就是一整天，而且從每一次的路線來看，很難有什麼規律可循。

一個星期尾隨跟蹤的結果，在晚間收工之後，密探攤開上海地圖，將幾天來所走過並牢牢記在腦中的路線統統畫上，仔細思索。

看似毫無規律，一天是從黃浦江出發沿洋涇浜北岸的松江路一路走到跑馬場，一天又到了公共租界的東區把白保羅路整整走了一遍。幸好這位密探不僅隱匿能力極強，可以跟蹤任何人於不知，更有超強的記憶能力。幾天下來，跟蹤全過程都像是西洋的攝像技術一樣事無鉅細地記錄在了他的腦中。

看著地圖上的幾條路線，密探一點點將所有細節重現於腦中。路上，他們互相說過幾次話，梁啟和多少個人打過招呼，午餐是吃的生煎饅頭還是餛飩，街邊路過的有布料鋪子、西餐館、商會、教堂、糧店、雜貨鋪、公園、洋行、小妓館、自行車行……

密探忽然眼前一亮，就如同守在老鼠洞口的貓終於聽到洞裡有了動靜一樣。

自行車行？

密探再次把六天來梁、譚二人所走過的路線看了一遍，終於找到了規律……

自從自行車被洋人帶到中國，驚奇過後，也就逐漸進入了富人們的日常生活，自行車行隨即而生。

雖然發現了規律，但還是不大明白他們的目的。幾天下來，沒有看到他們和自行車行的人有過任何接觸。難道只是巧合？絕不可能，世界上沒有這麼巧的事情，不接觸也許只是在掩飾什麼。

不過，密探一點不心急，他在暗處，只要有足夠的耐心，掩飾的東西終究會顯露出來，時間就是他的本錢。

次日，密探如往常一樣到了梁啟工作的新新日報館附近，等著他們碰面。

梁啟先是到了報館，隨即上了樓。報館內部的布局，密探也早已探清。要說和全國聞名的時報館、申報館相比，新新日報館簡直寒酸得要命，二樓是辦公區，編輯們都坐在一個不大的開間裡，各有各的一張桌子，經理和主撰稿人倒是各有一間單獨的房間，但面積和裝潢依然沒法比。而一樓，報館經理竟然還要學時報館，在整日接待文人雅客談天說地的息樓，專門辟出一小塊地方，弄了個「時趣小館」。說是新新日報館的名流俱樂部，實際上卻只是三張籐椅、一張茶桌，茶桌上有兩隻已經滿是煙灰和香菸紙捲殘骸的陶罐。沒看出一點新潮、雅致，只是更顯得寒酸。

因為《新新日報》是日報，所以稿子在頭一天晚上就要交齊，第二天一早到報館只是打個照面。

梁啟坐在時趣小館裡寒酸的籐椅上，沏了一壺茶，拿著張《申報》看得津津有味。

不一會兒，譚四也就來了。

密探悄悄退縮到街巷的更深處。

譚四走來時，密探就看出他和往常有些不大相同。手裡多提了一個竹條編的筐，筐有蓋子，就像要去市場買活魚。

這又是什麼新動向？還繼續去有自行車行的街道？

正如密探所預料，兩個人這回並沒有再去什麼自行車行。依然是步行前進，沿大道一路往北，走走停停，卻沒有跟任何人說話。偶爾梁啟會跟路人打個招呼，但兩個人似乎都更專注於在街頭巷尾找著什麼。

顯然他們一直沒有找到要找的東西。到了中午，兩人在街邊各吃了碗麵，稍事休息就繼續往北走去。

前面就是吳淞江。沿浙江路走過去，正對著的是改建過的鋼結構大橋——垃圾橋。原先這裡的河北岸是個垃圾碼頭，所以以「垃圾」得名。不過現在這座大橋早已和垃圾沒有什麼關係，改建加固之後，連電車公司的電車都能通行。

過了垃圾橋，就出了公共租界的中央區。周圍的建築也相對樸素了些。梁、譚二人忽而又停了腳。密探立刻躲到一根烏木電線桿後面。

這回似乎是看到了一直要找的目標。竊竊私語了幾句之後，譚四將竹筐交給梁啟，戴上了一副與當下漸入夏季的氣溫極為不符的厚手套，躡手躡腳地向街角走去。

密探不得不承認譚四這傢伙的功夫相當了得。僅僅只是這麼幾步，就明顯能看得出他在步法上有著十年以上的功力，悄然無聲。若不是一直跟蹤，恐怕這樣靠近自己，自己都很難能及時發現。

忽然，就在譚四悄聲到了街角時，他猛地向下一撲。聽到「噭」的半聲慘叫。

密探正驚訝聲音怎麼戛然而止，就見譚四已經捏著一隻野貓的後頸，單手提著已經一動不動的野貓走到梁啟身邊。梁啟打開竹筐，譚四將野貓塞了進去，迅速蓋上了蓋子。

被關在竹筐裡的野貓還叫了幾聲，但發現叫也無濟於事，又因為竹筐底部鋪著棉墊，似乎挺舒服，也就不叫了。

密探徹底迷惑了，完全想不明白到底這又是唱的哪一齣。但姑且不去思考，只要現在把所有的細節都刻錄到腦子裡，待幾天之後，終究能看出端倪。

可是緊接著卻出現了密探最不想見到的事情，梁、譚兩人提著裝了一隻野貓的竹筐，走到了吳淞江北岸的一個碼頭，叫了一艘私船，並不是渡河，而是沿著吳淞江向黃浦江而去。

在河道上根本無法跟蹤，一艘私船跟在另一艘私船後面，實在是太明顯了。如果是躲到烏篷船上，純需要碰運氣，速度和目的地都完全無法控制，況且此時又根本沒有一艘船駛過。

看著梁、譚二人所乘的小船遠去，密探只能站在垃圾橋上咬牙。不過，沒關係！我不信你們明天還乘船！密探狠狠地揮拳砸在垃圾橋的鋼架上，悶悶的，一點聲音都沒有，想要的發洩感全無，只是拳頭生疼。

第二天密探還是輕鬆地跟蹤上了梁、譚二人。這回他們往南市去，剛出公共租界不遠，就和前一天一樣，譚四出手抓到一隻野貓，裝進竹筐裡，隨後走到了黃浦江邊，乘上條小船走了。

接二連三，幾天來如出一轍地在抓到野貓之後被甩掉，密探終於有些慌了神。

原本密探對自己的隱秘能力是有十足的信心，但現在的情況讓他不得不懷疑是不是自己已經被發現。然而，假若是被發現了，合理的應對方法是暫時停止行動才對，可是梁、譚二人又視若無睹地每天去抓野貓，一點也不像是有什麼顧忌。那麼坐船的動機……密探想起譚四原本就住在浦東一邊，看來他們是抓到貓完成了某個任務，就直接坐船回譚四的住處了。

這樣想來，感覺比較合理。

也不能掉以輕心，假若明天還有什麼不對勁，就立即停止所有跟蹤行動。

可是再到第二天，梁、譚二人照常在街邊抓了一隻野貓後，卻沒有去坐船，而是沿著黃浦灘走。

黃浦江上全是烏黑的各國輪船，停靠的，卸貨的，登船的。也有著各種私渡小碼頭，在巨輪駛過的波浪中搖擺，等待著有那麼一兩個人願意乘坐，渡到對岸。

由於黃浦灘大道上來來往往的人十分繁雜，密探跟蹤起來反倒輕鬆一些。在散發著汗臭氣的洋車車夫和滿是香水味道的洋人身邊穿梭，正是他最擅長的步調。唯獨擔心梁、譚二人又在什麼地方，突然搭上條小船跑掉。

然而這一次他們並沒有一丁點要去坐船的意思，只是一路往南走下去。

怎麼回事？密探仍舊努力地思索這其中的玄機。

就在密探疑惑遲疑之際，梁、譚二人忽然抵達目的地一樣停下了腳步。

今天這麼快就到了？每一次都是來這裡，而今天因為距離近，所以沒有乘船？所有疑問立刻都合理化了。

依然是在河邊，黃浦江和洋涇浜的交匯口。沿洋涇浜北岸的松江路走，路過幾棟氣派的洋樓建築之後，在街巷的把角處，正是一家規模不小的自行車行。

果不其然，梁、譚二人進了那家車行。

密探自然不敢靠近，只是在外面隱蔽處等著。過不多會兒，梁、譚二人走了出來，竹筐空了。看來貓是放到了車行裡。

放下貓之後，梁、譚二人就此分手，譚四向黃浦灘方向去，梁啟則往新新日報館的方向回了。

密探並沒有再跟蹤其中任何一人，他知道後面不必去跟，更重要的是這家自行車行了。

這家自行車行臨街而建，規模不小，店內的自行車可買可租，都是明碼標價。不過，真正光顧的客人多以洋人為主。穿著西裝、樣貌紳士的洋人，租一輛泛著銀光的金屬框架自行車，按一下車鈴，丁零丁零地騎遠，倍感神氣。也有些看起來很洋氣的國人會來租車騎。因為地處洋行比鄰的黃浦灘一帶，洋人居多自是正常。

另外，這家自行車行並不僅僅只是租賃腳踏自行車。他們還在租一種在橫梁下面安裝上可以燒油帶動鏈條給予動力的自行車。這種自行車不必腳踏，只要給油就能前進，而且速度遠比腳踏自行車快了許多。但由於租賃價格貴了許多，況且所燒的油的費用也需要自己來承擔，所以租的人尚屬少數。

「那種燒油動力的bicycle（自行車）最近很流行嘛。」

從語氣裡不難聽出盛司琮帶有幾分不屑。也難怪，在盛家是連汽車都擁有的，僅僅只是燒油的自行車，實在沒有什麼可稀罕的。

盛司琮更想知道的是譚四抓了那麼多野貓到底和自行車行有什麼關係。

密探也深知盛少爺的渴求，將近半個月來的探察結果一五一十地交代給盛司琮之後，他也就默默地從盛家在安塏第獨享的房間裡退了出去。在租界區的電氣路燈照明下，游走在明亮背面的陰影裡，向洋涇浜北岸的松江路與黃浦灘的交界口而去。

下午追蹤到的自行車行，傍晚跟金主交代了情況，夜間則可以繼續調查個清楚。

松江路上的這家自行車行已經打烊，雖然旁邊的西餐廳或者酒吧才剛剛進入一天最為熱鬧的時段，但自行車行無論是門口還是內部都已經漆黑一片。

黑暗，也是密探最為喜愛的。

他先若無其事地在自行車行周圍走了一圈，將所有的視角都仔細觀察清楚，這樣才好尋找到最為可靠的視線死角。密探並不著急，從自行車行的木房旁邊側身鑽進它與旁邊一家旅館圍牆之間的夾縫，無聲地撬開一扇窗，一躍而入。

車行老闆並不住在車行裡，這實在是另一個幸運之處。

密探進了車行內部，聞到的是彌漫在室內的煤油味道，以及摻雜於其中的……貓的味道。看來那些被譚四抓來的野貓確實就放在這裡了。

稍等片刻，眼睛便基本習慣了黑暗，逐漸能看得清楚房間內的布局和樣貌。

這是一間相當大的開間，裡面整齊地擺放著一排排自行車。以腳踏的為主，也有兩排是燒油的自行車。這樣的自行車，油箱都很笨重，再加上冷卻系統未必一直可靠，至少對密探本人來說，是一種不可能長久、只不過是曇花一現的異種而已。

密探剛剛往前走了幾步，忽而一腳踩到了什麼軟綿綿的東西，隨著腳踩下的動作，腳下同時發出一聲慘叫。他立刻意識到自己是踩到貓了。

在黑暗中，他的視力算是相當好的了。密探立刻俯身，將自己隱蔽到一輛自行車的後面，雙目緊盯剛才被自己踩到的那隻貓。

貓叫了一聲，卻也沒跑遠，同樣滿目怒光地回瞪著密探。

僵持不過十秒鐘，貓的興趣就已經轉移，大搖大擺地扭頭走掉。

密探見並沒有因為踩到貓而被發現，便從自行車後面站起身來，繼續看車行內部的情況。

在大開間的後面有個門，看起來是車行的套間。密探輕鬆地將套間的門打開，一側身便進去了。

套間裡井井有條地擺放著自行車的各式零件和配件，還有……

還有更多的貓。

密探略有些被面前的景象所驚到。

全都是貓。

因為密探的闖入，這些貓都驚恐地盯向了他。密探立即閉氣靜立，像剛才一樣，僵持了一陣子，貓們才終於解除戒備。

密探小心翼翼地走到了貓聚集的地方，俯身來看。

和剛才的那隻貓一樣，雖然都不是什麼名種貓，或者說一看就全是野貓，但每隻都被洗得乾乾淨淨，毛皮乾燥蓬鬆。已經解除戒備的貓，個個泰然自若地趴在自己早就選好的地方，舔毛的舔毛，伸了個懶腰打盹兒的繼續打盹兒，也有精力充沛的，互相撲鬧起來。看起來它們對人已經習以為常。

為什麼要在自行車行裡養這麼多貓？

也許答案就在這些貓旁邊那堆整齊擺放著的原理不明的金屬圓筒上。

密探悄聲走過去，拿起一只圓筒來看。

說是圓筒，實際上是橢圓形，更像是燒油自行車的油箱。不過，和油箱又有很多大不相同的地方，比如油箱是全封閉的，而這個有一頭開了個洞，另外這個東西不僅一頭開了洞，還可以打開看到內膛。撥開卡扣，打開這個橢圓形金屬箱，裡面是橡膠和電線。

密探把打開的橢圓形金屬箱拿近聞了聞，有貓的味道。

究竟是什麼？

忽然，在這間房的另一頭，「嘩」的一聲，一道大門被打開。

密探一驚，身體卻沒有遲疑，條件反射般地迅速退入了令其安心的陰影裡。

松江路的電氣路燈明亮耀眼，房門一開，外面的燈光就潑灑進來，與室內形成鮮明的明暗對比。

橙紅色光線下，看到大門門框下是兩男一女三個人的身影。

逆光下本是不可能看清他們到底是誰，但由於那兩個男人的身影太過熟悉，所以密探一眼就認出他們是梁、譚二人。而那個女人呢？眼睛略微習慣了光線之後，大體上可以看到她的長相。相當漂亮的臉，看起來也有些眼熟。似乎和梁啟比較熟……密探想了起來，正是幫助梁啟易容的那個妓館女子。

三個人打開大門後就走了進來。密探更加小心地屏氣隱藏。他們各自拿起一個密探沒能弄明白用途的橢圓形金屬箱，並抱起一隻貓。貓們似乎和三個人很熟，被抱起來也不反抗。他們將貓放入橢圓形金屬箱裡，蓋好蓋子，貓頭正好從金屬箱所開的那個洞裡露出來。把貓裝好後，三個人又各自推了一輛自行車，將裝有貓的金屬箱安裝到了車梁上，金屬箱下面有電線，也連接到了自行車的一個動力機件上。

這……密探看得更加疑惑不解。

三人並不停留，似乎是準備就緒，便推著各自的自行車出了門，將門重新鎖上。

密探終於鬆了一口氣，想過去再看個究竟，卻一下子想起了什麼。似乎剛才……在他們關門的時候，譚四向自己藏身的方向看了一下並……微微一笑。

不可能……

這不可能……

三個人推著自行車走到了黃浦灘之後，才終於抑制不住地笑出了聲。

那個密探實在是太滑稽了，一直被耍得團團轉都沒有發現。

不多說，三個人分別騎上自行車，熟練地摸了摸探在外面的貓頭。貓也覺得很舒服，便扭動起身體，貓毛與特製的橡膠內層摩擦，電力立即充足，自行車「唰」的一下動了起來。

三輛速度飛快的自行車，在黃浦灘寬闊的大道，一邊伴著比鄰而建高大豪華的各大洋行，一邊伴著漆黑一片卻又波濤澎湃的黃浦江，飛馳在如同白晝般的電氣路燈的燈光下。

妙卿的自行車騎得最快，似乎也最開心，梁啟和譚四則並排騎行，跟在後面。

「沒想到她騎自行車的技術這麼好。」譚四摸著自己那隻貓的貓頭，貓也相當情願地給他的自行車提供著電能。

「而且她的那隻貓似乎更加聽她的話。」

「果然有天賦。」

「嗯，也花了不少錢才能叫她出來散散心……」

「算計那麼多幹嗎。」

電力遠比煤油提供動力更舒適安全，貓呢，也更比機械適合女性來操控。貓電自行車，的確更適合女性來騎了。

「不過話說回來了，何必這麼逗盛司琮玩？想想他也怪可憐的……」梁啟摸著貓頭，有一搭沒一搭地跟譚四說著。

「不然他怎麼死心塌地幫咱們辦事。」

「你春天時用死光機攝來的那張圖對他的誘惑還不夠？」

「雖然我還特意給他寫了提示詞在右下角，但萬一他要是笨呢，看不透那是什麼怎麼辦。靠那個密探加些籌碼。」

「不過，當初看到你那個人偶畫出那幅圖，我也被驚到了。」梁啟這樣說著。

譚四聳聳肩，覺得還挺自豪滿意，摸了摸自己的貓，自行車略微提了些速度。梁啟也摸著貓，緊隨其後追了上去。

不出譚四和梁啟所料，此時，盛司琮仍獨自留在安塏第沒有走，一直拿著那張被密探重新拼貼好的圖看。

無論之後那個密探再來彙報怎樣的新情報，此時他都只是一心想要獨自破解出這幅圖所蘊含的祕密。

由於畫面全部被塗黑，再怎麼看，似乎都不明其意。唯有右下角的英文單詞「Halley」，像是破解謎題的唯一途徑。

Halley？是個人名？畫家的名字？不對，這個是人偶畫出來的。人偶叫Halley？不對，其他的女校建築鳥瞰圖都沒有署名。那麼就是另有其意。

Halley……Halley……

盛司琮忽然意識到了什麼，但又完全不敢相信剛才靈光一閃般的猜測。那也實在太不可思議了！然而，他仍舊還是按照那樣的猜測開始在這張一片漆黑的圖上仔細尋找起可能有的蛛絲馬跡。

密探說那個死光機其實是一種拍照設備，可能是發出某種看不到的波來記錄形態。那幾幅女校建築鳥瞰圖就是這樣拍攝出來的。密探還說自己輸給譚四的那個韋斯登收報機被改造成了解碼器，應該就是解讀死光機所發射出來的……

盛司琮的目光突然停留在整幅圖中間偏右的地方。

果不其然，那裡雖然也是塗黑的，但是有一條黑度比其他地方略微淺一點的深灰帶。不仔細看根本發現不了，但當發現了，卻又覺得實在明顯。

而就在那條深灰帶的旁邊不遠，還有一個像是西方標點符號裡的頓號一樣的點……

Halley！

不會錯了……太不可思議了！

一樓集會的人們又開始吵吵嚷嚷地喊起了激昂的口號，就像是口號裡所喊出的就是世界的全部。

盛司琮卻只覺得那樣的嘈雜和熱血沸騰只是一種無知的愚蠢罷了。

他放下那幅圖，站到了窗邊。

那兩個傢伙竟然靠所謂的死光機拍攝到了……拍攝到了現在大概仍在土星軌道不遠的哈雷彗星……

Halley——哈雷彗星！赫赫有名呀，幾年前《萬國公報》上就呼籲民眾不要害怕，等到西曆一九一〇年時一起觀看這個七十六年才能見到一次的天文奇觀。然而現在，距離一九一〇年還有五年的時間，大概全世界的人，美國人也好，英國人也好，哪怕是法國人，都不可能看得到吧！

越來越對這兩個傢伙感興趣。

仰望著漆黑的夜空，盛司琮想著接下來大概還是要親自跟他們玩一玩了。

實業篇

From *The New Daily News*

MECHANICAL WONDERS

新新日報館：
機械崛起

第八話・水龍

大招坐在龍頭上，但一點也不覺得神氣。前面還排著三輛車，等輪到自己時恐怕又要過半個多小時了。正值上海的酷暑，又是悶熱下午，原本還有些期待和躍躍欲試，現在已經熱得疲軟，只盼著快快完事。況且，這個所謂的「龍頭」也不是真的什麼龍的腦袋，僅僅是個駕駛室的外貌而已。

駕駛室裡更加悶熱，熱得頭昏腦漲的大招乾脆從駕駛室裡爬出來，坐到頂上等待。

大招覺得一定還是自己上當了。該死的譚四。

街兩旁圍觀的人倒是不少，全都是聞訊趕來的市民，男女老少都要一睹華人自己辦的水龍會的盛況。他們倒是不怕炎熱，還有的拉出了橫幅，寫著些文法不通的標語為街上排隊的水龍車聲援助威。

這就是已經被各大報紙連番預報炒得火熱的水龍會現場。

之所以會如此引人矚目，一方面因為「水龍會」本身就是個新鮮事，是洋人們從歐洲帶來的新習俗。所謂「水龍會」，實際上就是在特定的日子裡將用於消防的水龍車推到大街上巡遊，以示消防實力。巡遊過程中還會有水龍車噴水表演，一般會在江邊，從水龍車噴出十幾米高的水柱，甚是驚人好看。大概十年前，在上海公共租界和法租界聯合舉辦過一次，之後幾乎年年夏天都會舉辦，只是近幾年洋人們的熱情逐漸退去，沒有再舉辦了。另一方面是因為這一次水龍會是由華人自己舉辦，有著要在城市消防能力上一展華人雄風的氣魄，僅此一點燃起了不少熱血沸騰的青年的民族自尊心。當然，實際上更為關鍵的是，這一次水龍會的主辦人是盛宣懷盛大老闆的公子盛司琮。水龍會不只是表演，還要比賽，勝者的獎金，在盛氏家族的資助下變得相當豐厚，這或許才是真正吸引人之處了。

巡遊路線早就在報紙上公佈：從上海縣城小東門出發，直接到黃浦灘，沿黃浦灘一路上行到公共租界與法租界的交界洋涇浜，沿洋涇浜北岸的松江路，在洋人們的公司門前高歌而過，一路向西，路過跑馬場，一直到靜安寺向南最終抵達巡遊的終點——南洋公學。

日子到了，一大早就有眾多市民搶佔到了家附近的街道兩旁，期待著一睹水龍車巡遊的場景。而實際上，在前一天的下午，所有參加巡遊的水龍車就都在南市小東門的街頭巷尾安置好了。

要說這次水龍會盛大，的確是空前的。原本提前一天讓水龍車就位，只是為保證第二天的水龍車巡遊可以準時開始，沒想到因為水龍車各就各位，倒讓小東門一帶從傍晚開始就成了比廟會還熱鬧的集市。

自古以來江浙地帶的人們就有著相當的經濟頭腦，這時就更不可能錯過絕佳商機。街頭巷尾，弄堂的石庫門外已經是餛飩擔子緊挨生煎饅頭，飲冰的飲冰，遊藝的遊藝，無不熱鬧喧嘩。當然，更多的是慕名而來想先睹為快、好好地近距離參觀一下各家水龍車的人們，傍晚時分，小東門的幾條或寬或窄的巷子已經擠滿了人。

大招的水龍車自然也在其中，只可惜大概是最不起眼的一個。

這不能怪大招，其他的水龍車從各方各面來看都確確實實要比他的招眼得多。因為這一次參加盛氏家族出資舉辦的水龍會，並非像以前那樣由各個民間消防組織參與，而是需要提前報名，收到批准函才有資格參加。說來無可厚非，因為後面還有比賽，還有高額獎金，如果不提前控制，肯定會出亂子。最終確定的參與單位，不乏許多如「先施公司」、「中國通商銀行」這樣響噹噹的公司，更有如「三菱公司」、「美國輪船公司」等外國著名公司。也有些民營的小公司，以賣茶葉或者絲綢為多，以及南洋公學的學生代表。

這些公司無論大小，都在自己的水龍車上插著自己的公司旗幟，個個醒目，算得上是一次極佳的宣傳機會。

大招和他的水龍車，卻是個特例，並非報名而是受邀請而來，或者更準確地說，是譚四收到了盛司琮的邀請。

看到邀請函，譚四相當滿意，這意味著他的計劃已經逐漸步入正軌，無論是盛司琮上了鉤，還是他依然只是在觀察譚四，至少他們之間的聯繫算是鞏固住了。對譚四來說，他並非是和其他盯著盛家眼紅的人一樣，千方百計只是為了要套盛家的錢，但需要的也依然是盛司琮的協助。況且這個世上，還有什麼能比資金的協助更有效。

「反正就是要把握好這次機會，用心參與就是了。」譚四接到邀請函後，語重心長地跟大招說。

一開始大招並沒覺得有什麼不妥之處，每晚又能開始去拆卸洋人們的輪船零件造水龍車，自然開心得很。可是後來他發現這哪裡是不妥，簡直是大大的不妥。當怪模怪樣的水龍車造好之後，譚四才告訴大招自己不參與比賽，在當天還有其他重要的事情要辦，水龍會這種事只要大招一個人就可以搞定了。

大招這下可慌了神。雖然在譚四這裡，自己也掌管著蒸汽發電機的運轉，可是獨自一個人來面對全部機械，即使只是一個小型蒸汽機作為動力的水龍車，還是毫無信心。

「那個小蒸汽機提前裝好煤、灌好水能用一整天，所以不必兩個人。你一個人完全可以勝任。」

那麼多的操縱桿擠在烏漆墨黑的駕駛室裡……

本就沒抱什麼希望，但大招還是悄悄地去找了梁啟，想尋求些幫助。不出大招所料，梁啟當機立斷地回絕了他。理由冠冕堂皇得很，什麼他是個記者，要做全程記錄，不可能參與其中，必須要作為旁觀者才能中立地報道。

從梁啟那裡碰了一鼻子灰回來的大招，正回想著梁啟誇讚自己能獨當一面、了不起的嘴臉生氣時，譚四還來雪上加霜。

譚四手裡提著個小木箱，遞給了大招，說是專門為了水龍會送給大招的工具箱，裡面全都是譚四最為得意的自造工具。譚四還說這個工具箱早就想送給大招，只是一直沒能找到合適的理由。大招打開工具箱，看見裡面是扳子、螺絲刀之類，心想這些明明是譚四用剩下了打發給自己的而已，從而沒好氣地又頂了兩句，自己跑到水龍車裡假模假式地調試蒸汽機去了。

這是制動桿，這是蒸汽閥桿，這是注水閥桿，這是空氣閥桿，這是調速桿……這是氣壓錶，這是水溫錶，這是……大招只好獨自熟悉起駕駛室裡的每一根操作桿和每一塊儀錶。求人不如求己！再怎麼說，這個鐵傢伙也是自己一點一點從洋人們的輪船上拆下來的零部件組裝起來的！大招狠狠地咬著牙，一遍遍地操作著複雜的蒸汽機。

可是當水龍會的前一天大招獨自順利地將蒸汽水龍車開到指定的停放點時，原本還有的一點自豪感，蕩然無存了。

自己被安排的停放地點是在一條狹窄昏暗的小巷口內。能開進去已經算是相當不易，小巷又是一條支巷，相對於其他大公司的水龍車，完全就是在無人問津的角落裡了。何況他們似乎更是有備而來的樣子。停放水龍車的小東門雖然是華界，沒有租界區裡那麼多電燈，但也在主要幹道上通了電，算不上宛如白晝，也是亮堂堂好不熱鬧。而各大公司的水龍車則還不滿足於此，紛紛用自己的辦法給夜幕下的水龍車張燈結綵。有的掛滿了燈籠，有的甚至接上了市電，點起電燈。再看他們的水龍車，個個都是裝扮用心，龍頭有上好的布料織成的，也有純是木雕活靈活現精細至極的，在燈光照耀下，小東門的街頭巷尾簡直如同元宵節的燈會一樣，千姿百態，遊人如織。

如此一來，大招不禁覺得自己的蒸汽水龍車，只是一坨黑乎乎、怪模怪樣的鐵疙瘩了。更何況，它本身就是拆卸了各種毫不相干的輪船部件組裝而成。雖然也有一個龍頭樣式，但左右上下沒有一個地方算得上真的協調好看，越看越像是把一大堆廢銅爛鐵用力捏到了一起的怪物，還總是冒著黑煙。

略有些失望的大招，就像個慕名而來的遊人而非參賽者一樣，在布滿水龍車的街巷間遊走。

距離大招停放蒸汽水龍車最近的是先施公司的水龍車，龍頭大概是照著舞龍會上的龍頭所做，傳統氣派。龍眼奕奕有神，龍鬚也挑得高高的，相當神氣。不過，大招還是找出了些值得鄙視他們的地方。雖然龍頭相當漂亮，但這並不是舞龍會而是水龍會，他們的水龍車不過是個有龍頭的平板車而已，一個手壓式水箱放在平板上，外面再怎麼裝飾，也還是可以看出它本質上的簡陋。

去看看洋人的好了。

路過搭起兩層樓高架子掛滿了紅色燈籠的華商電燈公司，就到了一家洋人公司的水龍車前。公司的名字沒怎麼聽說過，是做什麼生意的大招看不懂，水龍車也不大好看，一條看起來就是條蛇的龍盤在水箱上面。就以他們的水箱樣式來看，雖說同樣是最常見的手壓式，但看起來密封性很差，噴水的壓力一定不足。再看水龍車的構造，竟然四輪沒有活動軸承，到時候如何轉彎都是個問題，還說什麼及時趕到火災現場救火。明顯他們無意於第二天的獎金，大概只是為了參與一下而已。不過，他們的水龍車旁邊也聚了不少的人。大招走近一看，竟然是這家公司擺了個攤，在賣歐洲各式新型水龍車的畫片。人們對他們所賣畫片感興趣的程度遠高於他們的水龍車，幾分鐘就賣掉了數十張。大招也不由得想買，畫片上的水龍車看起來精美極了，可惜他沒這個錢，也只好作罷。

洋人們真是生意經啊！大招買不了畫片，只好暗自生了一會兒氣。

從購買畫片的隊伍中擠過來，看到前方遠處聚了許多的遊人。是哪家的水龍車，還看不大清。越過遊人們的頭頂，卻已經看到異樣華麗的水龍車的頂部。之所以在這麼遠的地方就能看到，一方面因為那裡被一組電燈照得耀眼光亮，另一方面是水龍車本身也極為高大。是那種洋人們最喜歡的中國式建築大屋頂樣式，到底屬於什麼頂，大招自然搞不清楚，但是中國人都明白，這樣的大屋頂至少比縣衙門的級別高。也就是洋人敢弄這種東西出來，要是華人弄了，還不立馬被官府抓走，打上幾十板子。走近些看，原來還是那種每層都帶遊廊的樓閣樣式，朱紅的立柱，墨綠色的屋頂，細節也有不少值得稱讚的地方。同時，也看到了這家水龍車的招牌露出的「怡和」兩字。

是怡和洋行的了？果然是洋人的玩意兒。大招往裡走了走，想靠得更近些看個仔細。

走近後更覺得怡和洋行的水龍車確實非同一般。目測水龍車上的樓閣有一丈多高，站在它跟前不得不仰視才能看到全貌。樓閣坐在水龍車上，卻不像剛才所見的平板車那樣簡陋，有轉動的軸承，有可以掛在牽引車上的環扣，大木輪上也雕著意味不明的花紋。

假若僅此而已，那不過是一個花車了。在樓閣下壓著的是幾條盤龍。盤龍實際上是吐水的水管，看樣子還可以隨意改變方向和噴水的角度。在水龍車的尾部有四個手壓桿，看來到噴水時一定能提供得了足夠的壓力。

車轅所套的是兩匹高頭大馬。兩匹馬不像是國內的品種，身軀碩壯得比人都要高上不少，看起來的確力氣十足，褐色的鬃毛，四蹄有雪白的長毛覆蓋，極為獨特。只是和那個一丈高的中式樓閣總也覺得不搭。

水龍車周圍留下了不小的空場，雖然圍觀市民非常多，但由於地上擺放了一圈電燈，形成了一道屏障。車的前後，朝向街道的一面，在電燈照耀下兩面條幅字跡清晰，分別寫著「怡和洋行」和「滅火神龍」。

果然是怡和洋行了……雖然大招還是個小孩，不懂什麼經濟，但怡和洋行這種洋人開辦的大錢莊，怎麼也應該是超級有錢、看不上蠅頭小利的公司，竟然也惦記著盛家的獎金，實在是讓人驚歎得看低他們幾級了。

結果擠過人群發現幾個穿著洋服的怡和洋行員工正在給圍觀的群眾分發傳單。大招也擠過去拿了一份，一看上面全是些鬼話，說什麼假若用戶家中失火，洋行旗下的保險公司就會賠錢給用戶。怎麼可能？洋人傻了嗎？大招覺得自己又一次受了洋人的哄騙，憤恨地將傳單撕碎。

過了怡和洋行的水龍車之後，街道又逐漸變得冷清。

前面還有幾家華人公司的水龍車，不溫不火，也有人走近觀看，卻沒什麼人駐足停留。

原本也打算往回走的大招，忽而看到一面旗幟，上面寫著「南洋公學」的字樣。然而，水龍車卻並不在旗幟旁。終於有一個不是商業公司的水龍車了。大招不禁對這個南洋公學有了些好感，打算找找看他們的水龍車到底在哪兒。

轉過一道彎後，水龍車終於出現在大招眼前。那傢伙前面沒什麼人，也許是因為相對偏僻，沒有太多遊人發現。當然，沒有被發現也未免不是一件幸事，因為這傢伙長得實在太怪了。

這架水龍車最為搶眼的大概就是它的兩翼，一左一右分別裝上了同尺寸、同規格、高過車頂的巨型大輪，就如同停靠在黃浦江畔的蒸汽輪船的巨大明輪。大輪接地，而在輪子中間，並不簡單。斜下方布滿銜接極為複雜的大大小小許多齒輪，而齒輪組的終端，也就是輪子的圓心是個銜接到水龍車主體上的座子，座子下面有自行車一樣的踏板，踏板所連帶的齒輪與整個齒輪組相連通。座子前端也在輪子的圓中設有固定在水龍車上的扶手，以便騎手保持平衡。左右兩個大輪是全金屬打成，在路燈的照耀下，泛著金紅色的光。

車頭有駕駛室，駕駛室裡滿是前前後後扳動到不同方向的操作桿以及方向輪盤。而車尾部也被高高架起了什麼，是一個大噴水口，就像個蠍子尾巴一樣。水口前有個和駕駛室相類似的小房間，裡面也有不少的操作桿，看起來應該是用來控制噴水口方向和水壓的。因為尾部略有些複雜沉重，為了防止整車後仰，還在尾部用三角結構搭起的金屬架子斜向後支了一個獨輪。可以看出這架水龍車設計得相當用心。

南洋公學的水龍車前坐著幾個學生，看起來年齡頂多比大招大四五歲的樣子，嘴上才剛剛從絨毛蛻變出鬍鬚，額頭刮得乾乾淨淨，辮子也都梳得整齊。大招看到水龍車部件之間的紅銅斜齒輪，本來喜歡極了，打算走近些跟他們聊聊，卻發現這幾個學生正在嘰裡咕嚕地說著外語。聽到後，大招一下子煩躁起來，心裡罵著「假洋鬼子」想趕緊離開。可是，他又忍不住想多看幾眼他們的水龍車，便多駐足了片刻。學生們似乎趾高氣揚，對遠遠地望著的大招，就像是對其他的遊人也好洋人公司也罷一樣冷淡。

大招覺得無趣正打算離開，眼睛一斜，看到在南洋公學水龍車旁有段距離的地方，還有一個穿著公學統一制服的學生。看上去，和那幾個假模假式說著洋話的學生不大相同。

大招不由得走了過去。

或許是因為大招乾瘦的樣子再加上常年跟蒸汽機鍋爐打交道面色焦黃發黑，當他走近那個學生時，竟把那學生嚇了一跳。不過，大招還是聽到，那學生剛才在哼唱著什麼歌。

「你好，我也是明天參加水龍會的，我叫大招。」

大招非常禮貌地跟那個學生打招呼，那學生雖然被嚇了一跳，但很快也就恢復，落落大方地回了禮。

「你好，我叫喬均。」

「什麼……」大招心裡嘀咕著怎麼還有人叫橋溝的，還不如直接叫水溝，但他還是忍住沒說出來，只是隨口問了一句，「在幹嗎？」

「在練歌。」

「幹嗎特意在這裡練？」

「也許明天需要唱歌來助威。」

「完全聽不出來是能助威的歌。」

「倒也的確，但我很喜歡這首歌。是去年去日本留學的一位學長教的。」

「哦……可是好像一直就這麼兩句。」

「學長沒做完，又怕去了日本一去不復返。」他的樣子就像是戲裡的思春書生，「所以就先教了半首。」

「好好好。」大招不耐煩他這個樣子，「再唱一次吧。」

「長亭外，古道邊，芳草碧連天……」

他又悠悠地唱了起來，這次的聲音比剛才大了許多，感覺嘈雜的水龍車停放處也都一下遠去，空曠得有些令人心慌了。

「我們學校有音樂課，你要是喜歡可以來。」

「好像……」大招有些遲疑。

「也有機械專業，什麼都有。歡迎來呀。」喬均的眼神充滿了比大招還要濃烈的期待。

回到自己的蒸汽水龍車裡，大招遲遲不能入睡。當然，也或許是因為太熱了，上海的夏天，即使夜晚也是悶熱潮濕，更何況在蒸汽機的前面。

每一根操作桿還是那麼熟悉，摸上去溫暾暾的潮熱，還有譚四送給自己的那個工具箱……

誰敢說上海的夏天不熱?!

該死的譚四！

第二天水龍車正式巡遊接近尾聲，坐在駕駛室頂上等待前行的大招連同譚四在內一起咒罵著。

前面的水龍車隊又開始移動，大招迅速鑽回到駕駛室裡。看了一下水位計、壓力錶，一切正常。雙手握住蒸汽閥桿，用力向後推緊，聽到閥桿底端的大齒輪和蒸汽機裡每一個部件咬合的聲音鏗鏘悅耳，在車的中央外露的巨大飛輪帶動皮帶緩緩地轉動，活塞被帶動的聲音也隨之響起。

車輪緩緩與地面摩擦，車後所牽引的水罐車也咬上了勁。

大招對自己的蒸汽水龍車還是挺自豪的，前一天晚上看到那麼多花枝招展、富麗堂皇的水龍車，此時在街上巡遊，多是人力牽引，呼哧呼哧地各個汗流浹背地又推又拉，蠢笨得很。

緩緩前行，大招的蒸汽水龍車也終於駛入了南洋公學。在校園裡，周圍全是穿著和喬均一樣制服的學生，擠在西洋式的教學樓底下，看著校園路上的水龍車隊伍向操場而去。這一天，南洋公學也是對外開放的，所以比學生們更多的，依然是聞名湧入的市民們。

大招的蒸汽機駕駛室的窗很小，很難看得清外面的細節，但似乎還是能看到在市民和學生之間，有著不少的洋人。一上午在悶熱中的等待，也像是終於有了回報。沒想到自己參加的這次水龍會能如此盛大。只可惜剛才進來時並非走的南洋公學的正門，沒能看到傳說中公學門口的大石獅子。但沒關係，等水龍會結束以後，總還有的是機會去看。

能贏吧……大招默默地想著。

水龍車陸續開到了南洋公學的運動場，根據場務人員安排，列隊排好。由盛司琮親自宣布——光緒三十三年（1907年）上海水龍大會開始。

隨後，由一位看起來相當能說會道的人，站在高高的檯子上講話，並宣布了比賽流程。

第一場，速度賽。

什麼……大招心裡立即慌了神，自己的蒸汽機車最大的短板就是啟動速度。在剛才巡遊的時候，已經深有體會。走走停停之下，其他的水龍車因為多是人力牽引，在啟動方面相當靈活。而自己的水龍車，每次關閉蒸汽閥後等待蒸汽逐漸升壓充滿氣缸，都會被周圍圍觀市民起哄催促，心煩得很。況且他們還會對著怡和洋行的大馬車驚呼叫好，卻對自己的蒸汽水龍車如同見到怪物一樣冷漠。真是……

預熱再次開始，活塞和大飛輪都充滿了蓄勢待發的氣勢。

能贏嗎？大招只是默默地問著自己。

第九話・新地

能贏嗎？當然不可能。

所有比賽的初賽皆是抽籤分組。速度賽一共分出五組，每一組五輛水龍車，環繞南洋公學的運動場一周，最早回到出發點者獲勝。除獲勝者以外，其餘參賽水龍車在本輪淘汰，五位獲勝者進入速度賽決賽，速度賽決賽獲勝者可為本車贏得一個獲勝金環。贏得金環最多者為最終獲勝者，領取豐厚獎金。

大招抽中了第一組，不巧的是和奪冠大熱門怡和洋行同組。怡和洋行的馬力水龍車排在了最外道，也就是最前端。兩匹褐色鬃毛、四蹄雪白的高頭大馬看起來相當神氣。

其他的水龍車都是人力推動的了。看起來多是糊弄事的車子而已，三五個人站在車的前後，準備連推帶拉地和兩匹肌肉粗壯的洋馬賽跑。而結果不出所料，怡和洋行的馬力水龍車獲勝。在大招拉緊蒸汽閥桿，水龍車緩緩前行的時候，怡和洋行的馬力水龍車已然跑到了最遠端的轉彎處。速度賽，大招敗得無可奈何。

接下來第二組、第三組連續獲勝的也都是洋人公司的水龍車，第四組雖然是華人獲勝，但因為那一組裡的參賽隊伍，原本就全都是華人公司。

終於在第五組，南洋公學的水龍車出場了。是主場的原因，先是引起了一陣歡呼，隨後聽到的就是驚呼和嗡嗡嗡交頭接耳、竊竊私語的聲音了。看來現場還是有不少人並沒有在前夜去南市參觀這些水龍車。

車頭駕駛室裡的學生，一手握輪盤，一手握操作桿，看向前方的目光如炬。車輪中的學生雙手緊握扶把蓄勢待發，坐在尾部的正是前一天和大招說話的喬均。遠遠地可以看到喬均一本正經的樣子，大招一下子無比期望他們能贏得比賽。

起跑的銅鈴一響，兩輪中的學生齊刷刷地一同蹬起腳踏板，南洋公學的水龍車立即竄出。動力也好，啟動速度也好，操控性也好，在第五組與其他幾輛人力水龍車相比，都有著超出一大截的優勢。

只是這個傢伙該如何轉彎呢。抵達第一道轉彎處時，原本大招是為他們捏了一把汗的，但沒想到在駕駛室裡把控著輪盤的學生，卻能讓車劃出一道完美的弧線，轉過了整條轉彎跑道。

一開始大招並沒有看懂這個沒有轉向軸的水龍車到底是怎麼轉的，再次轉彎時，他才發現，原來是靠駕駛室裡的學生通過輪盤和操作桿的配合，在運動中改變了左右兩個大輪和踏板連接中的齒輪組，從而改變了兩個輪子各自的旋轉速度。一個快一個慢，車子自然就轉過來了。太精巧的機關設計！是不是只有南洋公學的學生們才可能做得到？大招驚歎不已。

最終，南洋公學水龍車毫無懸念地在第五組中獲勝，進入了決賽。只可惜在決賽中，南洋公學由於在第一個彎道時太緊張而出現了一個小小的失誤，惜敗給了怡和洋行。

比賽繼續，而比賽內容也是千奇百怪，有文有武。

所謂「武」，是如同速度賽這樣比拼水龍車各方面性能的比賽。賽過了速度、越野、急停急轉，全程賽下來基本上已經有三分之一的水龍車東倒西歪，摔了個報廢，甚至有的水箱都摔破了，弄得賽場更加泥濘濕滑。最受關注的怡和洋行和南洋公學兩家的水龍車都完好，大招的蒸汽水龍車雖然僅拿了越野一項的金環，倒也沒有受損。而「文」，則是要比拼消防知識。離開水龍車一起站在運動場中間臨時搭建起來的擂臺上，比搶答，比計算。不過，在計算之類的項目上，大招完全不行。雖然譚四也教給過他不少科學知識，但他根本就沒走過腦子，一心只想學拳腳功夫。

時近黃昏，所有人也都認為盛大的水龍大會將進入尾聲。

最後的壓軸大賽，該是水龍車最基本也是最不可缺少的功能比拼：水柱噴射賽。

因為前面比賽的耗損，最後能保留完整功能的水龍車僅有十輛，從而噴水賽乾脆放棄抽籤分組，執行一戰定勝負。十輛水龍車在運動場中央一字排開，等待裁判發號施令便開始噴水。

噴水賽考量的參數包括水柱的高度、射程和連續噴水時長三項，每輛水龍車都終於將自己的噴水口展露在了最明顯的位置，並精心地調整著角度。其中自然也包括大招的蒸汽水龍車，調整噴水口可以在駕駛室裡完成，這也算是蒸汽水龍車的得意之處之一了，因為蒸汽機的動力足夠完成這些機械操作。旋轉著輪盤，聽著齒輪的咬合聲，蒸汽推動各種組件的聲音也十分飽滿。

銅鈴響起。

大招立即拉動噴水閥桿，蒸汽閉氣全力擠壓推動水箱中的隔板，讓水從噴水口連綿不絕地高壓噴出。

其餘九輛水龍車也都基本上同時有高有低地噴出水柱。

透過駕駛室的小窗，大招仍是看到了在漸近夕陽的金紅色陽光下，十條水柱映射出一條斷斷續續的彩虹來，或許在運動場的看臺那邊看來，更加壯觀多彩。

很快，水柱陸陸續續地斷噴。

除去大招的水龍車以外，包括怡和洋行和南洋公學的在內，全都是人力手壓式噴水結構，在給壓方面，人力終究無法和蒸汽機抗衡，從而在最為人多勢眾的怡和洋行水龍車的水柱也斷噴之後，仍舊平穩噴水的蒸汽水龍車終於在觀眾們的歡呼中贏得了第二枚金環。

雖說僅僅兩枚金環，不可能奪冠，但大招還是讓水龍車將所有水統統噴出後，才終於讓「水柱噴射賽」在自己毫無懸念獲勝的情況下結束。以流暢的水柱完美謝幕，大招想了想，覺得就算自己沒拿到多少金環，回去也足夠跟譚四顯擺顯擺了。

可是當主持兼頒獎人將這一輪的金環頒發給大招之後，卻沒有像所有人想像的那樣站回到運動場中央又挪回來的高臺上字正腔圓地宣布這一屆水龍大會的冠軍以及大會圓滿結束的致謝詞。

主持人不慌不忙地宣布了所有參賽隊伍所獲得的金環數量，誰獲勝已然心裡有數，猜出個八九不離十，甚至有的賭場已經停止投注，準備開獎。然而，主持人卻在此時宣布了讓包括參賽者和觀眾在內的所有人都驚訝不已的內容：勝負未定，接下來將是翻盤局。

「翻盤局？」大招就像所有聽到這個詞後的參與者一樣，完全想像不出主辦方又要出什麼新花樣。

「所謂翻盤局就是真正意義上擁有翻盤機會的最終比賽，本輪比賽獲勝可獲得五枚金環。」主持人繼續說著。

五枚金環？現居榜首的怡和洋行才只有四枚，就算之前一枚沒有獲得過的隊伍，只要水龍車還完好，贏了這場也依然可以奪冠。果然是名副其實的翻盤局了。大招不禁咂了咂嘴。

「不過，比賽場地不在此處，大家按順序跟隨引路車前往。」

引路車駛入運動場，竟是盛家的一輛敞篷汽油車，引來在場所有人一片驚呼，有一種立即蓋過全場所有千奇百怪水龍車的氣勢。

這是要去哪裡？引路車風風火火地開起，排氣管裡發出的隆隆轟鳴也甚是氣派。車在前方引路，帶著所有水龍車駛出了運動場，也出了南洋公學，在小巷中穿行。

南洋公學外是大片的相對低劣的弄堂建築區，兩邊全是私搭濫建如同棚戶一般的房屋，毫無空間規劃，更沒有人會在乎什麼採光問題，只是一味地追求著自己可以占領更多的空間，包括橫向和縱向兩個維度。小巷既陰暗潮濕，又狹窄雜亂，和引路車還有怡和洋行的水龍車的華麗氣派完全合不上拍，南洋公學的水龍車因為左右兩個人力大輪，在沒什麼正經規格、沒有石庫門的弄堂間行駛看上去也異常古怪。唯有大招的蒸汽水龍車，因為原本就烏漆墨黑，四處顫抖著噴著蒸汽和黑煙，倒是像回了家一樣協調。

又走了大約半個小時的時間。其間怡和洋行的馬車水龍車由於太過寬大，被卡在一家門口的雞籠上，折騰了有一陣子才終於可以繼續前行。引路車率先從東拐西繞、錯綜複雜得已然讓人分不清東南西北的弄堂中駛出。前面一片開闊空場，宛如從壓抑的山洞中終於鑽了出來一樣豁然開朗。

不過在空場前不遠，有個巨大建築壓抑著整個金紅色黃昏的天空。

是一道兩層樓高的灰白色圍牆。每一輛從小巷中鑽出來的水龍車，無論是人力還是其他什麼方式牽引，所有的人都不禁會對這座高大突兀的圍牆感到震驚。

到底是什麼地方？

機敏的已經猜到，正是盛家前段日子購買的大面積弄堂地皮所在，至於為什麼要被圍起來，就不得而知了。在圍牆遙遠的兩頭，還依稀可以看到各有一座方方正正的灰色磚結構建築，高度不比圍牆矮，還有高聳的煙囪，正冒著濃濃黑煙，就像是兩座時近黃昏仍緊鑼密鼓地生產著什麼祕密機械的重金工廠。但大招實際上認得那兩個建築，一眼看去就知道，是兩座蒸汽機發電站。

坐在引路車裡的盛司琮明顯對他們的這種反應十分滿意。

見所有的水龍車，除去路上車輪陷入泥垢不得不退出的一家以外，全部到齊，主持人則從車上下來，宣布翻盤賽的規則。

前方被高牆所圍的地方便是翻盤賽的比賽場地。比賽規則非常簡單，各隊在主持人這裡領一面旗子，旗子的顏色各不相同，進到比賽場地內，找到和旗子同一顏色的起火點，最先把火撲滅者獲勝。

所剩九輛水龍車被安排到不同的五個門進入圍牆內部，剛好大招被安排成了唯一落單的一組。

大門在無人推動的情況下緩緩向內打開。

大招根本沒有時間再去思考大門打開的動力到底是什麼，門剛打開到水龍車可以進去的寬度，他便立即推動蒸汽閥桿驅車駛入。

一片破敗無人的弄堂景象。

大門自動關上，瞬間將大上海和這個比賽場地徹底隔絕開來，一切陷入死寂。

顯然圍牆內是舊弄堂的一部分，盛司琮家裡買下了這片地皮，想要開發成什麼不得而知，只是現在來看，那些私搭濫建的木瓦棚子還都沒有拆除，保持著原貌，唯有住戶統統清了出去。天色漸暗，原本這片破舊的弄堂區就不會有電氣路燈，能通自來火路燈的也只有主要街道而已，照明幾乎只能靠家家戶戶室內或者門口點起的豆油燈。現在沒有人住，自然更沒有燈光。剛一駛入場地，大招就發現這是直接進入了細如蛛網的小巷中。這裡的小巷，沒了人煙，竟毫無剛才穿行在南洋公學校外弄堂時的市井擁擠嘈雜繁亂，只是透著絲絲的恐怖。

但此時需要大招思考的遠超過恐懼的信息量了。擺在他面前的有兩個極為現實的問題，其一，到底起火點在哪裡？該怎麼過去？怎麼找到？以及自己應該撲滅的起火點又該如何找到？其二，水龍車的水箱裡，根本就沒有水了……

剛才的噴水賽，因為自己一時得意，已然把所有的水都噴個乾淨。

萬萬沒想到的是，那竟然還不是最後一場，並且根本沒給提供補水的機會。

不過，再回想了一下其他幾輛，也似乎都把水噴了個痛快，就算沒全噴完，也差不太多了。

那麼……

水龍車在弄堂的小巷裡不敢開得太快，不然很有可能也會陷到污水溝裡。轉過兩道彎之後，基本確定這個圍牆內的居民果然完全被清空，只留下了地上的油漬和污垢，還有棚子外面雜亂無章堆放的廢棄物。

大招把水龍車停了下來，甚至將蒸汽閥也打開了，這樣車頂上的大飛輪才不會一直空轉，發出不必要的噪音。因為此時大招覺察到自己不能再如此漫無目的地在迷宮一樣的小巷裡亂轉，需要的是冷靜下來先觀察一下具體情況，就像譚四不斷地教給自己的那樣。

爬到龍頭上瞭望。因為弄堂的建築多是顫顫巍巍七扭八歪的小樓，即便是在水龍車的頂上，也根本不可能越過它們看得遠些，一切都似乎被壓抑到了狹窄的雜亂空間裡。

乾脆上到小樓的樓頂上看看好了。

大招挑了一棟在眼前算是最高的小樓，鑽進漆黑的樓道，上到頂層，再翻出窗口上了樓頂。站到樓頂上，視野一下子開闊了不少。

這下終於能把比賽場的全貌看個大概了。

這片雜亂的弄堂樣貌盡收眼底。屋頂簇擁在一起，顏色各不相同，方向也毫無規律，高高矮矮更是雜亂無章。就在弄堂林立的屋頂之間，大招一眼就看到了左手邊不算遠的地方，是怡和洋行水龍車的那個高大華麗的中式屋頂。走走停停，看起來行進得相當吃力。而其他的水龍車，由於高度都不可能越過弄堂屋頂，全都看不到了。但這並不重要，大招一心想要找的東西，一目了然，全都找到了。

在如此大面積的弄堂區中央位置，有一座烏黑的水塔，遠遠高出所有弄堂樓頂，突兀怪異。水塔存在的用意顯而易見，就是要讓水龍車抵達那裡蓄水再進發。而且極為容易定位，在小巷裡就算是迷了路，再爬到樓頂上來看一看就好了。唯有水塔旁隱約看到有不少的電線桿，電線桿上有電線，又回想起圍牆兩頭的那兩個發電站，總覺得有些不安。但已然顧不了那麼多，得先趕到水塔下面給水龍車重新裝滿水再說了。

而另一個想要知曉的起火點，也同樣一目了然。在水塔的背後更遠處，正在燃起一排滾滾濃煙，看來大家要撲滅的火是集中在一處的。

方向都是向弄堂區的腹地進發。有了方向，大招立即下樓，回到駕駛室裡，驅車前行。前進速度仍不敢太快，小心翼翼，躲避著各種市井陷阱。在三次重新登房找方向後，耗時大概三刻鐘，終於抵達水塔前，水塔前有不小的一圈空場。

水塔猶如一個發光體，所有的街巷全以它為核心向四面輻射。

原來這個弄堂區並非只有細如蛛絲的小巷，以水塔為中心向外有六條看起來比較寬闊的大街，大街的延長線將水塔前的空場均勻分出了六塊。大招盤算了一下方向，大概進入到弄堂區的五道大門都沒有直接連通到這些街道上。

大招見水塔前沒有其他水龍車，卻不好判斷他們到底是來過已經走了，還是並沒抵達。沒時間多想，先開到水塔前想辦法給水龍車灌水。水塔前是剛才看到就有些令人不安的電線和電線桿，驅車駛近發現電線下方還有嵌在路面裡面的纖細鐵軌。

幸運的是，和大招猜測的一致，在水塔下面確實有供水的水管，而且和水龍車水箱的接口也都準備好了，看來在水塔補水正是這場翻盤賽的一個重要環節。

一輛水龍車從小巷裡冒出了頭。

剛剛將水箱灌滿水、正在拆卸水管的大招回頭看了一眼，是一輛由五人推行的人力水龍車，具體是哪個公司的已然想不起來，大概是黃浦灘那裡的什麼百貨公司。他們的水龍車中規中矩，四輪平板上有水箱、有壓水器，也有龍形象的裝飾。

時間緊迫，大招沒打算停留，卸下水管，登上水龍車，啟動開走了。

就在大招挑選了一條方向應該是起火點的寬街正向前進發時，忽然餘光看到身後也就是水塔前空場的方向，在逐漸昏黑的環境下出現一道明亮光線。條件反射地回頭，正看到一輛叮噹作響的有軌電車從六條寬街中的一條飛馳而出。大招被嚇了一跳，正在裝水的那輛水龍車的人更是被嚇到，因為有軌電車正朝他們開來，並且電車車內沒人，司機也沒有。

大招回想了一下，想要裝水，無論水龍車是大是小，都一定會停在電車軌道上面才行，所以……只聽「噹」的一聲響，隨後就是金屬在軌道上摩擦的刺耳聲音。那輛水龍車一下子被有軌電車撞散架，人們也早已棄車四散逃竄。而有軌電車雖然也有所受損，卻依舊沒有絲毫減速的意思，推著一個破開的水箱繼續向前，向著自己的方向……

一聲驚呼，大招立即給蒸汽水龍車提速。車已經進到這條街裡，雖然街道是比小巷寬了不少，但也完全不可能躲得開，而此時再想掉頭離開也來不及，只有一路向前狂奔。

別看在速度比賽上，蒸汽水龍車輸得很慘，但那是因為蒸汽機在起步時比較緩慢，而現在蒸汽水龍車已經處在行駛狀態，算是太幸運的意外了。

已經起步之後，再緩步提速，這輛蒸汽機車的速度並不會比有軌電車慢。只是慌不擇路下，難保不會出現差錯，萬一撞車……幸好這裡已經清空，不會撞到人啦、狗啦之類。

看那輛有軌電車，擋風玻璃全部破碎，半個車頭包括一半的車燈扭曲得不成樣子，咬在鐵軌上的車輪也似乎出了什麼毛病，一直發出刺耳的聲音，這樣的破損恐怕並非只是撞到剛才那一輛。一共進來了九輛水龍車，不知道有多少已經被這傢伙撞報廢了。

跑起來的蒸汽機車不會輸給電車吧！

他無法如實判斷，目不轉睛地緊盯前路，緊握方向輪盤的雙手已經被震得發麻，但一點不敢鬆懈。街道正中央就是有軌電車的鐵軌，在上面行駛使得駕駛更加艱難，水龍車又是拖車，稍不小心車頭和水箱部分就有可能扭轉翻車。

一路狂奔，感覺一定剮蹭撞飛了不少雞籠菜罐，剮蹭之類的已經完全無所謂了，只要不翻車。好在有軌電車一邊殘存的鬼魅似的黃色車燈燈光，倒是幫大招略微可以看清些路況。

蒸汽水龍車車頂上的大飛輪飛速旋轉，號叫一般的聲音不比有軌電車壓著軌道的鐵軲轆的聲音低多少。車在競速，輪子們似乎也在競爭著什麼。就連大招也只想用尖叫再給蒸汽機提一擋速度了。

令大招感到幸運的是，這條街道竟一直沒有出現戛然而止的情況，也沒有轉彎，筆直的街道，似乎天生就是為了這場追逐賽而建。

終於在奔過一個路口後，有軌電車在後面呼嘯著轉了彎。

車燈的光線沒了，前面一下子漆黑一片，大招還是沒有緩過神來，直到感覺路面的確平坦了許多，沒有鐵軌在車輪下攪來攪去，才恍惚意識到瘋狂的追逐終於告一段落。

那麼接下來的問題就是……這裡是哪裡呢？

只是一路狂奔，根本沒有方向的考慮，真不知道其他的水龍車是不是也遇到了和自己同樣的窘境，或許這個被圍牆包圍的弄堂區裡不止那一輛無人駕駛的有軌電車，抑或他們也和剛才那輛一樣，在補水的時候就已經被撞壞。一切都暫時不得而知了。

大招正打算停下水龍車找一棟較高的棚房再看看方向，街道就到了盡頭，盡頭一片紅光。大招擦著汗心想，看來終於還是到了。

驅車駛出筆直的街道，面前竟然是一條和黃浦江差不多寬的河。這是到哪兒了？能有這麼寬的河，大概是吳淞江吧。大招判斷不出來到底是哪兒，但他一眼就看到了兩樣東西：其一是也抵達江邊的水龍車，包括自己在內僅有三輛，另外兩輛正是怡和洋行和南洋公學；其二是起火點，竟是在江心的一排沒有支起帆的沙船上。一共有九艘沙船，看起來是根據最後參賽的水龍車數量臨時增減的。每一艘沙船裡都堆滿了密密實實的乾草和木柴，火正熊熊地燃燒著，黑煙衝天。而在沙船前不遠，還分別有插著不同顏色旗幟的浮標，表示著哪一隊該撲滅哪一堆的火。

這個距離……大招也將水龍車駛到江邊停下，不用試，即使是獲得了噴水賽金環的蒸汽水龍車，燃火沙船也遠遠在射程範圍之外。

並不清楚另外兩輛水龍車是什麼時候到的，看情形似乎並沒有遭到有軌電車追逐。大招見南洋公學的幾個學生都下了水龍車，站在江邊望著燃火沙船不知所措，便也從駕駛室裡跳了出來。

「呀！你是拉著水龍車過來的嗎？怎麼累得跟水洗似的，臉都憋紅了。」喬均看到大招走過來，主動開著玩笑打招呼。

因為剛才狂奔過於緊張，自己都沒有發現，駕駛室裡早已熱氣騰騰，全身出汗就像籠屜裡的小籠包了。大招用濕透了的褂子又抹了抹腦袋上的汗，在意不了太多，走過去就問怎麼辦。學生們看大招還是個小孩，說話都不客氣，你一言我一語地說著「能怎麼辦？要知道能怎麼辦早就把火滅了，還用得著等你來了問怎麼辦」之類的喪氣話。

喬均倒是想打個圓場，結果燃火沙船劈劈啪啪的一陣新的爆裂聲，讓所有人都更加心急，沒了鬥嘴的心氣。

本來被說得一肚子氣的大招，卻突然靈光一閃有了辦法。

「拆！」大招沒頭沒腦地高聲說了這麼一個字。

其他人聽到這個字後更是一頭霧水，完全搞不懂這個小孩在想什麼。大招完全不善於溝通，急起來就更說不出話，但他就只有這一個辦法，不能不說。臉憋得更紅之後，終於語無倫次地把自己的想法給說了出來。

方法極為大膽。就以現在的情況來看，沒有誰的水龍車有水陸兩用的功能，如果一直照現在這樣站在岸邊乾瞪眼，只能是到沙船上的草料和木柴全部燃盡，自動棄權比賽。因此辦法只有一個，就是再造出一個可以下水的水龍車出來。從水路靠近起火點才是唯一解決射程問題的辦法。怎麼造？如果說機械知識，相對於這些學生來說大招一點不行，但他有一項專長：拆。只要是拆出來的零部件，他就有辦法重新組裝，再造一個新的水龍……水龍船。所以，大招的辦法就是，把他們兩家的水龍車全都拆掉，重新組裝。

一開始聽說要把自己的水龍車拆掉，南洋公學的學生們自然一百個不同意，但看看怡和洋行的人似乎已經決定放棄，誰也撲滅不了的話，冠軍自然就歸他們。在反覆斟酌了大招所說辦法的可行性後，也都只好點頭說可以試試。

然而，問題接踵而來。兩隊合一，可是需要撲滅的起火點卻不能合一，資源有限，先撲誰的，也就代表著另一方是棄權不參加翻盤賽的金環爭奪了。

沒有時間爭執，一來火勢已經開始變弱，沒有太多時間，二來假若怡和洋行也有了什麼動作，競爭就更加嚴峻。從而大家三句兩句就決定下來，用誰家的零件多，就先撲誰家的火。大招沒有多想，立即同意了，跑回到蒸汽水龍車裡，先是將所有閥門都扳到停止狀態，放掉所有的蒸汽，關閉了鍋爐的供熱，而後拿出了譚四送給自己的那個工具箱，這裡面是全套的他用起來最為順手的拆船工具。

所有該拆的零部件全都迅速拆卸下來之後，大招才發現由於自己的蒸汽水龍車以沉重的必須保證密封和耐壓的鐵壁結構為主，沒有一個零部件適用於水上。只因為是蒸汽機動力所以可以托運相當大的水箱，所以水箱拆卸兩半之後，剛好可以做船體。飛輪也好，改造旋槳也好，全都從南洋公學的水龍車上直接找到。

事已至此，根本沒有時間再爭執什麼，一艘以南洋公學的水龍車為主體改造而成的雙艙水龍船在半個小時的時間裡便完工下水。怡和洋行的人看得目瞪口呆也毫無辦法，只能眼睜睜看著南洋公學就此反超，完成了名副其實的翻盤賽。

火全部熄滅後，便看到這條江的遠方，在黑暗中影影綽綽有點燈光，隨後一聲高亢的汽笛聲，一艘烏黑巨輪緩緩從黑暗中顯影出現。

是主辦方開船來接他們了。登上船後，看到不僅他們最終抵達江邊的三家，其餘所有參賽隊伍的人員都已在船上。甲板上燈火通明，擺著長桌，完全一副早已開啟慶功宴，只有他們幾個赴約遲到的感覺。甲板的主席臺上站著一位穿著筆挺西裝、舉手投足都顯得十分洋氣的人，舉起酒杯，准備講話。

這個人自然正是換了正裝的盛司琮。

盛司琮自然要先頒發最終優勝者金杯，並對南洋公學大加讚賞一番。怡和洋行也來了幾個穿西裝的洋人，一點都沒有失敗後的垂頭喪氣樣子。在盛司琮宣布晚宴正式開始之後，就一直和盛司琮聊著什麼。

大招一點吃的心情都沒有，只拿了兩個金環幾乎墊底，並且還拆掉了曾經費盡精力才造出來的蒸汽水龍車。以至於盛司琮從自己身邊走過，都根本沒有注意到。當然，盛司琮也根本沒有搭理自己，到了另外一撮人那裡，一邊爽朗地笑著，一邊口若懸河地說著。甚至開始吹噓起來，什麼那個新地城厲害吧？是不是嚇了一跳？專門找了個能人監督設計改造的。打開話匣子的盛司琮一下子沒了剛才還有的一丁點高高在上的貴公子架勢，完全成了個迫不及待想要把自己的玩具炫耀給別人看的小孩。

晚宴折騰到了半夜，巨輪才靠岸，所有人都東倒西歪地醉得不成樣子。唯有大招依然默默地發呆，剛才是直接上的船，連蒸汽水龍車的殘骸也沒能來得及拿……

獨自穿過夜深人靜的大馬路來到黃浦灘的私渡碼頭，大招才發現所有的渡船都早已收攤回家，這一晚恐怕無法渡過黃浦江了。

竟然連家都回不去，大招垂頭喪氣地坐在黃浦灘岸邊，只有滾滾江水拍打著岸堤，對自己似乎也是不理不睬。

「表現還不錯呀，竟然想到拆卸重組，真有你一手。回頭讓梁啟帶你去張園玩過山車，他更熟那裡。」

譚四忽然出現在大招身後，拍了拍滿是餿臭汗味的大招，坐到了他的身旁。

他都看到了？在哪裡看到的……聽到張園的過山車都沒有再興奮起來的大招，只是在想著譚四這傢伙到底是長了三頭六臂還是怎樣，什麼也瞞不過他。

等等……大招忽然想起方才盛司琮得意揚揚地說那個新地城是找了能人來設計改造的，他轉過頭來看著譚四，而譚四只是意味不明地笑了笑，望著江對岸。

第十話・洋皂

一個英國佬，頭戴圓帽，身穿西服，手持文明杖，像模像樣地走在望平街上。望平街在英美租界區，有一個英國人本身並不稀奇，但這條不算寬闊的街道是聞名已久的報館街，《申報》《新聞報》《時報》統統將報館建在此處，算得上是租界區裡中國報人們劃出的自留地，特別是在「南昌教案」所引起的中西報業大論戰才剛剛結束的這個夏末秋初之際，走到望平街來的洋人就更少了些。

光緒三十二年的夏天，上海異常炎熱，即便入了秋，也絲毫沒有一丁點涼意。路面蒸騰得比人們的神經還要扭曲。

這位英國人路過了坐落在街角最為顯眼的申報館，一轉進了小巷。小巷裡還有報館，但無論建築的高度、規模還是樣式，都遠不及申報館那麼氣派，小報館也掛著招牌，名為：新新日報館。

英國人站到新新日報館門口，從兜中掏出手帕在額頭上拭去汗珠，確認沒有走錯，邁步進到裡面。

報館是雙層小樓，一層在樓梯邊用一張茶桌和三把籐椅布置出一塊寒酸的接待處，門房引領英國人坐了過去後就上樓通報去了。

烏煙瘴氣，從二層彌漫下來的全是紙菸捲的煙氣，再看看茶桌上擺著一只根本沒清理過、滿是紙菸菸蒂的陶罐，英國人厭煩地皺起眉頭。

——要不是走投無路、萬不得已，才不會來這家小破報館。

英國人正在心裡抱怨著，有人從二層下來。

下來的人相貌堂堂，穿著一身得體的西裝。然而，腦後長長的辮子多少讓人覺得有些不倫不類，幸好他還戴了頂少見的鴨舌帽，讓這種尷尬變得協調了不少。

「密斯特梁！」

英國人還沒等這個人從樓梯上走下來，就已經迫不及待地站了起來，熱情地邁上一步要與他握手示好。毫無英國人該有的風度。

當然，密斯特梁正是梁啟。

梁啟摘帽示禮，並握了握他的手，讓這位看上去已經發福的英國紳士坐回到籐椅上。自己則叫門房沏好了茶，來給客人倒上。

一張名片遞了上來，梁啟接過細看，微微一笑。此人是湯氏洋皂廠的廠主湯拿德，英文應該寫作Donald，或許是出於商人特有的奉承習性，特意給自己起了看起來像中國人的名字，並且喜歡別人管他叫湯老闆。

「我廠願在貴報做一個月的廣告。」湯拿德沒等梁啟把自己的名片收起來，就又迫不及待地用發音蹩腳的漢語說道。

報紙的營生，靠實體報紙的銷售是一方面，更重要的自然是廣告收入。像《申報》每期二十頁紙，有十頁是廣告，並且價格不菲，百字起碼，每日每字就要收洋銀一分。《新新日報》的銷量自然遠遠不及《申報》，廣告費也會便宜一些，但對於廣告的渴求就更甚。

然而，當廣告客戶自己主動找上門來時，梁啟卻只是看了他的名片便婉言謝絕了。

湯拿德顯然沒有預料到就連這麼一家小小的名不見經傳的報館都會拒絕自己。先是瞪大了深藍色的眼睛，狠狠地盯著一直面帶微笑的梁啟片刻，隨後深呼一口氣，說：「那我買一個星期的深度報道，多少錢都可以。」

「您的廠子最近風評可是不好，我們不敢惹這個臊。」

雖然梁啟依舊面帶笑容，但話也說得很絕，一點餘地沒留，看來這個廣告是萬萬不接的了。

「那報道有人總在我的廠子裡搗亂搞破壞，總可以了吧！」這是湯拿德最後的掙扎。

「我們不是巡捕，還是等您那裡抓到這些搗亂的傢伙，人贓俱獲了，我們再來說報道的事吧。」

說完，梁啟起身又道了兩句客氣話，就把湯拿德晾在了那裡，自己上了樓。

剛一到樓上，正碰見一位並不大想在此時遇到的年輕人。梁啟從他身邊路過，瞥了一眼他的眼神，大體就確認這傢伙恐怕剛才是偷聽到自己和湯拿德的對話了。也許是個麻煩事，但隨他去吧。梁啟管不了太多，回到自己的辦公桌前，編寫起第二天所需要的新聞。

一絲涼風沒有，整個上海就這樣悶悶地入了夜。

望平街雖然沒有大馬路、黃浦灘那麼繁華，但也是公共租界中的主要街道之一，因此也是接了電氣路燈，到了晚上還是明亮得很。

下了班的梁啟，仍是一身西裝打扮，走在電燈下，穿梭在人力車、擔夫、小販、行人之間，向著四馬路而去。看樣子心情恢復了，或者說，到了下班時間，心情就會好起來。當然，另外令其開心的事也是有的，譚四說好要請他在四馬路著名的一品香吃上一頓番菜。

一品香是華人開的番菜館，也就是西餐廳，用餐時對著裝之類並沒有太過苛刻的要求，只要穿著得體不袒胸露乳即可。西裝打扮的梁啟自然沒有問題，然而在一品香的二層洋樓門口等著梁啟來的譚四……雖然也沒有穿得不堪入目，但那麼一身短打扮再加上亂蓬蓬沒個型的辮子，害得梁啟也一同被穿著像模像樣的領位服務員嫌棄地斜眼對待。

譚、梁二人上到二樓，找了一張有屏風隔斷又靠窗邊的位子坐下。

「那孩子怎麼樣？」譚四開門見山地問道。

「相當機敏。」梁啟雖然是在誇讚，但同時也想起白天他還在二樓偷聽了自己拒絕洋皂廠投廣告的事，不禁撇了撇嘴。

服務員殷勤地走上前來詢問要不要點菜，譚四點了法式豬排，梁啟本來想點牛排，但似乎沒什麼心情，只點了蝦仁湯和火腿蛋。譚四又追加了香蕉餅，算是開胃甜點。

本來想抱怨幾句的梁啟，被服務員這麼一打斷，也沒了心氣。倒是譚四接上了他剛才的話題，說：「機敏是必然的呀，好歹也是南洋公學的高才生。」

在前一個星期，譚四忽然帶著這麼一個穿著當時才剛剛流行起來的學生制服的青年到了新新日報館。梁啟在報館一層寒酸的時趣小館接待了他們。譚四用同樣的形容介紹了這個青年，青年名叫黃樟，是南洋公學的高才生，希望能跟著梁啟做一陣子見習生。收個見習生倒是無所謂，可是顯然這位黃樟同學對《新新日報》十分看不上眼。不知道譚四又在打什麼主意，梁啟深知問是問不出來的，只好走一步是一步，見機行事了。幸好隨機應變是梁啟的拿手好戲。

既然說到黃樟，梁啟也不失時機地把今天白天黃樟又在偷聽自己辦事的事情講了出來。

本以為譚四會打趣地說上兩句「這都是師承」之類的話，沒想到他卻注意到另外的事情上去了。在譚四熟練地用刀叉將豬排切下一塊送入嘴中，咀嚼吞嚥之後，說：「那個洋皂廠我有十足把握和拐賣兒童沒關係。」

「廢話，這明眼人都能看得出來。」

「老百姓可分辨不出。」

「你的意思是讓我解個局？」

譚四與梁啟相視一笑，不再提洋皂廠的事，聊起洋涇浜的水越來越臭早晚得填之類的話題。

黃樟確實算得上是個高才生，腦子快得很，無論是外語還是數學，都是一流水平，還能寫得一手好文章，可以說是近年來公學裡教出來的學生中的佼佼者。不過，他並非一開始就是南洋公學的學生。最早他就讀的是震旦學院，後來震旦學院因為鬧了罷課運動解散了，學生們多數就直接轉到新建的復旦公學。一晃又一年過去，到了差不多該畢業的時候，正趕上這年夏天由盛氏家族出資舉辦的水龍大會。一開始只是湊熱鬧好奇，黃樟和其他同學一起跑到南洋公學去觀看比賽。結果本是主修商科的黃樟，徹底被南洋公學參賽的水龍車的機械結構之美所折服。待大賽結束之後的第二天，他就提交了轉學申請，最終如願以償地轉到了南洋公學的機械專業重新深造。

在復旦公學時，黃樟因為成績優異，是少有的留宿生，住在復旦公學的學生宿舍。但轉到南洋公學，又轉了專業，這個優待自然沒了，被迫之下，只好在學校附近找租住的房子。房子倒是不難找，弄堂裡有的是空餘的住房，就等著附近的南洋公學和聖約翰大學的學生們來租住。但租房的開銷自然成了黃樟在上海讀書的主要生活壓力。

水龍大會是仲夏之時的事，待到黃樟入學南洋公學，已是夏末時節。

公學校園裡的梧桐樹依舊枝繁葉茂，黃樟有些焦急於生計地走在婆娑樹影下，偶然間就看到了這則招工廣告。

一般來說，在學校裡張貼的招工廣告，多是報館招新聞撰寫或者書館徵收書稿，大概因為黃樟的文筆不錯，寫來過於輕鬆，反倒對這些看不上眼。就算再缺錢花，也從未動心搭理過，見到後只是冷笑一聲仰著頭走過。

而這則招工廣告卻完全不同。遠遠地就看到那張紙上印著一個意味不明的大寫英文字母「W」，走近看則知這個招工的廠商名為「W實業」。這個名字更讓人摸不到頭腦。自從上海開埠以後，工廠早已不是稀奇事物，洋人們滿處建廠，華人實業家們也紛紛建廠，大的有江南製造之類，小的也有各種手工作坊、印刷廠、紡織廠比比皆是。名字叫「實業」的自然也有，可是這個「W實業」的起名方式卻從未見過，中不中洋不洋，生產什麼東西完全看不出來。不過，總比那些報館之流要有看頭一些。

黃樟便仔細看了看廣告內容。

W實業招的是電報信息管理和文件編寫工作人員，這個就更合黃樟的意了。廣告還特意注明該W實業是由盛宣懷的公子盛司琮出資創辦，績效發錢，絕不拖欠。正是因為盛司琮舉辦的水龍大會，黃樟才轉到南洋公學來，從而對W實業就更多了一層好感。不再多慮，把地址記下，直接前往。

地址在浦東陸家嘴。

雖然並不在新興工廠聚集的閘北或者寶山，而在已經開始水漲船高被洋人們炒得地皮價格猛漲的陸家嘴，但想來是盛家的產業，倒也合理了些。

只是過江，終究是麻煩事，況且從南洋公學到黃浦灘，也是有一定距離，整日跑去一定會耽誤學業。不過，黃樟既然已經下定決心要去，必是不允許自己半路反悔。

來到黃浦灘正值傍晚，一整日的炎熱絲毫沒有退去。黃浦灘大小碼頭嘈雜繁亂，大型的貨輪冒著黑煙，小型的私渡則在波浪上顛簸。浦東和浦西的景象截然不同，浦西是銀行、百貨公司、電報局、英國總會，氣派的高樓大廈，浦東則是剛剛建起或尚在建設的工廠群，高低錯落，一團團富有活力、欣欣向榮的黑煙，可惜所謂的欣欣向榮都不是自己人的。

黃樟找了一條叫價最便宜的私渡，在船老闆不情不願的情緒下，划船過了黃浦江。

那個招工廣告所寫的地址，在浦東的工廠圍牆所劃分出來的小巷下，非常不好找。幸虧有「外國墳山」這個標誌性地點。完整地繞過外國墳山的圍牆，終於看到一片小樹林和樹林深處有煙囪豎立的三層高的建築物。

黃樟走近一看，地址確實沒錯，但這棟建築物看起來只是一座老舊的蒸汽發電廠。況且看規模，估算功率也並不高。陳舊的樣子和周遭寂冷的環境，不禁讓黃樟失望。

正當黃樟考慮要不要乾脆打道回府就當是白來一趟的時候，電廠沉重的大門被推開了一道縫。一個顯然是營養不良而導致頭髮發黃的乾瘦小孩，烏漆墨黑一臉炭灰的腦袋探出來，看到黃樟，立即又縮了回去。一手撐著大門不讓它自己合上，一邊向電廠內喊：「還真有人來了！」

藉著門縫，黃樟聽到電廠內有巨大飛輪旋轉的蜂鳴聲，以及撲面而來的濕熱蒸汽。

不容黃樟猶豫，一個看起來還算精明卻是一身不入流的武夫打扮的人已經推開大門站到他的面前。

一個毛孩子和一個武夫……

譚四自然是看出眼前這位學生打扮的年輕人的失望之情，卻只是不置可否地笑了笑，說：「W實業的廠址不在這裡，不過暫時也不能帶你過去，你先來辦些其他的事情，我立個字據給你，會如數給你結錢。」

「你怎麼知道我是……」

「這還用問？」

黃樟立即明白了，這個電廠恐怕除了看到那條招工廣告的人會找來，不會有其他人造訪。

隨後，譚四只是詢問了一下黃樟的具體情況，又給他做了一些簡單的測試——幾道在黃樟看來極為初級的數學題和形同詭辯一樣的邏輯題——

就說了聲「錄用」，讓他第二天放了學到帶鉤橋等，然後安排工作。

大概是因為這個電廠內部有不少後期改造過的痕跡，聽飛輪的轉動聲音也覺得並不是一座小功率蒸汽發電機那麼簡單，黃樟不經意間對這個原本讓他失望的W實業又有了些好奇，所以決定第二天按時赴約看看情況。

在黃樟就要離開的時候，譚四忽然又叫住了他。重新打量了他片刻，問他會不會點功夫。

譚四這一問，倒是問到了黃樟的心坎裡。雖然他百般看不起頭腦簡單的武夫，但自己還是學過那麼三兩下子。那時黃樟還沒正式入學震旦學院，自然也沒有學生宿舍可以住，租房在弄堂裡。恰巧隔壁有個天津口音的大個子，好為人師地一定要教他三招兩式，還聲稱自己打的是什麼迷蹤拳，厲害得很，打俄國大力士都不在話下。黃樟本來不屑一顧，但架不住這個大個子三天兩頭地跑來要教他，最終勉為其難地學了三招。皆是最實用的擒拿手關節技，也是最容易學的三招。後來住進學校，自然就再沒見過那個天津口音的大個子，不過，或許是得益於這三招，在幾次罷課運動中，黃樟從沒吃過什麼虧。

黃樟並沒有把什麼隔壁大個子啦、迷蹤拳啦的這些細節告訴譚四，只是孤傲地點了點頭。

「那就更好了，明天見。」

譚四也沒多問，像是已經送完了客一樣，回身走向發電機，去檢查鍋爐內的燃燒情況了。

帶鉤橋是洋涇浜九橋正中間的那座。位置在中央，卻沒變得有多重要，據說早些年因為這座橋上野狗太多，叫了「打狗橋」。當然，現在早就沒有什麼野狗，有的只是洋涇浜英語。

黃樟是從法租界一邊向帶鉤橋走去，夕陽照在英租界一邊的洋樓上，卻因為洋涇浜的嘈雜，一點也沒顯出美好的樣子。

遠遠地，正看到那個名叫譚四的人等在橋頭。

萬萬沒想到的是，這個譚四竟然帶自己東拐西繞的還是來了望平街。

怎麼還是脫離不開報館了？黃樟一下子皺起眉來。但還沒等他提出異議，譚四已經將他帶進了新新日報館，轉交給了梁啟。

到底是叫自己辦什麼事？說成了給梁啟做見習生……這和一開始說的完全不同了。特別是在《新新日報》這個又小又看不到前景的報館見習，越想越冒火。正當黃樟決心要和梁啟攤牌辭去新聞撰寫的見習工作時，剛好撞上了梁啟拒絕給洋皂廠廠主做廣告那一幕。

聽了他們談話的全過程，黃樟把反覆演練了多次的辭呈嚥回到肚子裡，回了編輯室。

在報館有一點好處，想要看往日新聞輕而易舉。為了能一直跟上每一天的新聞熱點，報館裡不僅有自家的報紙，其他大報也都逐份訂閱。因為是見習生，在編輯室裡反倒沒有人會關注到他，幾個撰寫的全都埋頭寫著什麼，就算黃樟走到資料室裡，也沒誰抬起頭看上一眼。

所謂的資料室，實際上也並沒有留存太多的報紙。好在那家湯氏洋皂廠發生的事情也不算久，沒翻兩個星期的量，就在報紙上看到了這個名字。

關於湯氏洋皂廠的報道並不算多，寥寥幾篇都是小塊的本埠新聞。但事件表述相當集中，都是說湯氏洋皂廠在暗地裡拐賣兒童。大一點的報紙，會把事情說得簡練客觀一點，只是報道出了坊間有這樣的傳聞，落筆在呼籲市民看好自己的孩子。而一些小報，或許是好不容易抓到個新聞，為了吸引眼球，把事情講得既獵奇又詳盡，什麼專派樣貌和藹可親的人用玩具騙取小孩信任，帶到深山裡捆在一起圈養備用；什麼青面獠牙的洋人可以手撕小孩，用嘴吸取小孩的童子油汁，再吐到煉皂池裡煉皂。

看了幾篇報道之後，黃樟心裡有數了。對這些漏洞百出的報道輕蔑地一笑。這種東西都能有人相信？

乾脆一不做二不休，直接去湯氏洋皂廠看個究竟再說了。

月黑風高，黃樟不能說不害怕。

湯氏洋皂廠建廠在徐家匯。方才還是人頭攢動、嘈雜無序的棚戶區，向西南走不了多遠就開始變得荒蕪。

或許正是因為距離華人市民居住地非常近，才會引起不少人的恐慌。

一片陰森森的小樹林，黑得令人窒息。

白天看到的那些被自己嗤之以鼻的報道反倒如同拉洋片一樣一幕幕再真實不過地在黃樟腦中、眼前循環。聽著樹林裡不知是什麼鳥獸時不時的怪叫，黃樟更是一陣又一陣地打起冷顫。但既然已經都到這裡了，終究要過去探個究竟。又不是什麼妖魔鬼怪的老巢，再怎麼說也是西洋科學下的工廠，更何況自己還會那麼三兩下子，情急之下還是有辦法脫身。

雖然黃樟是這麼想的，但就在他走出這片小樹林，看到了那座洋皂廠，還是聯想到了滿池小孩屍體的場面。

在深夜荒蕪的空場裡，藉著透過陰雲微弱的月光，只能看清工廠的輪廓。高聳的磚塔煙囪立在一座三層坡頂的廠房一側，就像是畫報上經常看到的那些會跳出吸血鬼的歐洲古堡一般，確實平添了幾分恐怖氣氛。

工廠沒有圍牆，朝向樹林小徑的一面，可見的窗全是黑漆漆沒有亮燈。

沒有人倒是好事。黃樟一步步向工廠廠門走去。

悄無聲息，但廠門也上了鎖。不過，黃樟早已預料到，便繼續在廠房外沿牆探察。終於，在背面看到一扇窗只是虛掩沒有鎖上。用手輕輕向裡一推，那扇窗發出尖厲的咬合聲，在死寂的黑夜裡格外刺耳。

蹲在牆根，一直等到秋蟲又開始悄悄叫了起來，沒看到有什麼異常，黃樟才終於站起身來，向廠房裡瞭望。

這是黃樟第一次見到洋皂廠內部的樣子，雖然看不清具體樣貌，但從輪廓上還是能看出些門道。廠房內部布置比較有序，一邊是列隊並排的長長的操作臺，而另一邊是幾個池子。完全沒有想像中的鐵籠和一個個虛弱將死的赤裸小孩。

或許牢房在地下。

側身一躍，黃樟輕盈地跳進了廠房。

只聽「轟」的一聲悶響，當黃樟的雙腳剛一沾地的時候，他就立即知道不妙。然而，就算他腦子轉得再快，身體也不可能有什麼辦法，「啊」的驚叫了一聲，就已經動彈不得，一張網牢牢實實把他罩住吊了起來。

下一秒鐘，廠房裡燈火通明，就連早晨去過新新日報館的那個廠主湯拿德也出現在了黃樟的面前。

第十一話・屍變

與譚四在一品香吃了番菜分開，才剛剛從四馬路的街道拐進小巷的梁啟，就被一個人迎面攔住。

「不好意思，梁先生，您跟我走一趟。」

這個人穿著西裝，看樣子像是哪個洋人公司的買辦，卻面無表情，說話低沉，一點買辦應有的和氣都沒有。四馬路上的電氣路燈投射出來的陰影，剛好在這個人身上劃出一條明暗分界線。

梁啟嚥了口唾沫，盯著這個人，根本沒給自己留下一丁點的破綻，或者說，就算梁啟能發現什麼可以藉機逃跑的破綻，那也一定只是誘敵深入的陷阱。梁啟在危機的判斷上絕不差，此時的選擇只有不做反抗跟著他走。

一切都是事先準備好的。那個人在後面盯著梁啟一起出了巷口，就有一輛人力車過來接上了他們。

人力車沿著洋涇浜一路往西，跑出公共租界區很遠又向南去。坐在車裡的梁啟猜測著路線，這是向徐家匯方向去了。

從僻靜的樹林小徑穿過，前面正是一座規模不算大的工廠。

看到這個光景，梁啟基本上也猜到是怎麼回事，不過並不知道為什麼要在半夜把自己叫來，但多少坐著也還是安穩了些。

湯氏洋皂廠，廠房裡異常地明亮。

梁啟跟著進到廠房裡，發現不僅僅只是明亮這麼簡單，在廠房內的煉皂池和操作臺之間嚴陣以待地站了足有十人，各個人高馬大、一臉橫肉。從十個人身後，湯拿德走了出來。還是穿著早晨的那身西裝，一絲不苟，卻在明亮燈光下看得出他的額頭滿滿的全是汗。

「梁先生。」湯拿德微笑著走上前來，「真是不好意思，深夜把您請來。」

梁啟還以微笑，但沒有說話，他打算以靜制動、見機行事。

「我說過我們是被栽贓陷害的，多天前我們就發現有人在半夜裡會到我們皂廠，偷走我的名片、我們工人的工服。然後假扮成我們皂廠的人，在市面上招搖過市，專找落單又在眾目睽睽之下的小孩說話。」

「夠陰險的。」梁啟迎合著，但他完全想不明白這樣做的人是為了什麼。

「誰說不是呢。」湯拿德的漢語還算不錯，用詞也越來越地道，只是表情仍舊是不折不扣的洋人樣子，「更可惡的是，你看我們那麼多人，愣是抓不到他，上次撞上把我的人打得四五個重傷。」

梁啟瞥了一眼現在站在那裡的十個人，雖然他不懂武功，但就從身形也能看出至少都不是好惹的。

「不過，今晚，我們終於布下天羅地網，抓到了那傢夥！半夜叫您來，就是為了當面讓您看看，好為我們洋皂廠寫篇報道挽回聲譽。」

——不置可否，已經在人家的地盤上，先看看情況再說，不外乎是寫上一篇報道，就算……

兩個壯漢將逮到的那個人直接用網子兜著扔到梁啟面前時，梁啟愣住了，扶著額頭沉吟片刻，才又開口說：「不好意思，湯先生……」

網子裡的人原本也是振振有詞，抬頭看到梁啟後同樣一下子定格住了。

「怎麼樣，梁先生，沒想到那麼個狠角竟是個學生吧。」

「這裡面吧，一定有什麼誤會……這……這是我的人……」

湯拿德只是似笑非笑地用英國人的紳士語氣說了一聲「哦」。

梁啟垂頭喪氣地帶著黃樟離開了湯氏洋皂廠，心想這是又攤上麻煩事了呀，真倒楣。更倒楣的是，從樹林走出來之後是棚戶區，根本叫不到人力車，只能步行走很遠碰運氣看能不能有車了。

一路上，兩個人一直沉默不語。看著原本一直趾高氣揚的黃樟只是低著頭走路，梁啟本來想說「暗訪不是這麼做的」，但一轉念什麼也沒多說。決定不回家，直接帶著這小子去譚四那裡問個清楚。

譚四的那座小型蒸汽機發電廠，同樣亮著燈，燈光下的氣氛簡直和剛才的湯氏洋皂廠如出一轍，似乎也早就預料到了一樣等著。

果然可惡……

梁啟硬著頭皮闖入譚四的廠房，一股濕熱的硫黃味撲面而來。大招和譚四全在鍋爐前忙活著，就像根本不是在等梁啟到來一樣。

「到底搞什麼鬼呢？」

「啊？」譚四從樓梯上輕盈地跳了下來，「怎麼晚上的番菜吃拉肚子了？」

梁啟根本不理睬譚四的打趣，叫著黃樟走到他面前。

「加入W實業呀，加入了我就告訴你。」譚四依舊笑著面對幾乎是要來對質的梁啟。

實際上，從萌新女校事件之後，當譚四提出W實業的計劃時，梁啟聽了便十分認可，並且相當積極地協助譚四將其實現。如何能引來盛司琮的投資，去哪裡購買設備，如何招攬人才，這些計劃都沒有少了梁啟的參與。但當W實業真的由盛司琮投資迅速建成之後，譚四本以為梁啟自然而然地就是重要成員時，梁啟卻說他是不會加入的。譚四驚訝之餘，還是想知道原因，梁啟卻只是用「自己一心只想做新聞」為由潦草地回絕。

被架到了騎虎之境的梁啟，終於還是回來找譚四。

「晚上吃飯時，你說過關於這起拐賣兒童事件，有充足的數據證據。」

「加入W實業，數據就都公開給你。」

「呵，我可不是當初那個剛來上海的小職員了。」

譚四只是饒有興趣地看著梁啟。

「這樣吧，我依然不會加入，但我可以跟W實業合作，我們互助互利。」

「一言為定。」

譚、梁兩人似乎達成了某項共識，但站在一旁的黃樟卻還是一頭霧水。這個W實業到底是幹什麼的？難道不是一個實業工廠？為什麼會擁有什麼充足的數據證據？他腦袋裡接連不斷地冒出一串串問題，卻又無從問起。

本打算從那個叫大招的小孩口中套出些什麼，可是當他剛要靠近大招時，大招就已經警覺地回瞪了他一眼。

沒有辦法，黃樟現在也別無選擇，只能跟著這兩個人把整個事件解決了。在梁啟到來之前，他為了證明自己的清白，已經把自己是南洋公學的學生連帶是新新日報館的見習生統統全抖了出來。那個英國老狐狸，立即抓住了他的小辮子，威脅說必須為他們洋皂廠洗冤，不然就去南洋公學告狀，毀掉他的大好前程。

譚四必然還是有所保留，只是給了梁啟一條線索，讓他去閔行鎮旁邊的南平村看看。

梁啟記下地址，在腦子裡規劃了一下路線，便扶了扶帽子，跟譚四等人告辭。

「稍等，帶著他一起吧。」譚四指了指一直站在他們身邊的黃樟。

「還要他給我添亂？」

「南平村很亂的，三教九流各種勢力聚集，他好歹會兩下子功夫。」

話音未落譚四猛地向黃樟揮出一拳，黃樟條件反射般地一側身，雙手下沉，右手鉗住了譚四的手腕關節，左手頂到肘關節，借勢一個滑步向腋下扛起。不過譚四早就預判到黃樟的動作，根本沒給他扛起自己的機會，腳下抵住他準備滑開的步子，右手一用力就把黃樟又壓了回來。

「看，這一下子還是挺有模有樣的吧。應付地痞流氓之流不成問題。」

「我就是一個保鏢了嗎?!」

被壓回去的黃樟無奈地鬆了手，一陣哭笑不得。

雖然譚四給的線索是那個南平村，但梁啟依舊是有自己的一套調查方式的，在觸及核心之前，必須先要親自去事件發生的現場勘察。只是現在還多帶著一個黃樟，自然就不能用暗訪萌新女校的那套了。

這次兒童拐賣事件，主要集中發生在徐家匯西南一帶。梁啟摘掉偽裝用的眼鏡，也不再戴什麼鴨舌帽，而是換了瓜皮帽，穿上極為樸素的淡藍色長衫，就像個做小本買賣但還算講究體面的小販。黃樟也根據梁啟的要求換了裝，儼然一個跑腿的打扮。

他們來到目標地區是第二天傍晚。

徐家匯雖然屬於華界，但也早已建起教堂，林林總總有著不少西洋建築，不過如果離開南洋公學那邊，一路往西南方向去，近乎市郊的地方，也就進入到棚戶密集的地區了。在這裡，又是另一番景象。傍晚時分，正是這個地方熱鬧的開始。

這一片不大的居民居住區，主要是依附在更為郊外的幾家不大的工廠而起，建築上來說略比茅草棚的棚屋好了不少，可以說是正規的弄堂建築群和茅草棚的棚戶區之間的規格。然而建築極為密集，或者說是毫無章法，隨意搭建，隨意改建，使得道路狹窄崎嶇，仍舊是不可避免的。又是到了晚飯時間，家家戶戶架起炒菜鍋，鍋碗瓢盆叮噹作響，叫賣吆喝問候打招呼家長裡短隨意閒扯，聲音嘈雜，卻更顯得是一種市民的日常生活，可是現在擠在其間，無論是梁啟還是經驗尚淺的黃樟，都看出有些異樣。

「確實不太對勁。」

梁啟悄悄地跟黃樟耳語幾句，黃樟也繃起神經，認真點了點頭。

不對勁是多方面的，最顯而易見的是這裡雖然不能說是寂靜，但街頭巷尾的噪音異常地單調。仔細聽，只有炒菜的聲音，還有匆忙回家的腳步聲。從房屋之間的夾道走過，這種異樣就更加明顯，原本上海人特有的嘰嘰喳喳、無休無止的聊天聲音，幾乎全無。人們看到梁啟和黃樟這樣的陌生人，也顯得有些警惕。

另外這一年夏天開始，趕上了饑荒，在棚房之間本來多了不少破衣爛衫的乞丐，但最常見的乞丐小孩卻一個也沒見到。乞丐，絕大多數都是有幫會的，丐幫會規劃每一個幫會成員行乞的街道範圍，以便不重疊地最大化行乞的成果，而效率最高的行乞方式本應該是派大量小孩出馬。丐幫明顯是察覺到這裡對小孩的危險，所以把最難纏的小乞丐都撤離了。

別說是沒有固定居所的乞丐了，就算是住戶家裡的小孩，街上也一個都沒有。這一點倒是不足為奇，發生了多起兒童拐賣事件的地區，禁止小孩外出算是正常反應，但從他們的眼神中看出的，大概不僅僅是恐慌。

這種氣氛，梁啟依稀覺得似曾相識，但並非是自己親歷過而是在什麼地方看到過。梁啟帶著黃樟又走了幾條小徑，幾乎都是一樣。天也漸黑，便結束了探察。

黃樟住在南洋公學附近，距離他們探訪的地點也不算遠，所以梁啟直接讓他回家了。梁啟自己卻沒有回家，而是去了新新日報館。

回到望平街，繁華的燈光和嘈雜的街道，才讓梁啟鬆了口氣。新新日報館裡已經熄了燈，沒有人會在這個時候加班。藉著望平街的電氣路燈的光亮，打開報館大門進去的梁啟，熟悉地上到二樓，轉彎進到資料室內。

新新日報館確實是一個小報館，無論是建築規模、撰稿室的面積還是資料室的館藏，都可憐得很。但剛好在這個小資料室裡，有梁啟想找的東西。

任何一家報館，為了能把握新聞的動向，都會訂購足夠的報紙供撰稿們閱讀學習。新新日報館的經理又是一個報刊集古愛好者，總是說要讀懂十年前的大清國才能展望到十年後的未來，因此，新新日報館的資料室裡更是不乏一些有年頭的資料。

梁啟點起一盞豆油燈，鑽進了資料室。

目標其實很明確，梁啟提著豆油燈走到標寫年代幾乎是最久遠的那個書架前，看到書架上標的是光緒十五年（1889年）至光緒二十年（1894年）。

那個時候，報刊還是比較少的，洋人的倒是有《北華捷報》、《萬國公報》、《格致彙編》等，華人的大概只有《申報》，還有點看頭。

梁啟從這些陳舊的報紙中，專揀出了光緒十七年（1891年）五月到十月份的報紙來看。很容易找到，這段時期幾乎每隔幾天就會有關於「蕪湖教案」的報道。從各個角度分析的，也有直接描寫現況的。「蕪湖教案」到最後幾乎演變成了武裝暴動，波及長江流域諸多城市，法國人只能要挾清廷出兵鎮壓。最終，華人死傷慘重，清廷還賠了大量白銀給法國教會，受到最嚴重傷害的仍然是老百姓和懦弱無能的清廷。

而在教案真正發生之前……

也就是西曆1891年4月的時候，報紙還沒有紛紛把目光投向蕪湖。想要找到什麼就相對艱難了些。不過，在微弱的豆油燈光下，梁啟終於還是找到了想要的報道。「蕪湖育嬰堂拐騙幼童」、「有法人教婦迷拐小孩」、「修女挖小孩眼製藥」等，諸如此類，在華人的小報上出現，後又被轉載。雖然不僅洋人的報紙開始闢謠，就算是華人的報紙，有職業操守的也都紛紛站出來說那些傳言並不可信。但一切都無濟於事，悲劇依然在各種謠言中迅速發酵，不到一個月的時間，蕪湖的人們已經人心惶惶，視洋人為至仇。有些報紙開始報道蕪湖的現狀，從隻言片語的描寫中看到，當時的氣氛……就如傍晚時所見的那些人。

梁啟把報紙收回去，熄了豆油燈，離開了新新日報館。

——能把謠言做大，引發如此騷動，必然也是要把謠言坐實。洋皂廠並沒有拐賣兒童，那麼坐實的方向就只有讓兒童真的失蹤。從傍晚所察的情形來看，確實有多個兒童失蹤事件發生才引起人心惶惶的氣氛，也可以說，這次的事件多半是有什麼人在背後操縱。不然譚四不會給出那個南平村的線索。同時，整個事件的發展都與那次蕪湖教案如出一轍，恐怕是模仿犯罪了。抑或……當時造謠的主犯，引起騷動的團夥，最終根本沒有被抓。被清廷砍頭的人也不過是後來參與其中的哥老會的幾個頭目。所以……

不可能，事件都過去十多年了。處心積慮十多年，把矛頭從教會指向新的焦點——外資工廠……但無論怎樣，事件不能再繼續發展下去了。

去往南平村，最便捷的方式是乘船。

第二天，梁啟和黃樟約好在肇嘉浜上游的小碼頭碰面。沿西南方向匯入肇嘉浜的支流，逆流而行，逐漸穿過湯氏洋皂廠所在的那片樹林和郊外的田野，就差不多看到一座村落了。

雖然有此便利，但在肇嘉浜的小碼頭上，諸多私船卻幾乎找不到一個船家願意划船去南平村。找了十來家之後，終於有個看起來膽大、想多賺點錢的年輕船夫接了這個活兒，撐著船逆流而上。

這條支流不像肇嘉浜那樣有很多商船、烏篷船、小貨輪來往。基本上出了徐家匯，河道上就只剩下梁啟他們這一條小船了。藉著清靜，梁啟自然不失時機地要問問為什麼大家都不敢去南平村。

「因為這條河上發生過屍變。」

年輕力壯的船夫一邊搖著櫓，一邊把事情講了講。

大概是半個月前的事，有一艘烏篷船一大早從這條河經過。差不多是樹林那一帶，看到河上漂著一個人。船員們趕緊開船過去，把人打撈上來。可惜一看此人已經斷氣，並且似乎不是被淹死，而是被鈍器打死的，胳膊、腿都有明顯的骨折。原本船員們還在討論是報到官府，還是乾脆把屍體扔了免得麻煩，結果誰想到那屍體經過這麼一折騰，愣是突然活了過來，並且骨折的地方似乎也都完全不受影響，「屍體」立即站了起來。船員們自然被嚇得屁滾尿流，結果這具「屍體」不僅沒有答謝船員們的打撈之恩，還出手極為殘暴，不分青紅皂白，一下就掐死了一個船員。最終，這具「屍體」竟殺了幾乎所有的船員，才逃之夭夭，唯有一個因為在亂鬥中掉到河裡才倖免於難。

講著，船也就靠岸了，眼前就是南平村。

梁啟多給了船夫一點錢，讓他回去時一路小心。大概因為回程是順流，船走得也非常之快。

在船上，聽著船夫講屍變的事，黃樟顯然是害怕了。他當然不相信什麼屍變，但這太過離奇，怎麼也想不出合理的解釋，況且，他會的那三招全是關節技，萬一遇到這種根本不怕骨折的怪物，他恐怕完全無計可施。

梁啟一定是看出黃樟的焦慮，笑了笑跟他說，那個什麼屍變，就算是真的，也肯定跟這個村子沒關係，先把這個村子調查了，回去讓譚四去對付什麼殺人屍體就是了。

南平村，遠遠看著並不出奇，但走近一看，與其說是村落，還不如說是建在市郊的一處窮迫的棚戶區。

「好了，過去看看吧，恐怕會有不少收穫。」

黃樟點了點頭，全無昔日的傲氣，只是想著趕緊離開為妙。

第十二話・烽煙

南平村，比想像中的還要混亂。

所謂棚戶，不外乎就是用竹子和茅草搭建起來的簡陋棚屋，而在南平村，這種棚屋顯得更加破舊。一般來說，上海的棚戶區多出現在南市或者閘北，主要都是外來人口聚集，一方面是在上海老縣城周邊，尋找在上海立足的機會，另一方面則是在閘北的工廠周邊，以求可以進到工廠工作謀生。然而在閔行這邊的南平村，周圍並沒有工廠，別說是洋人的工廠，就算是華人自己開的小作坊也根本沒有，一片平原，只有農田。

村子沒有特別的入口，雜亂無章的棚屋，還有好幾處冒著不濃不淡的煙。

根據梁啟的要求，這一次來南平村，穿著要比前一天還要破舊一些，或者說特意往土裡打扮。然而，在走進南平村之前，梁啟還是略有些不放心，跟黃樟低聲交代了一聲「最好你還是不出聲說話的好」，便佝僂著背，像個長期在私塾苦讀有些直不起腰來的農家子弟樣子。

一個窮酸書呆子帶著一個土裡土氣的書童，進到這麼一個外來務工人群聚集地，就算不上太過突兀了。只要說自己是時運不佳，沒了科舉做官無門，只好來上海討個生活，差不多就能蒙混過關。

棚屋有多種形式。茅草房的條件最差，不僅看起來茅草頂根本不能防雨，牆壁也不過是用泥巴胡亂糊一下了事，根本也不擋風。從這樣的茅草房前走過，甚至於都能聞到屋子裡發黴的味道。略好一些的是用木板搭建，但也沒有磚瓦，因此並沒有比茅草好上多少，只是味道上或許略微輕薄一點。茅草屋和木板屋基本上構成了南平村的所有，並且簇擁在一起，使得街道異常狹窄擁擠雜亂，又由於生活污水的隨意傾倒，路面也變得總是泥濘惡臭。

茅草屋和木板屋又都極為狹小，看上去屋裡也只是夠住下一個人的面積。

不過，在這些棚屋之外，很顯然有一座建築與眾不同，且完全優於其他。只是，稱之為「建築」，恐怕也有些名過其實。那是一艘被拖上岸來的廢舊的小型蒸汽貨船。船兩側的明輪已經破損得不成樣子，龍骨深深地嵌進了地裡，使得船立在陸地上依舊平穩。看不到船的蒸汽室是否還完整，煙囪已經被拆卸掉。甲板的高度已經超出一般茅草屋的屋頂，在甲板上有兩層的駕駛室，從地面向上望就能基本判斷出在駕駛室中一定能一覽整個南平村全貌。

是什麼人住在這艘船上？雖然是廢棄的貨船，但從居住條件來看必然要比其他棚屋好上很多，又是整個南平村的制高點，恐怕居住其中的是這個村子地位最高的人了。

需要探察的事情還有很多，眼看天色開始昏黃，梁啟不慌不忙地帶著黃樟走進了一家只有四支竹竿綁成的柱子和破爛的茅草屋頂的酒肆棚子。

隨後竟用純正的蘇北話，唯唯諾諾地招呼來了店家，要了些看起來根本不能下嚥的吃食和劣質白酒。

「喝點酒，以免拉肚子。」梁啟悄悄跟黃樟說。

「接下來怎麼辦？」黃樟終於忍不住問道。

「看出些什麼異常嗎？」

黃樟搖搖頭。

「這裡有三撥人。」

黃樟略有點吃驚，但梁啟的表情立即改變，一臉木訥抬起了頭，用蘇北話說了起來。黃樟自然聽不懂，卻只好假裝認真聽著，因為剛好店家走到附近。

梁啟嘰裡咕嚕地說了半天之後，終於又恢復回來，繼續悄聲和黃樟說。

南平村顯然不是一般的市郊棚戶區。人員構成複雜程度卻也沒有譚四所說三教九流都聚集此地那麼嚴重。根據梁啟的觀察判斷，基本可以看出是由三部分可以說幾乎完全不相交集的人群構成。這其中最為本分的應該就是梁啟所假扮的這類人——上海周邊農村的年輕人——來到這裡僅僅只是中轉站，在沒有摸清上海找工作的門路之前，姑且住下。另外的一撥主要群體，顯然都是某個幫會的成員。他們雖然分散在村子的不同角落，卻有著極為相近的行為處事習慣，並且他們之間交流也顯然用著一些幫會內通行的暗號手勢。從幫會成員身邊走過時，梁啟隱約聞到了鴉片的味道，大體上也判斷出這個地方之所以一直存在的基本經濟來源了。

而在這兩撥人之外，還有一批隱匿者……

就算是梁啟，也很難在如此短的時間內判斷出到底這些人是誰，有著什麼身分。只是能發現他們已經相當不易。在一般人眼裡，大概只會注意到一些棚屋是大門緊閉的。但仔細去思考，大門緊閉實屬不正常。一來棚屋內部的空氣實在不敢恭維，在潮熱的上海，不開門通風的茅草屋，簡直無法想像。二來現在的天氣仍舊炎熱難耐，從外部觀察顯然裡面有人居住的情況下，竟都不開門，簡直懷疑是一群苦行僧在屋裡修煉。那麼不開門的原因只有一個，就是住在此地的時候，他們不能見人，或者說不能被別人看到。

可是這些人到底是誰，有什麼目的，甚至於他們是否與湯氏洋皂廠有什麼關係，這些問題都只能姑且懸起。

梁啟喝了一口酒，咧著嘴算是把話全說完了。

「接下來怎麼辦……」

「當然是去船上看看了。」

「太危險了吧……」黃樟的聲音更低了些。

「我們可是來找房住的，找村長聊聊天有什麼不對？」

入夜以後的南平村，自然沒有任何的現代化照明設施。通電當然絕不可能，自來火路燈也不用想。由於茅草再潮濕也是易燃物，從而只要是臨近棚屋的地方，就不會有架高的照明火盆。

原本就缺乏照明，更是變得四處是黑暗無光的死角。

這樣的死角越多，原本對暗訪者來說應該是越好的事。只是黃樟看上去已經緊張得不行。南平村的街道十分崎嶇複雜，看著船屋高高地在村子一邊，卻並不是那麼容易就能走過去。如果找著亮走，走著走著就會繞回到剛才吃飯的酒肆。如果摸著黑走，則只會東拐西繞找到一條傾倒生活污水的陰溝。而如果是向著聽起來熱鬧的方向去，那就會看到一小片被參差不齊的籬笆圍住的空場沙地，空場裡有三四個比剛才的酒肆簡陋得多的茅草棚。然而，照明卻格外地好。每一個茅草棚裡都在四角點著火盆，火燒得極旺，人影在火苗的光影交錯下，扭曲舞動。

聽到嘈雜的喊叫聲，就能明白，裡面的幾個棚子都是賭場。

越是窮的人，就越容易陷到賭博裡不能自拔。遠遠地，就能看到那些在火光下紅了眼的人。這些人，是沒救了。不過，找到這個沙地上的賭場，基本上也就接近那座船屋了。船的駕駛室，就在賭場的後面，高高在上，像是無時無刻不監視著這裡一樣。

梁啟和黃樟一前一後繞過賭場的籬笆，再摸黑拐過兩條小巷，看到了船體的輪廓。

遠遠望去，也能看到船屋在龍骨和底艙的中央位置，開了一道門，門的兩側竟有人站崗把守，守衛顯然是訓練有素，並非一時興起站在那裡。看到這樣的情形，梁啟心裡笑了笑，這裡竟然還有私募的武裝組織，不僅僅是一個魚龍混雜的棚戶區這麼簡單了。

可惜光線太暗，根本看不清船前是不是有標明組織的旗幟。

沙地賭場就在附近，裡面的叫喊聲越發嘈雜，像是有人已經連勝六局猜單雙，正要開第七局，引得其他局面上的人都湊了過來，骰子還沒扔進碗裡，押注的不押注的就都此起彼伏地吼叫起來。

混亂，是潛行最好的環境，梁啟正打算趁著那兩個守衛也都被賭場所吸引，精神不甚集中東張西望的空當，走近去看看。突然，聽到身後傳來什麼聲響。再一回頭，正看到兩個在陰影裡的大漢撲向了黃樟。

黑影之下，就像兩座大山壓了上去。

兩個大漢一先一後，先衝來的伸手就去抓黃樟的肩膀。不知道黃樟有沒有害怕，在賭場裡仍舊喊著「單！」、「雙！」的聲音下，黃樟又是條件反射一般地側退步，雙手抓住大漢撲來的手腕，借勢用力向側下方一拽，大漢已經撲倒在地，黃樟迅速抬左腳用力踩在摔倒大漢的右肩，向後一扭，胳膊就被折斷。大漢在賭場的嘈雜聲中呻吟一聲昏了過去。

然而兩個大漢幾乎是一起上的。當黃樟一連串動作制伏一個的同時，另一個已經近在咫尺，雙手抓住了踩斷敵人胳膊才直起腰的黃樟。

梁啟看到這一幕，只是一瞬間的事。他毫無辦法，就要束手就擒的時候，又有一個黑影跳出，腳步輕盈得除了旁邊觀戰的梁啟，無人察覺。黑影一個滑步就到了擒住黃樟的大漢身後，用右腳輕巧地踢到大漢的膝蓋正面，就像跳舞一樣，雙腳已經離地，空中一個轉身，左腳迴旋不偏不倚踢在了大漢側臉，再收腳半轉身落地。依舊悄無聲息，大漢已經悶聲暈倒。同時，賭場的這一局也開了，那個人連勝第七局，賭場裡一片哀號。

黃樟從昏過去的大漢身邊爬出來，根本站不起來，全身都在顫抖。也不管到底是誰救了自己，縮到了牆角。

梁啟倒是鎮定，沒有驚慌，仔細去看那個黑影。正是譚四。而譚四之所以只是用腳，因為他懷裡還抱著一隻貓。譚四摸了摸貓，貓安穩地睡著。

「你怎麼也來了？」梁啟把聲音壓得更低地問道。他知道，如果譚四也來了，說明這個地方相當危險，並且情況要比想像中更為複雜。同時，也幸虧他來了。

黃樟蹲到牆角，全身發抖停不下來。譚四像安撫貓一樣，坐到他身旁，單手拍了拍黃樟。抬起頭用下巴指了指船屋的方向，與梁啟說話。

「你剛才是要進去？」

「不然怎麼辦。」

「讓他進去唄，他會武功。」

黃樟一下子抖得更厲害了。

「行了，別嚇唬他了。」

「是是是。」

譚四一邊笑著，一邊從懷裡掏出一張紙遞給了黃樟，說：「好了，不逗你了。幫忙把這個解析一下，我沒你計算得快。」

黃樟接過那張紙，又過了好一陣子才終於平靜下來，藉著極為微弱的由船屋那邊照射過來的光線看了看紙上的內容，問：「摩爾斯電碼？」

「嗯，不過那只是第一道轉碼，你轉完以後就明白接下來幹什麼了。」

黃樟點點頭，開始認認真真地看那張紙的內容。

「基本情況我來說一下吧。」

在等黃樟解析數據的空當，譚四低聲地說了起來。

譚四探察的和梁啟所猜測的基本一致。這個村子裡駐紮著一批幫會，幫會名譚四也探了出來，叫烽煙幫。源頭不好查了，有的說是從哥老會分出來的，也有的說就是這個地方自己集成的。到底怎樣確實不是重點，譚四更在意的是他們都做了些什麼。一般來說這種黑道幫會幹的多是打家劫舍的勾當，但這個烽煙幫卻不大一樣。在這麼個年代，黑道幫會也多是講起民族義氣，哥老會鬧過多起教案，其他幫會也都有所作為。而這個烽煙幫，則把反抗的矛頭對準了時下三弊之一的鴉片煙癮。譚四對烽煙幫的暗查有段日子了，可以說烽煙幫的手段相當殘暴，聚集在南平村的幫會成員，只要缺錢花了就會集結成隊外出「打食」。他們不敢真的往上海城裡去鬧事，特別是租界區，有警力鎮壓，他們一點都不傻，根本不會冒這種險。所以，他們會跑到上海市郊的各個城鄉結合部，把守商道，只要看到有洋人路過，就是一通搶殺。實際上，他們也不敢真的殺洋人，怕把事情鬧大，落個義和團的下場。不過，跑到東邊的港口去搞「銷煙」義舉，還是從不手下留情的。

「所以他們真的會把鴉片銷毀？」

「真是逃不過你的直覺。他們哪裡是『銷煙』，整個就是在搶貨然後販煙。只是打著深明大義的旗號而已。」

梁啟不禁輕蔑地笑了兩聲。

「不過你看看他們現在，鬧了幾次之後，洋人們也不傻，都拿了洋槍來對付。這不，大概半個多月都沒開張了。」

「所以，他們也幹起了拐賣小孩的勾當？」

「還真不好說。」譚四指了指認真解析數據的黃樟，「等等結果才知道。」

「那是……」

「其實和萌新女校時用的差不多，但比那個更小巧些。而且呀，全靠這些傢伙。」譚四又摸了摸懷裡的貓，「放條小魚幹之類在電力採集器上，牠們就會來回來去地蹭了。」

「還真是方便。」

「居然是圖……」黃樟忽然用極低的聲音哀號了一聲。

「不用畫出來，差不多說說是什麼樣的就行。回了W實業，有專門的機器來畫。」

「可真是把我當機器用了。」黃樟抱怨著，又看了看那些數據，「一大堆的曲線，不過，差不多就是……」他用手指在泥濘的地上畫了起來，「差不多就是這個樣子吧。」

譚四和梁啟湊過去看，地上畫著兩個人形的輪廓。一大一小，小的顯然是個小孩，而大的……

「應該攝到了配飾之類吧，再畫細緻點。」

黃樟又照著數據，在那個帶著小孩的人身上畫了畫。

譚四看著這個人身上新添的配飾沉吟片刻，嘀咕了一聲：「是劉龍……」

「行了，咱們趕緊離開這裡吧。」譚四把貓放到地上，站起身來。

「啊？難道不是殺進去把他們都幹掉為民除害？」黃樟似乎一點都不害怕了，故意天真地瞪著眼睛。

「廢話！你知道那船裡有多少人嗎……就我一個人，讓他們輪流上都能把我剁成肉醬了。」

黃樟吐了吐舌頭，也站了起來，率先按照來路快步走了出去。

「等等，那你叫我們來這裡幹什麼呢？你不是自己都搞定了？」

「叫你們來，只是想練練那小子的膽兒。我很看好他，W實業可是要重用那小子的。」

「……」

「別想那麼多了，這兒的事以咱們現在的實力根本管不了了。走吧。」

「洋皂廠怎麼辦？」

被梁啟這麼一問，譚四好像才終於想起那個微胖的一點都不紳士的英國佬湯拿德來。

「稍等一兩天的，他們這個什麼烽煙幫我看也是走到盡頭了。到時候把我調查的內容加上，直接將拐賣兒童的罪名扣在他們頭上就是了。再具體的咱們不能碰，稍不留神，很可能又會觸發蕪湖教案那樣的慘劇。那樣……恐怕正中他們下懷了，他們扔出來的可是雙保險。」

譚四說的這一點梁啟相當認同，也就點頭接受了。

「所以你真的不考慮直接加入我們W實業？」

「不，謝謝。」

梁啟也走出了拐角的陰影，幾步追上了走在前面又掉頭回來的黃樟。

等了三天的時間，譚四終於出現在了新新日報館的時趣小館，坐在窮酸的籐椅上等梁啟下來。

「完事了。」看到梁啟後，譚四直接說道，「烽煙幫徹底被清門，幾乎是一個活口不剩。」

「小孩呢？」

「趁亂逃出來了幾個。」

梁啟歎了口氣，說：「好，那我去寫報道了。」就又回了樓上。

與此同時，黃樟終於如願以償地由大招帶著去了W實業的真正廠址。

原來還是到了陸家嘴的那個破舊的蒸汽發電廠。大招讓黃樟在電廠裡等一會兒，隨後他到了蒸汽機旁邊的一排操縱桿前，前前後後扳動了幾下。聽到有巨型齒輪互相咬合的聲音，只見電廠中央偏向蒸汽機一邊的地面，緩緩地隨著不緊不慢的咯噔咯噔聲，一塊六尺見方的地面向下一沉，一道門打開。

「下面就是了。」

黃樟走近一看，樓梯悠長。

大招和黃樟一起下到地下。

在樓梯一側，又是幾個操縱桿，大招扳動一番，就又聽到比剛才還要響許多的齒輪咬合聲音。那道門緩緩關上。

與整個電廠還有上海的天氣截然不同，地下是陣陣清涼襲來。

樓梯走到底，是一道鐵門。大招把鐵門推開，一片耀眼的光亮。完全是裝有大量的電氣燈才可能達到的亮度。

黃樟揉了揉眼睛，終於看清內部。果不其然是個廠房，其面積遠遠大於地上的電廠，廠房的牆壁上還有四邊的地面上布滿了電纜，而廠房內……整整齊齊擺滿的是一排排長桌，長桌上擺放著整齊劃一的電報機以及解碼用的韋斯登收報機，而與每一台韋斯登收報機相連的是一台台手握毛筆蓄勢待發就要開始寫字的人偶機器人。

第十三話 · 荒江

一定是被監視了。

梁啟從新新日報館的二樓小窗往外看，又一次看到那個傢伙，破衣爛衫地坐在望平街和報館小巷之間的拐角處。梁啟坐回到自己的座位上，望著天花板看了許久，也想不到能有什麼對策。

要說作為一個監視者，這個人的相貌有點顯眼。單說這身打扮，破也不能算特別破，總比乞丐啦、流浪漢啦要好上不少，但那也就是極限了，一身邋裡邋遢根本看不到手的大袖子長衫，並沒有穿內襯，也沒有繫扣子，便是可以看到的褲子穿得也是鬆鬆垮垮，莫名地邋遢，一點也不體面。這一點在租界區，又在望平街這裡就變得十分顯眼。而更為顯眼的是他的頭髮。這傢伙竟然沒有削光前額，在後腦勺留著長長的辮子，像一個還俗不久的和尚，腦袋從前額到後腦被一層如同鬍子茬一樣的堅硬的頭髮所包裹。臉型消瘦，雙眼深陷在眉骨之下，看上去倒不像是個有煙癮的人，雙眼相當有神，有些嚇人。

不過，放一放再說無妨，萬一有什麼突發事件，譚四一定會趕來救自己。現在當務之急是要趕到妙卿那裡了。

實際上自從萌新女校事件之後，梁啟就不怎麼去妙卿那裡。倒不是膩了或者怎樣，一來事情忙了起來分身乏術，二來也是因為萌新女校的報道做得很出色，《新新日報》的經理逐漸重用起梁啟，給了他不少策劃主題的新聞做，自然也沒必要再每天跑到四馬路的妓館去苦哈哈地偷聽寫新聞了。

然而譚四的W實業基本建成之後，妙卿的房間又成了梁啟幾乎每天都要光顧的地方。究其原因，反倒略有點複雜。梁啟原本是拒絕加入W實業的，但因為湯氏洋皂廠事件，不得不和譚四達成合作關係。W實業需要大量的即時信息，而提供即時信息的人自然落在了合作者梁啟的頭上。如何提供？通過盛司琮的關係，把妙卿的房間徹底改造了一番，設置了一台W實業專屬電報機在那裡。每天下班，梁啟都要去發一通電報。

當然了，所謂的合作關係，不可能只是梁啟一個人付出，他也有所索取。W實業實際上就是一個龐大的數據庫，從數據庫中梁啟同樣可以獲得W實業已經鋪開的其他站點所提供的一手信息。第一時間獲得信息對一個新聞工作者來說，實在是太重要了。在其他報紙還在等著遠在京城的探事員拍專電過來時，梁啟就已經可以在W實業的數據庫裡看到不僅僅是京城，還有天津、武漢、廣州等地方的消息信息。

可是為什麼要大費周折建這麼一個數據庫，梁啟並不明白，深知問了也是白搭，除非深入其中才可能直接獲得答案。卻也沒有這個必要，既然大家可以互助互利，保持著平衡的局面，何樂而不為。譚四也不會去做所謂的惡事，這一點梁啟是十分有信心的，總有水落石出的那一天，等著就是了。

當然，這些都不是燃眉之急，梁啟火急火燎地往妙卿那裡趕，更主要的是因為他們已經約好，晚上要去城隍廟看城隍老爺出巡。眼看就要遲到，那樣麻煩就大了。

整理了工作桌，戴好帽子，整理整理西裝，梁啟就迅速跟還沒下班的同事們打了聲招呼衝出了報館。

那個人……還在拐角處，斜著眼睛偷偷看了自己一下。

真是煩人。梁啟只是心裡念叨著，卻根本顧及不了更多，一路小跑往四馬路去了。天色尚早，大約是下午三點來鐘的樣子，四馬路上還沒太多的行人，只是日常的擔夫、車夫，還有洋行之類出來跑業務的員工。四馬路的餐館、妓館、書館、茶館也都還沒有張燈結綵賣力地迎客酬賓。

雖然已經西曆九月，天還是熱得出奇。遠遠地，梁啟就看到妙卿穿著一身清涼夏裝，站在妓館門口搧著扇子。急忙跑過去的梁啟廢話不說，先到妓館裡把賬記上，領了一把洋傘，走回到仍舊站在門口的妙卿身邊。

其實梁啟很希望多帶妙卿出來看看，雖然有W實業的資金，差不多是包了妙卿，使她不會受到其他客人的欺辱，但永遠憋在妓館裡，仍舊是過著暗無天日的日子，這讓梁啟無法接受。

梁啟時常會帶妙卿去各種地方見世面。去過張園，去過徐家匯天文臺，去過上海博物院，只要想得到的地方，梁啟都願意帶她去看看。妙卿也聰明，悟性高得很，沒過多久，若論眼界也不比上過女校的女學生差了。和梁啟聊起世界局勢，都能子丑寅卯說得頭頭是道，只是一般來說，她懶得聊。

這是剛好趕上中元節，梁啟就主動邀她出來轉轉，四處看看。

說來，西曆一九〇六年，也就是光緒三十二年是個閏年，中元節來得相當晚，眼看都進了西曆九月才終於得以過這一年的七月半。然而晚卻沒能有晚出優勢，炎熱的天氣絲毫沒有一丁點退去的意思。

妙卿想走走，因此沒有叫人力車，兩人沿著黃浦灘一路向下走，走到了傍晚，到了人聲鼎沸的城隍廟前。原本已經走累了的妙卿，一看到城隍廟裡的廟會，立即又來了精神，這邊是生煎饅頭、油酥燒餅，那邊是火烘魷魚、蔥油麵的。這個也想吃那個也想嘗嘗，一下子完全忘了是來看什麼的了。

梁啟笑著給了妙卿些錢，讓她自己去廟會上買點喜歡的小玩意兒。隨後自己獨自站在人群裡，開始小心翼翼地四處張望。

那個人似乎並沒有跟過來，但也不好說，這裡這麼雜亂，想要隱藏實在輕而易舉。那麼還是從根源出發重新找找線索吧。

第一次發覺有人監視自己是……是一個多星期前的事。

那天大概是梁啟近幾年來心情最好的一天。因為他收到了報館聯合會發來的邀請，希望他能代表《新新日報》參加聯合會的例行會議。並且有消息已經在報界內部傳開，說清廷已經做好立憲準備即將頒詔天下，上海報界決定要等頒詔之後集體慶祝，如何慶祝也將在這次會議中一同商討。

終於有所作為，梁啟拿到邀請函，自然是喜出望外，跟經理說了一聲，就代表著新新日報館，第一次參加報館聯合會的活動去了。

立憲之事沒有頒詔就還是機密，聯合會自然不敢大張旗鼓，因此預備慶祝會就安排在了張園安塏第二樓的一間私密包間裡。

安塏第的紅色磚樓門前，是一片大草坪。平時常會有各派人士在這裡做公開演講，而這一天格外地安靜，陽光明媚，似乎連整個大上海都變得開心明朗了。

梁啟穿過大草坪，進了安塏第裡面，看到一樓大廳一端，是上二樓的樓梯，樓梯旁擺著板子，上面寫著報館聯合會的會議房間。看著「敬請嘉賓親臨」之類的措辭，梁啟手裡拿著邀請函，自豪感油然而生。

在二樓的會議室裡，已經坐滿了人。

會議室房間不小，只是在正中央擺了一張長桌，人們圍坐，看上去非常西化。一面歐式大玻璃窗在房間盡頭，陽光灑入，明亮得很。

房間布局並沒有明確分出主次，梁啟找了最邊上空著的位子坐下。會倒是很快就開始了，不過內容卻實在無聊。每個人只要一講起話來就停不了，年齡越大的就越說個沒完，空講一番立憲以後將會怎樣前途大好，但這些話都是老生常談，好像只要頒布那天一到來，大清國就能立即強大，搖身一變成了強國去瓜分其他國家一樣。

他們越是這麼侃侃而談，梁啟就越是覺得無所事事，不由得已經走起神來。

大概是因為只有梁啟一個人是新人，所以從一開始就沒有人做過自我介紹，在座的人除了幾個老先生還算認識，其他的幾乎都認不出到底是哪個報館的人。不過，倒也無妨，剛好給梁啟一個觀察在座與會人員的機會。

說來長桌的擺放，意思是去掉主客次序，但明顯人們還是有意排出了座次。靠近窗的一邊的人年齡偏大，而靠近門的一邊則多是年輕人。這時，梁啟忽然看到這堆年輕人中還坐著一個小女孩。可能是因為她的個子太矮小，躲在人堆裡，剛才根本沒有注意到。

小女孩看起來不過十四五歲的樣子，長長的頭髮，燙著波浪卷，看起來就像個黑頭髮的洋娃娃。穿著也很有意思，這個年齡應該還沒上大學，特別是女孩子就更少有去上大學的，她卻穿著一身聖約翰大學的制服，看上去神氣又乖巧。小女孩身邊緊挨著坐的是一位年齡看上去和自己差不多的男人，偶爾會和小女孩說上兩句話，恐怕是小女孩的哥哥。小女孩歲數也不算小，還要一直帶在身邊，更可能是慈愛的哥哥想讓妹妹多開開眼界，受受社會的薰陶。這位穿著褐色西裝、目光如炬、眼神犀利的男人，身邊的人對他也是客客氣氣，看來有些地位，只是一直沒有發言，不知道到底是哪家報館的人。

忽而，坐在身邊的年輕人捅了捅梁啟，梁啟才突然意識到自己一直在走神，大概輪到自己發言了。只不過，那位年輕人倒是悄聲跟他說著別的。「你可是真夠膽大的，那傢伙……」年輕人用眼神指了指那個褐色西裝男人的方向，「可是只要發表一句話就能毀掉一個人的一生的狠角。」

「啊？」

梁啟又偷偷看了一眼，褐色西裝男人雖然眼神犀利，但真是看不出竟能有如此的破壞力。不過，既然人家善意提醒了，也還是小心行事的好。梁啟苦笑了一下，趕緊把目光移開。不過，不知怎麼了，自從看到那個小女孩，梁啟就有點心神不定，總也忍不住想多看她兩眼……

——我竟然會是這樣的人！

梁啟自己都覺得有些可恥，但人性本身就是不受理智的控制，一旦……

在梁啟沒忍住又偷眼看過去時，正巧看到那個小女孩附在她哥哥耳邊說了一句什麼。從口型上看，像是在說「無聊」。

——確實無聊，怎麼不無聊呢？那幫人根本就沒講出一丁點實際的東西，全是空話大話，浪費時間。

褐色西裝男人聽小女孩說完，有些無奈，只好點了點頭，悄悄站起身，又向在座的人點頭致意後，帶著小女孩走了。

——也真是無奈之舉了，其實以後來開這種會，還是不要帶妹妹來的好，她不會喜歡，反倒容易產生逆反情緒。

不過，當褐色西裝男人帶著小女孩離開後，感覺整個會場，就連老人家那一邊都鬆了口氣。氣場還真是夠強大的呀。

「你怎麼還盯著人家看？小心直接用筆殺了你。」

「到底那是誰呀？」既然氣氛多少鬆弛下來，梁啟忍不住還是問了。

「釣叟呀。」

「釣叟？是那個釣叟嗎？」

「還能是哪個，就是荒江釣叟呀。」

聽到這個名字，梁啟也是大吃一驚。沒想到自己竟能和赫赫有名的荒江釣叟有此交集，而且他妹妹……

梁啟用力甩掉腦子裡那些奇怪的雜念。

荒江釣叟可以說是當今最炙手可熱的當紅作家，前年開始在《繡像小說》上連載名為《月球殖民地小說》一炮走紅，甚至因為這一部小說就讓《繡像小說》這本雜誌衝到了期刊雜誌月銷量首位，長期霸榜。小說不紅也難，因為太過新鮮，還從沒有華人在其之前用小說的形式講各種天馬行空的科學幻想。而說到小說故事本身，也是可圈可點，主人公可憐蟲龍孟華一直在全世界追尋老婆的蹤跡，每一回結尾都留下一個扣子，等著下一回來解答。每一期《繡像小說》發行出來，大家都會第一時間看這部小說，扣人心弦，還有著不少猜測，比如最後龍孟華怎麼找到老婆，又怎麼飛向月球之類，各種推測，甚至還有人專門寫信向《繡像小說》求證是不是真的如此這般。

梁啟在去年回國，《月球殖民地小說》仍在連載，所以他也算是這部小說的忠實讀者之一了。

可惜最終這部小說沒有寫到結尾，就停止連載銷聲匿跡了。眾多讀者捶胸頓足、扼腕疾呼的同時，釣叟這個名字也與其小說一同被世人所牢記。後來也有耳聞，聽說釣叟換了筆名，又鋒芒畢露地成為了時評家，一篇篇辛辣的文章，無論是對時事的剖析，還是對其他人時評的點評，都是如同一把冰冷的長矛一般，直接將目標戳一個透心涼，冷酷無情地一擊斃命，置對手於死地。如此多才，梁啟更是不得不對這個人又平添了許多欽佩。

再想想自己，年齡上恐怕也差不太多，人家已經可以力壓群雄，在這麼重要的會議上，說走就走，無須顧忌任何人的看法。自己卻仍舊只是一家小報館的記者，終於收到聯合會的邀請，就已經興奮不已、感激涕零了。

那個小女孩以後也一定會大紅大紫、不可一世吧，有這樣的家庭薰陶……

「發什麼呆呢？」

忽然，梁啟感覺有人用力推了自己一下，才發現妙卿已經站在自己身邊。

對，就是那個時候之後，發現有人開始監視自己。

似乎妙卿並沒有吃太多，只是去東張西望買了一些無所謂的小玩具，其中買了兩只蓮花燈。

「城隍老爺出巡都回來了。」

「是吧。」

「嗯，轎子可是真氣派，八人扛的大轎子，綠呢子頂金碧輝煌的。」

「是吧。」

「我跟你說，我還以為抬的就是廟裡那尊城隍老爺，結果根本不是，廟裡的還穩坐泰山地在寶座上呢。也不知道轎子裡的又是哪個城隍老爺。」

「是吧。」

「你腦子有病了吧？」

「是吧。」

「嘖！」

「……」

「得了，我們放河燈去。」

天色入夜，城隍廟裡昏暗下來，人們也都紛紛去往別處。

在南市不算大的上海縣城裡面，河流交錯，中元節的夜間，滿城的小河都漂滿了一盞盞點著蠟的暗紅閃爍的蓮花燈。要是當時有人有心搞一次航拍，恐怕會是一幅如同觀看毛細血管裡血液流動一樣的景象。

本來打算去九曲橋湖心亭，但人實在太多，那座九曲橋上已經擠滿了人，圍欄又顫顫巍巍，看上去根本不可能起到保護的作用，反倒有引誘遊人倚靠落水的嫌疑。況且湖面上也沒有蓮花燈，不會有人願意把蓮花燈放到這種漂著一層綠藻、根本看不到水面、臭烘烘的湖裡。

梁啟幫妙卿提著兩盞蓮花燈，帶著她繼續在縣城裡找可以放的河。

「最近好像你特別辛苦，忙得團團轉？」

「確實了，焦頭爛額。」

說著，梁啟總覺得又有什麼地方不對勁，一回頭，果不其然又看到了那個一直監視自己的人，在人群中一閃而過。這也同樣是讓人頭疼的事。

總覺得這個人和荒江釣叟有什麼聯繫。雖然還沒找到什麼直接的證據，但梁啟依然相信自己的直覺。

自從參加了那次在安塏第開的報界大會之後，似乎一下子就諸事不順了。大會結束第二天，不太平的上海就又鬧出一件不大不小的事。新建在閘北的華人麵粉廠，剛剛開工不到一個月，就發生了惡性爆炸事件。

因為有W實業的信息支持，梁啟跑到譚四那裡只用了一個小時的時間，就差不多查清了爆炸原因。並非是坊間傳開的報復襲擊。

坊間的傳言非常迅速，以訛傳訛得也相當離譜。什麼洋人看到華商的廠子就眼紅，什麼麵粉廠建到了自來火通道上，甚至還有說因為鬧饑荒，不施善的工廠都要遭到詛咒。必須要在傳言蔓延開來，造成不可收拾的後果之前，把真相發布出來平息事件。

爆炸的原因確實與洋人有關，這一點梁啟也十分生氣。但並非是有意破壞，而是無良商人所為。閘北的麵粉廠籌建時有著相當的雄心壯志，要造出華人自己最好的實業工廠。因此，在設備購買上統統從美國進口。問題卻正是出在了進口設備上，梁啟查了這家所謂的美國公司，根本就是沒有任何技術背景、只靠幾個洋人面孔在遠東招搖過市的無良公司。設備出現了嚴重的問題，在工作了一個月之後，機械組就因為快速旋轉時不合扣迸出了火花。慘劇隨即發生。

梁啟立即撰寫文章，在文章中他不僅把事故的始末如實寫出，還附帶了如何辨別洋人們的合法正規公司，並普及了粉塵爆炸的危害和預防辦法。

內容十分豐富，算得上是一篇相當有時效性的大稿子，發了稿子給主筆，梁啟像完成了使命一樣心滿意足。

因為是日報，一早梁啟的文章就見報發售了。梁啟想著，慘劇已經發生，善後工作和防微杜漸才更重要，這篇文章已經把該講的都講到了，一定可以起到十足的作用。然而，就在當天下午，梁啟突然看到在大報《新聞報》上出現了一篇文章，題目《駁戶生之麵粉廠無良商人說之一二》。戶生，正是梁啟近來用的筆名，也就是說，這篇文章是專門向自己開炮了？再看文章署名，梁啟更是腦袋「嗡」的一下蒙了。署名正是報界大佬們聞之膽寒的「釣叟」。

怎麼……怎麼剛剛才在大會上見過一面，恐怕他都根本沒有注意到過梁啟這個小角色才對，就開始針對自己……

梁啟腦中立即想起了前天坐在身邊的那個年輕人跟自己說的話：小心他用筆殺了你。

天啊……

梁啟忽然想起了釣叟的那個可愛的妹妹。也許是她注意到自己了？更不可能……她更是連自己這邊都從沒看過。

管不了那麼多了，梁啟拿起《新聞報》開始閱讀這篇從標題就充滿了攻擊性、完全針對自己的文章。

釣叟果然名不虛傳，文章不長，但字字如劍，招招見血，全都戳在了梁啟那篇文章的軟肋和問題上。這些毛病梁啟自己也隱約有所意識，但從未如此明確。在鈞叟的文章裡，針對的就是梁啟的文章的那種擺事實不評價的態度。「不置一詞去批判禍端主謀，這就是漠視，就是缺乏報紙應有的責任心。」

梁啟看這篇短文，真是一陣一陣的冷汗。而且從文章的謀篇布局上看，也是經驗極為豐富，整個一套連招打下來，令人讀起來都覺得毫無喘息之機，真可謂雄辯之才。

但實際上，鈞叟的文章也並非無懈可擊。一方面有些話確實不吐不快，另一方面當梁啟想到鈞叟很有可能看到自己的回擊文章後，會在家裡忍耐不住地說上幾句，能寫出攻擊性如此之強的文章的人，必然不會是一個心靜如水、沉得住氣的人。那樣，他妹妹自然而然會關注到自己的存在了吧……

更多的後果根本沒有去想，梁啟已經提筆寫起文章來。他的主要觀點仍舊在於：其一之前那篇是新聞立場，自然要站在中立態度上講，如果新聞的立場有偏差，只能讓事實變得模糊不清，不利於事件本身；其二是自己在文章中已經明確說明了那家美國公司的劣質設備是本次慘劇事故不可推卸的主責，這一點毋庸置疑，也請鈞叟前輩仔細閱讀再發評論；其三本文的重點更是在於鑑別外資公司的良莠和防微杜漸，這個比筆誅事主更有意義。

梁啟從未有過如此強的表現欲，奮筆疾書迅速就成一稿，交給了主筆。第二天，文章自然見報。隨後，他就期待著鈞叟的回應。

到了下午，梁啟第一時間去買《新聞報》，一眼就看到了釣叟的回應。文章同樣短小，看完之後，梁啟再次冒出一身冷汗。這時才知原來自己是有多不善於論戰。

所謂論戰文章，與打拳比武其實沒什麼差別，每一拳都要穩準狠、直擊要害是必然的。釣叟的文章，可以說是快攻手風格，雖然每一拳都不會擊得太重，但連招極多，一氣呵成，讓人毫無喘息之機，直接亂了陣腳。在第一回合時，梁啟根本沒有意識到自己和釣叟的差距，還以為是你來我往各打了一半的好拳。而真到第二回合，梁啟才發現了問題所在。自己又是一篇長篇大論，事無鉅細地說了許多。卻不知，這也是論戰的大忌。就好比打拳每一拳看似很重，卻都打得太老，拳只要打老了，就立即會露出破綻。想要收招再發，根本沒有機會。

這一回合，釣叟是捉住了梁啟所說的「防微杜漸」猛擊。「怎樣防微杜漸？要讓所有華商都成為百科全書無所不通，都必須要有一雙絕不走眼的鑒定之眼？為什麼要把這些時間成本強加給國人？到底罪在誰的身上，請這位戶生先生說說清楚。」

梁啟感到自己有些力不從心，有一種自己打過去一拳，什麼也沒有打到，還讓對手輕巧一避，滑步側身之後照著自己已經暴露無遺的肩關節和右肋骨就是一輪猛擊。

然而，事已至此，如果不去回應，就等於認輸。那樣……那個洋娃娃一樣的黑髮小女孩一定會從哥哥那裡聽到自己認輸的敗局……這次的也不過如此呀。無聊。對，小女孩一定會用那天同樣的口吻來說自己的。

梁啟咬著牙又寫了一篇，大概算是辯解之文。而當他把這篇文章交給主筆之後，就發現了那個破衣爛衫的監視者。

不用一而再，再而三地出現，只要第一眼看到這個人，梁啟就深深地感覺到他必然是和自己有什麼瓜葛。不過，就像後來一樣，既然他暫時沒有給自己帶來什麼危險，也只好先置之不理，靜觀其變。況且也根本沒有心思去管這些。

如坐針氈一般，終於等到了第二天的下午，買來《新聞報》翻到了固定的版面。釣叟的文章再現。

大概是因為自己的文章略有緩和，釣叟的文章看上去也沒有那麼鋒芒畢露，卻仍舊抓著梁啟的行文態度說了說。依舊是一副不依不饒的架勢，看樣子就是希望梁啟發表文章公開道歉才行。不過，當梁啟又仔細讀了幾遍釣叟已經發表的三篇文章之後，發現原來他一直沒有提及在購買和建廠之間還有的安裝環節。其實這也是梁啟在論戰的過程中又查到的更為確鑿的新線索。安裝設備恐怕也出了問題，這一點同樣不應忽視。從而，梁啟決定轉移話題，把下一拳打到論戰的盲區——設備安裝。

本來以為這一回合終於可以打個平手，關於麵粉廠爆炸一事，就算是了結翻頁。可誰想到，當梁啟看了新的一期《新聞報》時，才發現一切都是自己太天真。

自己確實打了一記軟拳，對手看似也讓了一步，但根本不是。他只是巧妙地向後撤下半步，虛晃出一個破綻，誘敵深入。只要對手一出招，立即出拳直擊要害。這要比快攻手更為可怕，這一拳是既準又狠，一擊斃命。或者說，這一招實際上從第一次出拳時，就已經想好，要有虛有實，每打出一拳都要有兩段甚至三段的餘地……

甩出了設備安裝的問題，完全就是正中下懷。「既然在安裝環節也出了問題，那請問這位戶生先生，是不是作為一個麵粉廠的廠主還必須要學會所有的機械安裝才能開起實業，才能振興國家？那麼機械設備生產也必須先於麵粉生產達到成熟才可？一個江南製造根本不夠，是不是我們應該先建上一百家江南製造再謀發展？或者乾脆把洋人和技術統統趕走？根本不是這樣，我們需要的也是必須的是要讓洋人知道我們有這個決心也有這個勇氣，他們來了大清國，我們是歡迎的，但也要讓他們知道，這片土地，根本不是他們為所欲為、四處撒野的樂園。他們的東西，我們可以也應該拿來，且拿來得應該充滿尊嚴……」

自己這次真是上了賊船，只能任人宰割。

真不知道那個小女孩會怎樣來嘲笑自己了……

站到河邊，已是滿河的蓮花燈，沿著波浪漂漂蕩蕩，起起伏伏。

正是七月半的時節，月也正圓。妙卿正開心地點亮自己的蓮花燈，雙手捧著小心翼翼地往河上送去。

忽然真想和妙卿談談心了。

可是當梁啟看到蓮花燈映襯下妙卿那雙雖然漂亮卻懶懶的眼睛，又覺得根本說不出口了。

萬萬沒想到，正是這樣的妙卿卻忽然主動開口，並且完全是一眼就看透了梁啟，說：「梁兄呀，你到底哪裡不痛快了。跟姐姐說說？」

——什麼混亂的稱謂。

「走吧，坐船去，上了船再說。」

妙卿招了招手，一艘烏篷船搖著撸過來。

這條河是要從縣城西門的水關出城，一般人在這個時節乘烏篷船都只是游玩，但實際上也可以出了城直接往洋涇浜去。

倒也好，至少這樣能把那個一直監視著自己的傢伙甩開一陣子。想想和妙卿從何說起吧。

從那一場如同神級災難的論戰開始？

「可算來了。」忽然，那個頭戴斗笠的船夫倒是開口說話了。

「想把他給弄上船可費死勁了。」妙卿懶懶地接了一句。

「呵，趕緊精神精神，還有要緊事。」

這聲音……

梁啟立即回頭去看船夫，斗笠下的臉剛好被河上密密麻麻的蓮花燈所映亮，是……譚四。

第十四話・釣叟

烏篷船，緩緩地在蓮花燈之間穿行。岸邊滿是小商鋪，油煙的味道，嘈雜的聲音，卻都變得比黃浦灘的繁華更真切了些。要是可以一直這樣生活下去該多好。當然，那是不可能的，也是萬萬不能的。

聽著譚四有節奏的搖櫓聲，船也就從縣城的西門水關出了城。

上海縣城不會像北京城那樣，一出城就變成塞外荒蕪景象。出了上海縣城，是一片棚戶區，沒有燈，沒有整潔的道路，也沒有清潔的水源，沒有清新的空氣，但沿著河沒走多久，就又不相同。洋房逐漸多了起來，街道也亮堂了，行人也走得泰然自若了，像是出了縣城才能回到現實的上海一樣。

船並沒有往洋涇浜和黃浦灘的方向去，而是向西而行。

「好了，安靜多了，我們聊聊吧。」譚四搖著櫓，終於打破了船上一直以來的沉寂。

「這是要去哪兒？」

周遭雖是華界，但建築上還是相當洋氣，各種洋樓別墅都在從上海縣城到徐家匯方向的這片地帶之間。不過，大概是因為離縣城越來越遠，中元節的節日氣氛隨之淡化。除了在街角、路口偶爾還能看到些人，拿著火盆燒些紙錢。

「去找荒江釣叟呀。」

一聽到這個名字，梁啟驚弓之鳥一般跳了起來，可以說讓他有了如此心理陰影的人至今確實僅此一個。但同時，這個名字還起到了另外的作用。船忽而晃了一下，並不是譚四在搖櫓時用力過猛所致。

船晃了一下之後，竟從梁啟和譚四之間相隔的烏篷裡爬出來了一個人。

梁啟先是吃驚於船上竟然還有其他人，在上船時昏頭昏腦根本沒注意過烏篷裡面的情況，而後當那個人徹底露面時，他更是大吃一驚。

這人……穿著寬大袍子一樣的長衫，敞胸露懷……

他也是第一次如此近距離地觀察這位一個星期以來一直無處不監視著自己的傢伙。雖然說光線確實昏暗，但這傢伙一臉的陰森邪氣，似乎更是從骨子裡透出來。

「怎麼……」梁啟有點說不出話，向船首退了半步，碰到了妙卿。妙卿卻似乎不為所動，自己哼著什麼曲子，無所事事的樣子。

「他說一定要盯著你，所以就在這兒了。」

譚四一邊搖著櫓，一邊若無其事地說著。

——盯著我的人多了去了，也不能說是盯著我，就都上船來呀。您的船也得裝得下呀……

話不多說，船沿河越行越遠，基本駛入了徐家匯一帶豪華的別墅區。

河岸兩側洋樓庭院錯落有致，風格倒是大同小異，院落內的樹木也多是修剪成幾何形狀的松柏。

船又在吱吱扭扭的搖櫓聲中前行了一段時間，從河邊一片柳樹林穿過，有個像模像樣的小型碼頭。船就停靠在了這個碼頭上，譚四率先跳下船，梁啟也晃晃悠悠地上了岸。

梁啟扶著妙卿上了碼頭後，才發現那個陰森森的傢伙已經從船上下來，站在與自己不遠不近的地方。

——管不了這些，姑且就對其視而不見好了。

譚四似乎對路十分熟知，走在最前面，帶著其他人在幽靜的小徑裡走。梁啟腦子裡已經滿是問號，卻也找不到合適的時機開口。只好跟著走，到時候再說。

「到了。」

梁啟抬頭一看，是一所相當大的宅子。希臘式的白色石柱風格，與常見的英式、法式洋樓大不相同，倒是別具一格。門前寫著「安公館」。

——原來這個釣叟姓安，還是這麼個大戶人家，想想他妹妹的打扮，還能讀聖約翰大學，確實也合理了。

「到底是來幹什麼呢？」

站在安公館門前，梁啟實在按捺不住，就算當著那個可疑的傢伙，也要先把事情問清了。當然，之所以要問，更有可能是抱有某種不切實際的逃避心理。

「親自來邀請荒江釣叟加入W實業呀。」

果不其然。

「幹嗎叫上我？」

「你不是最近跟他混得很熟嗎？」

「……」

好像戶生那個筆名也只有譚四知道是梁啟他自己。可是既然知道，也應該完全看得出自己已經焦頭爛額、疲於應戰，根本和「熟」沒有一丁點關係吧。

不過，也許……

不待梁啟心中的亂跳平復，譚四已經叩響了安公館的大門。

過了一會兒，大門緩緩打開，一位穿著得體的西洋式管家打扮的人，站在門內。譚四上前與管家交談了幾句，管家彬彬有禮地說了一句「這邊請」，便走在前面帶路。

宅院裡，正面竟然是一座圓形噴泉水池，只是在晚間噴泉沒有開。繞過噴泉，前面就是三層樓高的洋樓大宅，洋樓一角是一條遊廊，連接一座白色圓頂石柱小亭。洋樓的大門兩側也有白色石柱裝飾。

推開沉重的洋樓大門，裡面是高挑三層的大廳，電氣燈光照耀，甚至覺得所有器物，包括上樓的樓梯扶手都熠熠發光。

管家讓譚四一行稍事等待，就獨自上樓，消失在了眾人的視線之中。

一般來說，富麗堂皇會讓女性感到興奮，可是在這樣的環境下，妙卿仍舊是一副懶懶的樣子，真不知道有什麼事能讓她產生興趣，也許只有取笑打趣梁啟的時候她還有些精神。

腳步聲從樓上傳來，梁啟仰頭看去，正是那個荒江釣叟。仍舊是西裝、皮鞋，在高高的屋頂的燈光照耀下，那種壓迫的感覺又驟增了好幾倍。

真是可怕的人。

荒江釣叟下了樓，走到譚四一行人面前，畢恭畢敬地說：「恭候多時了，書房請。」

措辭不對勁呀，梁啟忽然覺得哪裡有些異樣。

書房在一樓，要在大廳一側的走廊走到盡頭，路過了四扇幾乎一模一樣的門後，停在第五扇門前。

「大小姐最近心情不太好……」在輕敲三下門之後，荒江釣叟低聲地囑咐了一句，就把門推開了。

等等……大小姐……大小姐?!

門，推開了。

左右兩面牆的書架，正中央是大型的歐式書桌。

背對著拉著窗簾的落地窗，是……

與書桌略顯不協調的，是那個黑髮的洋娃娃一樣的小女孩，坐在那裡。穿著一身男學生才會穿、在她身上卻一點不違和、十分合身得體的男裝。

「小姐，他們來了。」

雖然她嘴裡說著「歡迎」，但聽上去完全就像是在說「煩著呢，別打攪我」的感覺。

梁啟已經完全茫然了，看著這位大小姐根本沒有抬頭，用鋼筆熟練地蘸著墨水在稿紙上疾書。她寫了好一會兒，自己也覺得不自在了，才放下筆，抬起頭。

「天澤，跟《新聞報》說，我今晚不想寫了，明天一早寫了給他們。」

那個引領大家進來的男人，也就是被小女孩稱為天澤的人，說了一聲「好的」。

「最近有個愣頭青竟然敢跟我叫起板來，我正筆誅這廝。」小女孩用了「這廝」這種完全不符合她形象的詞，並且微微皺眉的樣子也似乎不像是個小女孩了，故作大人一樣。但這一切都不及梁啟聽到她說要「筆誅」來得更為可怕，簡直臉上已經紅一陣白一陣，無法收場。

天澤正要離開，譚四悄悄拉住他耳語了幾句。

「你們偷偷摸摸說什麼呢？」

「沒什麼，小姐。」

肯定說了什麼，不過這位大小姐似乎並不在乎，根本沒有追問。

忽然，妙卿走到梁啟身邊，不懷好意地捅了捅他，說：「犯什麼傻呢?·這不就是荒江釣叟安帛安大小姐。你們不是早就見過？」

在妙卿說「早就見過」四個字時，那種語氣意味深長得讓梁啟不禁懷疑她早就看透了自己那點心思。

——全亂套了！

那位大小姐似乎也聽到妙卿說的話，淡淡地說：「別叫我名字，不愛聽，叫我荒江。還有，我們以前見過？」

「呃……確實。在……安塏第……」

「嗯……」荒江似乎真的在認真回想，「安塏第呀，那次什麼無聊的預備立憲的會上？」

梁啟剛想說點什麼……

「沒印象。」

僵在那裡的梁啟也只有剩下無可奈何。

「你，我猜到了，上次打電話來的就是你對吧？」荒江朝向譚四問道。

譚四不慌不忙，微笑地點了一下頭。

「這位姐姐是？」

「沒關係，不用管我，我是專門來取笑這傢伙的。」

妙卿指著梁啟所說的話，反倒逗笑了荒江，也或許是梁啟本身就十分可笑。不過，轉瞬笑容又從荒江臉上消失，她一臉嚴肅地把目光轉向了書房的一側偏向角落的位置。

「那麼，你又是誰？」

此時的荒江，眼中滿是警惕地看向了那個從打扮到氣質全與這間書房甚至整個宅院格格不入的人。

那人開口說話，被監視了一個星期的梁啟，終於聽到了這個人的聲音，陰冷的嗓音就和他整個人一樣。

而他所說的第一句話……

「您救了我命，安大小姐。」

瞬間，整個書房的空氣都凝固了，包括荒江在內。

這個人自稱勝七，毫無羞恥心地說到自己就是個嗜賭如命的賭徒，哪裡有賭局自己就會趕往哪裡。越大的賭局，他就越是興奮。而他與荒江的交集，大概是半年多將近一年前的事。

西曆一九〇五年底，荒江任性地把自己連載長達一年半之久的《月球殖民地小說》給停了。一般人並不知道荒江釣叟為什麼會停掉這部熱度居高不下、備受好評的開山之作，但如果了解荒江釣叟本人的話，就會知道這實在是再正常不過的了。她一定會說一句「不寫了，男人的故事就是麻煩，找什麼老婆，一點意思都沒有」，就開始尋找新的興趣點去了。

剛好這個時候，勝七從廣東一路北上來到上海，為的就是這個被譽為第一賭都的上海那些建在租界的洋賭場。

勝七憑藉嗅覺就能找到，在法租界的一條不怎麼起眼的街道，冬日枝葉枯槁的梧桐樹下，一座看似高檔飯店的兩層洋樓建築，正是一所賭場。洋樓門前，來來往往不少的人，還有專門等在門口的人力車。不過這些人之中不少是賭場安插在門口放風的人。在這個年代，賭場本已經被禁止，但由於治安上總能有各種空子，再加上每個賭場都有黑道上的人來掌控，又與巡捕房互相勾結，只要有這些門口把風的人，眼睛足夠尖，完全就是天不怕地不怕了。

兜裡沒錢的勝七，在賭場門口遇到了被門衛攔在外面不許入場的荒江。

有點意思，勝七看著這個穿著男孩制服更顯得稚嫩的小女孩，猜想是誰家的大小姐，不知天高地厚跑到這麼個人渣混跡的地方。

勝七自然是個好事之徒，況且想來大小姐一定有錢，弄來點賭資，兩全其美。但後來勝七逐漸意識到，也許這個小女孩從一開始就有意在等一個好事者。

帶著荒江進了賭場，就算是見識過大大小小各式賭場的勝七，也被推開洋樓大門後的景象所震撼。來到上海，勝七也去了不少的賭場。弄堂口裡的野賭場烏煙瘴氣、嘈雜紛亂，還滿是發黴的汗漬臭氣。洋人的跑馬廳外也有幾種賣彩票賭馬的鋪子，又是不同，這個時候跑馬廳還沒對華人開放，開賭局又捨不得華人的錢，就在跑馬廳外面設了一個個簡易棚，用來賣彩票，棚子裡幾乎沒有坐的地方，只是張貼著比賽的名單、場次和結果。

而這裡，一進門，全然不同的景象。

撲面而來的不是夾雜在潮熱黴氣中的叫喊吵鬧聲，而是此起彼伏的機械聲。除了偶爾會聽到一兩句悶悶的罵聲以外，幾乎都感覺不到有人在場了。

這一層，正中央是一條可以走到樓梯的通道，兩側一排排擺滿了一模一樣的機器，一人高的櫃子樣子，三面金屬板，一面是玻璃罩子。機器前幾乎都坐著人，如同被攝取靈魂一樣，雙眼直勾勾地盯著機器上旋轉的輪盤，右手不斷地扳動一根操縱桿，每台機器都咔嗒咔嗒地響著。

原來這就是吃角子老虎機，勝七心裡想著，卻怎麼也喜歡不來這種東西。賭博，就要聚在一起才對，看著對方輸光錢時的慘像也是比贏錢還要刺激的樂趣，和一台機器較勁實在沒意思。

荒江先是走近看了看吃角子老虎機，似乎興趣也不大，就自顧自地向二樓走去。此時的勝七自是心裡一笑，追了上去，與她一同登上華麗的大理石樓梯，上了二樓。

二樓的布局和一樓截然不同。一樓整體就是冷冰冰的機械感，甚至還帶著機油的味道混雜在角子銀幣的腥氣中。而二樓像回到了人間一樣，不僅全是人聲，還在屋頂掛滿彩燈，四角放有留聲機，播放著洋人們喜歡的音樂。一張一張半圓桌子擺放得錯落有致，各桌圓弧一邊都環坐四五人，而對面站有一個穿著西裝、樣貌端正的人，為他們發牌。

不吵架嗎？這哪像個賭場，簡直是個舞廳了。

勝七心裡越來越不爽，不過也不能白來，還是玩一玩好了。隨後扭過頭，毫不客氣地跟荒江說：「給我點錢。」

在勝七就像一匹看到落單的羊羔的餓狼一樣瞪著眼睛盯著荒江的情況下，本以為會嚇壞這個小女孩，趕緊拿到錢就把她打發走。結果沒想到，荒江卻只是仰起頭看著勝七，隨後手指著最遠處，說：「可以呀，但要帶我去看那個。」

勝七往那邊看，原來在那些半圓形牌桌後面，還有一片裝飾不大一樣的場地。一張比牌桌大了很多的桌子，一端站著許多人，而另一端看得出像是有個平放的輪盤。原來是輪盤賭。輪盤賭，前幾年才剛剛從歐洲傳來，新鮮得很。勝七倒是也有了興趣，就從荒江手裡拿過一把銀圓，大步走了過去。

這裡的輪盤製作得相當精細，內外雙層數字的實木輪盤，輪盤的中央立起一個支架，專門用於滾珠滑落。支架是金色，輪盤是綠色和紅色相間，又有金色外環，看上去富麗堂皇、賞心悅目。在長桌的另一頭分出數排數列的數字押注區，有專人唱數，以供賭徒們清晰知道自己這一輪的輸贏。

勝七看著高興，就擠了進去。他剛要下注，發現荒江也擠了進來，並悄悄跟他說讓他押在「19、20、22、23」的位置。賭徒都會有各種各樣的迷信，勝七則剛好是那種相信外行直覺的賭徒，因此他毫不猶豫地就把兩枚銀圓押在那裡。

滾珠咔啦咔啦地滾動了幾圈後，落入格子。唱數人唱到「20」，桌前幾人歡呼幾人愁。勝七得意地收了賺來的銀圓，又追加了兩枚準備再下。在手即將落下時，荒江又悄悄地說了數字，這回是兩個數字的注。

勝七再次按照荒江報的數押了上去。

然而……

並沒有贏。

嗯？以為她是有什麼特殊的直覺，原來也只是蒙中。勝七雖然這樣想著，但當又要下注時，荒江卻又報數了。

說來也是怪了，就這樣每次當勝七要出手押的時候，荒江都會搶先報數。來來回回，竟然每一次都按照荒江所說的押了。可是結果卻相當不盡如人意，就像一個真正的外行一樣，大概兩個鐘頭的時間，荒江帶的錢就全都被勝七給輸光了。

說實在的，勝七從來沒有賭得這麼窩囊過，看荒江也沒有錢了，感覺非常掃興，甩下一句「不玩了」，就扔下荒江獨自走掉。

輸光的錢全是荒江的，但追上來的荒江卻一點都不沮喪，在勝七眼裡看來，反倒覺得她很得意。腦子出問題了？還是因為年齡太小，根本不知道自己輸的那些錢是什麼概念？但是，閱人無數的勝七一眼就看得出，此時的荒江，臉上的那種得意和方才的那個看似天真的好奇，完全不同，或者說簡直是判若兩人。

這個時候，荒江只是冷冷地說了一句「兩天後會見報，有興趣可以看，筆名『釣叟』」，便從勝七身邊走過，不一會兒就消失在了梧桐樹下的夕陽街道盡頭。

「哦？我想起來了，是那篇關於賭博肯定會輸的文章？」

坐在書桌前的荒江饒有興趣地問道，但梁啟等人恐怕看在眼裡的只有荒江冷冷的那一面。

「那篇文章幾乎改變了我的人生。」

「戒賭？」

「當然不是，您在文章裡把各種獲勝的算法都寫了出來，雖然我同意您的結論，但我根據那些算法，再加上我多年的經驗，就弄出了這麼個東西來。」

勝七從袖子裡掏出一個金屬盒，就像是話本小說裡忽然拿出一件從天庭偷來的法寶的妖怪，嘿嘿一笑托在了掌心。

荒江的書房點著電氣燈，明亮得很。勝七手中的那個金屬盒烏漆墨黑，在燈光下卻顯得結構異常清晰。荒江饒有興趣地走到勝七跟前，仔細地看了又看，梁啟、譚四等人也都忍不住湊了過去。

說是一個盒子，真是太恭維這個東西了。除了勝七手托的底面大概是平的以外，它的每一面幾乎都插滿了意味不明的插件，有的插件帶著勾環，有的則是兩股或者三股洋條擰在一起。說是像一個沒有完成的魯班鎖，卻還有一個斜面。斜面前端突出三個像是從洋人的打字機上拆下來的按鍵，按鍵的上方有一個四位數的計數器。計數器上用大寫的數字標為「玖、陸、三、伍」，白底黑字，看不出是用來計什麼數的，更看不懂到底和那些插件以及三個按鍵有什麼關係。在斜面的頂端，仔細看還能看到七個扁孔，每個孔內似乎都有一個彈片，不知會是在什麼條件下才能觸發彈出或按回。

「就是這個東西，您提出的算法全在裡面，一步一步累積，就會觸及到一次可以連勝七次的機會。只要每次都看准這個必然時機，嘿嘿，我就可以穩賺不賠了。自從有了這個傢伙，您說是不是算救了我的命？我一個賭徒，不賠錢就是生命。」

「能連勝七次？太可笑了，」站到人群裡以後，荒江顯得小巧可愛得多，似乎也沒有了剛才那種故作的淡定，「我那篇文章明明確確地說到賭博是贏不了的，趁早戒賭才是生路。」

「不管您信不信吧，反正事實就是這樣了，」勝七把他的寶貝收回到袖子裡，「還有就是，雖然我是個賭徒，但我也是個知恩必報的賭徒。您是我的恩人，只要我活一天就必保您平平安安一天。」

「一個賭徒能做什麼……」

「呵，現在我就在保護您呀。我死盯著這傢伙呢。」

「嗯？為什麼盯著他？」荒江轉過頭去看向梁啟。

不妙！梁啟立即感到整個氣氛都壓迫到了自己身上。不過，原來她還不知道自己就是戶生，這或許還有轉機。

勝七還沒有開口，譚四倒笑著給梁啟打了掩護：「好了，咱們還是言歸正傳吧。」

「噢對，你們來是勸說我加入那個W實業的。那麼……」荒江站在人群之中，環抱雙肘，毫不示弱地仰頭看向譚四，「有什麼可以打動我，讓我加入的？」

「我可以保證讓六澤都去我那裡，包吃包住，薪資待遇優厚。」

譚四向雙眼炯炯有神的荒江微微一笑。

第十五話・六澤

六澤是六個人的統稱，梁啟等人見過的那個穿著褐色西裝、一表人才，被梁啟誤認為是荒江釣叟的則是六澤之首，名為天澤。其餘五人，在那一晚並沒有出現，分別叫作地澤、雨澤、風澤、陸澤和空澤。樣子嘛，高矮胖瘦各不相同。精通的項目也同樣不同。

實際上，六澤是荒江的父親專門請來做她的家教的啟蒙教師團。六位老師各有各的領域，天澤長於經濟、善於算術，地澤可造機械亦懂物理，雨澤專攻西醫兼通化學，風澤精通外語、博聞強記，陸澤精於兵法，空澤勤於體操。

六位老師從小就開始教授還不是荒江釣叟的安帛，安帛也是聰明好學，迅速成長。不過，成長的速度太過驚人，到現在不敢說樣樣已經超越老師，老師那裡也確實沒有更多可教的了。昔日的老師，成了現在的多餘角色。

近來安帛又上了聖約翰大學，接受著新式大學教育，六位老師就變得更加多餘。安帛的父親語重心長地與安帛說，六個人裡除了天澤可以做她的助理，處理各種日常瑣事、約稿安排和日程規劃以外，其他人都要辭退。安帛自然捨不得幾位從小教育自己的老師，在苦苦哀求下，父親也只是勉為其難地答應說可以讓空澤留下來做家丁當個保鏢。其他人確實無處安置，再不能多留。

對人情世故相當了解的荒江，十分清楚這些人做家庭教師太久，脫離了社會潮流是必然的，幾位老師如果被安家辭退，面臨的只有失業。

所以當譚四提出可以聘用六個人時，荒江確實被感動到了。

在回程的路上，看到荒江最後的表情，雖然她還是說要再三考慮一下，但譚四對此事算是成竹在胸了。凡事做好充足準備，就可以戰無不勝，當然，除了邀請梁啟這一事上碰了意想不到的釘子。

不過，那個勝七的確算是一個不穩定因素，原本以為帶著他可以觀察出個所以然來，結果反倒把事情變得更複雜了。但有一件事看來是肯定的，勝七這個人會無條件地保護荒江，只是這個「無條件」太籠統，也太寬泛。譚四一邊搖著櫓，一邊不斷地盤算著該怎麼走接下來的棋。

梁啟同樣陷入了沉思。

船上的氣氛比來的時候要尷尬得多，勝七依舊坐在烏篷裡。梁啟不敢看他，他一定不會真的目不轉睛地盯著自己，但只要他在，那種刺入骨髓的威懾就不會減弱。

恐怕這條船上，只有妙卿是一身輕鬆的。她坐在船頭哼著歌。同樣，這條船上，大概最讓人猜不透的也是她，她有著她自己的打算。

回到住處已經甚晚，梁啟躺在床上仔細思索著接下來將會怎樣，卻怎麼也設想不到。乾脆把明天的煩惱統統拋給明天的自己再說了。

可是這個「明天的自己」，迅速就變成了現在的自己……而且煩惱一點都沒減少。

在上班的路上，就看到了那個穿件長袍、敞胸露懷坐在街角的勝七。勝七看到梁啟走過，意味深長地向他一笑，並不多說什麼。這傢伙就像一個附體幽靈一般，甩也甩不掉了。

到了新新日報館，梁啟第一件事就是查了一下關於麵粉廠爆炸案是否還有新的進展。似乎再沒有比他查到的更為深入的內容，覺得這件事大概該到此為止了。又想到勝七那雙餓狼一樣的眼睛，也是不寒而慄，百般不適。乾脆隨便找了一個理由，就搪塞過了經理，沒有再寫關於麵粉廠爆炸事件的後續爭論文章。雖然經理很不樂意，覺得剛好是一個給《新新日報》博得更多關注度的事，但既然寫不下去，就姑且放過了梁啟。

梁啟向窗外看看，果然勝七已經在巷口坐著。

等到下午，梁啟毫不猶豫地去買了《新聞報》來看。把報紙翻遍，竟沒看到荒江的文章。是因為自己沒有回擊，所以她也不打算繼續了？又想起昨天晚上，進到書房時，正看到她不想寫的樣子……這樣也好，省得惹來更多麻煩。

一下輕鬆了許多，到了下班時間，心情也隨之變好了些。梁啟先是去了妙卿那裡，給W實業輸入了一些新的信息進去，又查了查數據庫，沒看到什麼特別的，就跟妙卿聊了一會兒天離開了。也想多和妙卿說點什麼，但又不知從何說起，想必她一定會戲弄自己，也弄得有些羞於啟齒。

離開妙卿那裡，梁啟覺得還是有些割捨不下，便又去了黃浦灘，叫了一艘私渡。剛剛上了船，勝七忽然冒出，毫不客氣地也跳了上來。

「什麼呀……這都跟著？」

「少廢話，船家開船。」

梁啟無可奈何又塞給了船家一些人頭錢，船家才終於搖著櫓帶著兩人渡黃浦江。

帶勝七去譚四那裡到底是福是禍，梁啟無法判斷。但既然W實業的招聘廣告把地址寫得那麼清楚，至少說明那個電廠的地址不是什麼祕密。

剛走過小樹林，就聽到有人聲。從遠處望去，電廠門口站了七八個人。有高有矮有胖有瘦，多數都不認識。不過，梁啟還是眼尖，一眼就看見譚四站在其中，懷裡抱著一隻灰頭灰腦的貓，還有就是……荒江和那個叫天澤的人。

梁啟走上前去，和譚四打了聲招呼。不用問，荒江是帶著六澤來的。但怎麼只有四個人？雖然除了天澤以外，其他人和六澤的名字還都對不上號，但明顯來得不全。是有兩個人找到其他工作了，所以不必加入W實業來討生活？

「陸澤和空澤他們倆最近好像特別忙。」機靈無比的荒江一眼就看出了梁啟心中的疑問，不過只是說了這麼半句就又轉向和譚四確認著，「反正他們六個人你都答應要了，對吧。」

「從不食言。不過，你什麼時候來？」

「稍微過幾天吧，既然我都帶他們直接到這裡了……我也是膩了，剛好換換口味。只不過最近的事情讓人頭疼，昨天不是說了嗎，有個愣頭青在跟我辯論。辯贏當然不是問題。」

此時梁啟已經臉上紅一陣白一陣的十分尷尬。

「但其實那個愣頭青說得也不無道理，我想不出再怎麼追擊。不過怎麼也得把這件事了結，我從來不是個半途而廢的人。」

譚四摸著貓頭不懷好意地看了看梁啟，梁啟不知所措得就要爆炸。

「那……那個釣叟真的是你？看名字我真覺得是個老頭才對。」梁啟其實只是明知故問，為了緩解莫名停留在心頭的尷尬。

「你腦子是不是缺根筋？用了老頭名字就是老頭。你叫梁啟，你是住在房梁上嗎？」

「他叫譚四，他臉上有四嗎。」

梁啟撇了撇嘴。

譚四不置可否地笑了笑。

「他叫勝七……」

「我真的能贏七次。」

「滾……」

六澤來了四澤，除了天澤要一直跟著荒江幫她處理事務，倒是沒必要奪人所愛以外，剩下三澤，譚四早就給他們安排好了工作職位。

之前招來的黃樟，由於他出色的計算能力和超凡的邏輯思維能力，已經是W實業大數據庫的程序總管。對類似於寫稿人偶內部的三組縱向凸輪那樣機械化後的程序，黃樟就提出了不少優化改進的方案。再加上由於每天都要接收大量的數據，記錄數據的程序組也都必須要更加智能和穩定，這方面也都交給了黃樟全權負責。

黃樟雖然一直自命不凡，但從來沒有想到過自己原來還有這方面的才能，譚四算是他的伯樂一般，再加上那一次在南平村，看到譚四輕巧地制服幫會打手，更是心生欽佩，死心塌地跟著譚四了。為了這份工作，他還特意先找他鐵公雞一樣的母親磨破了嘴皮子預支到一筆錢，置辦了一身像模像樣的工作服。

而在製造機械方面有著專長的地澤，則正是黃樟的程序團隊最需要的人才。地澤看起來大概三十出頭，矮矮胖胖，雖然梳著辮子，但看得出有明顯脫髮，辮子極為稀鬆，又因為謝頂嚴重，腦袋看上去就像一個日本中老年武士的月代頭，只是沒有丁髷，而是腦袋後面有辮子。臉看上去也有些浮腫，重重的眼袋，無論從哪裡看都並不健康，但一雙長滿老繭黑乎乎的手，看上去卻意外地顯得十分靈活又有力。

因為勝七這個不穩定因素也在場，譚四並沒有帶一行人下到地下，而是推開門向電廠裡喊了一聲。

過了一會兒，齒輪咬合聲之後，一個沒有穿西裝只穿了裡面的襯衫的學生一樣帶有些稚氣的青年走了出來，他正是黃樟。

雖然譚四站在人群中，但黃樟看到他後，絲毫沒有去搭理其他人的意思，目不斜視直接走到譚四身邊。譚四把其貌不揚的地澤叫過來。

看著認認真真聽譚四交代工作的黃樟，不知為什麼荒江卻一下子笑了起來，笑得非常開心。聽到荒江在笑，黃樟甚是不滿，狠狠瞪了她一眼，但只是悄悄地沒敢讓她發現。

黃樟帶著地澤走了之後，譚四接下來跟雨澤、風澤交代。原本信息組該是由梁啟來負責，但現在梁啟不屬於W實業，有點尷尬，就只好由自己來管理。雨澤個子非常高，雙手白皙得像是可以繡花的女人，戴著眼鏡，斯文又顯得思維縝密。風澤中等身材，樣貌沒什麼特別，但穿得相當洋氣，精力也顯得十分充沛，說話抑揚頓挫、滔滔不絕。幾個人在專長項上都算得上是數一數二的人才了，這也使得譚四是真心想要招募他們進來。同時，因為沒有見到陸澤和空澤兩人，深感遺憾。

因為勝七的存在，梁啟非常自覺地主動離開了譚四的電廠。果不其然，就算荒江在場，勝七也還是如同附靈一般只是跟在梁啟身後。

看到這一幕，就連荒江都忍不住又問了一遍為什麼勝七總是要跟著梁啟。譚四到底是怎麼回答的，梁啟沒有聽到，那時他已經又進了小樹林向著外國墳山走去了。

原本以為事情會逐漸平息，恢復到熟悉的日常。結果剛剛又過了一天的下午，梁啟順手買了一張《新聞報》，就又看到了荒江的文章。

想了想她不服輸的眼神，梁啟覺得再有一篇新文章刊登是情理之中的。不對，明明已經輸的人是自己……梁啟只是無奈地笑了笑。

方才買報紙的時候，看到勝七手裡也拿著一份報紙。一個地痞流氓一樣的賭徒，坐在街角看著報紙，多少還是怪裡怪氣滑稽可笑。

梁啟懶得再去關心什麼勝七的動向，隨他去吧，要是太影響自己的工作就找巡捕把他攆走便好。

拿起報紙，梁啟自然是先看荒江的文章。文章名是《從麵粉廠爆炸之引火原因駁戶生先生》……只看題目，梁啟就已經覺察到強烈的不對勁。

再看文章正文，立即知道自己的感覺絕對沒錯。這篇文章……

文章裡突然氣勢如虹地講到這次麵粉廠爆炸事件的真相實際上是洋人有意迫害。因為在現場發現了洋人勘探現場的痕跡，以及在麵粉機械中也發現了事先設置好的引火石，只要機械運轉，高速摩擦後必然會擦出明火。這是一次對華人實業有預謀的破壞活動，已經完全超出了像戶生先生所說的要在購買設備之前學習足夠的知識就能避免慘劇的範疇。

梁啟看完這篇文章後，默默地把報紙放回桌上。仰頭看著報館的天花板，盯了許久，遲遲不能釋懷。這一天發生了什麼？雖然見過荒江的苦惱，但依然無法想像。

文章裡所說，完全都是虛構。為何如此確定，原因至少有二：其一是梁啟每天都會去看W實業的新信息數據。因為盛司琮的資金雄厚，至少在上海本地，放出去採集信息的線人就相當之多，可以說很難會在這種大事件上有所遺漏。就算退一步說，當真遺漏了什麼，也絕不可能是這篇新的文章中所說的預謀已久的破壞活動。原因其二也正是如此，器材都是那家無良的美國公司賣給華商的，梁啟查過當時他們成交的價格，那家美國公司淨賺額相當可觀。既然能有這麼高利潤的生意可做，一家無良企業，為什麼一定要斷自己的財路？盼著這家麵粉廠紅紅火火永不出事故，日後還能購買更多器材才是最正常的邏輯。有財路在眼前，卻要搞什麼破壞，太不可思議。

不行！這裡面肯定又有什麼貓膩。必須要親自到那家爆炸的麵粉廠現場看看。

梁啟一下坐了起來，方才的頹廢蕩然無存，把報紙往自己桌上的報紙堆裡一扔，扣上帽子，從衣架上拎起西裝搭在肩膀上，又拿了雨傘，直接下樓出了報館，走到望平街上，叫了輛人力車，奔往麵粉廠。

奇怪了……

從剛才出了報館，梁啟就又發現一件怪事。那個勝七呢？剛才還看到他在巷口看報紙，怎麼一轉眼人就不見了。梁啟又悄悄回頭看人力車後方，根本沒有任何人跟著。怎麼突然就放棄尾隨自己了?真是讓人搞不懂的傢伙。

大概算是上海的第一場秋雨，濕漉漉的街道，尚是下午就已經昏暗朦朧。街道的交叉口處，前天中元節夜晚所燒的紙灰，也早就被雨水沖成黑水，沒了形狀。

人力車從公共租界一路向北，過了蘇州河，繼續向北。出了租界區，逐漸開始荒蕪起來，天陰沉沉的，不禁讓梁啟想起這一年的初春。從四馬路妙卿所在的妓館，第一次坐上盛家的馬車，也是這麼一路往北去了不知將會是哪裡的地方。當時覺得緊張過嗎?似乎並沒有，一切還都新鮮有趣。

顧不上再回憶多少往事，眼前已經可以看到一片工廠廢墟，焦黑殘破慘不忍睹。

梁啟給了車夫錢後，獨自撐著傘，在細雨中向殘垣斷壁的麵粉廠廢墟走去。

廠房的牆壁已經幾乎被炸塌，頂棚只剩下橫橫豎豎幾根像野外動物屍體的肋骨一樣的房梁。從廠房內到外面的空場，輻射開來是被燒得焦黑的地面，即便現在的細雨也無法洗刷。

撐著傘走進廠房。廠房內更是一片狼藉，工人和廠主的屍體早就清走，新購買的機械全部報廢。被雨水侵襲，看上去就像已經生銹了似的。再向前走，從牆壁上坍塌一半的窗向後院看，看到了幾株已經被燒得一半枯萎的桂樹，背對爆炸的一面已經盛開。細碎小巧的白色桂花，一簇一簇，雨中的微風，讓廠房內都有了絲絲桂花香。

不過，這些都不是梁啟所要探察的重點。可以說很幸運，這場雨才剛剛下起來沒多久，很多痕跡尚存。

廠房的每一個角落全都是燒黑的麵粉粉末，從外面進來顯然能看到許多腳印。這是爆炸發生之後第一天，前來清理和調查現場的巡捕警察留下的。腳印像是一棵枝繁葉茂的大樹，從廠房的正門口生根，在焦黑的地面生長向廠房內的各處。這棵樹的每一個枝葉末端結塊聚集的地方，都曾經是一具屍體。可憐的工人們，在一瞬間就和雪白的麵粉一同被炸飛燒焦。

再向前走，終於，梁啟還是發現了一條不大相同的腳印路徑。腳印從剛才已經泥濘的地帶分離出來，只是兩個人的。這兩個人在前面的一台帶有大漏斗的磨麵機前徘徊巡視過。梁啟走到磨麵機前面來看，磨麵機被爆炸時的衝擊波扭裂，橫躺在地上，側面的金屬板像是被重重擊了一拳，凹陷進去，裡面的元件從裂縫迸出。然而，不過如此，並沒有更多值得注意的細節。

現場看得差不多了，梁啟並不想多加停留，就默默地離開了。

回到住處，天已經全黑，雨下得更緊，窗外淅淅瀝瀝的，有了不少寒意。拿起稿紙，梁啟反倒心平氣和了許多，這回是他發自內心地不得不寫一些什麼了。再次去現場看了（上一次是剛剛爆炸時，作為記者自然要親自去現場才能寫得了報道），心裡差不多有數了。甚至於到底是什麼人所為，梁啟也猜出七八分了。不過，對新聞報道來說，沒有信息源的猜想是不會寫進去的。

文章迅速寫好。梁啟則打著雨傘直接將原稿送到印刷廠，時間剛好合適，就把自己之前的一篇文章替換掉，好讓這篇在第二天便能見報。

整個過程，仍舊沒有看到勝七的人影。梁啟嘆了口氣，也不想去找譚四幫忙，隨他們去吧。

文章在第二天印了出來。整篇文章的基調和之前論戰時完全不同，有著超乎尋常的平和，在文章裡，梁啟用戶生這個筆名表示：事情已經過去，事故的原因，中美雙方的警察巡捕都已經給出了定論，沒有必要節外生枝，在哀悼逝者的同時，該是痛定思痛的時候，讓慘劇就此結束，不要再讓華商的工廠重蹈覆轍。

等到下午，去買了一份《新聞報》。梁啟的希望是這一期不會再看到荒江關於麵粉廠爆炸事件的文章，但當打開報紙翻到熟悉的版面時，梁啟還是愣住了片刻。確實沒有了荒江的文章，在那個固定的版面上，印的是整版的名為「戒煙萬事興」的公益廣告。文字是講了幾個案例，還畫著兩幅抽大煙變得骨瘦如柴的漫畫。

看到這版公益廣告，梁啟覺得有些不安了。

這明顯是「假廣告」，之所以會出現這種東西，只有一個原因，是該版面的文章突然臨時撤稿，完全來不及再找新稿，只好用公益廣告來填充。

所以，其實荒江已經寫好一篇並且交了稿，但因為什麼原因突然又撤稿了。發生了什麼……

就在此時，譚四衝了上來。

風風火火的樣子，連梁啟的同事們都被嚇了一跳。但譚四不在意那麼多，只是到了梁啟桌前，低聲說了一句「空澤死了」。

最壞的猜想果然成了現實。

不容分說，梁啟緊跟著譚四出了報館，向安公館趕去。

安公館門前一片寂寥，公館內已亮起電燈，濕漉漉的地面，在黃昏的光線下映著公館的倒影。天澤面帶悲傷地出來，接了譚四、梁啟兩人進去。

空澤的屍體就在公館洋樓的一層大廳裡躺著。屍體邊站著荒江、地澤和風澤。兩澤都是狠狠地咬著牙看著屍體。

原來沒有見過的空澤是個身材魁梧彪悍的壯漢。只是這具屍體看上去略顯恐怖，空澤的喉嚨被割斷，血已經流乾，血痂還沒凝固，面目表情猙獰，或者說是在大吃一驚的情況下被一擊斃命。

譚四緩緩俯下身去觀察傷口，皺起了眉。

「怎麼樣？」梁啟悄聲問。

「怪了。傷口準確得太過分了些。」

「什麼意思？」

「不好說……」

這個時候瘦高個雨澤從旁邊走廊的房間裡出來，一臉愁容。看見雨澤，荒江一下衝了過去，問情況如何。

「命是保住了，但人是廢了。」

「怎麼會這樣！」荒江一跺腳，衝進房間。

其他人也跟著進了那間房間。房間裡的床上，躺著一位小老頭。雙眼發直，微張著嘴，嘴唇上滿是乾澀的死皮，可以聽到極淺的呼吸聲。小老頭的腦袋上緊緊地綁著繃帶，繃帶在額頭的位置洇出了血跡。

想必這位就是陸澤了。

雨澤默默地走到小老頭陸澤的床前，用手在他眼前晃了晃，感覺他的眼皮微弱地動了動，算是有一些反應。

「搶救回來後，就一直這樣了。」雨澤嘆著氣說，「在路上時，倒是還說了幾句話。」

「到底誰幹的?!」

「陸澤說是來了一個賭徒，找他們倆賭命。恐怕那個賭徒就是……那天見到的勝七。」

這天中午，陸澤和空澤兩人又像近幾天一樣匆匆地離開了。原本比較在意的天澤，剛想追上去問問他們到底在忙什麼，正看到勝七跟到了他們兩人身後。那種尾隨和之前跟著梁啟時完全不同。就像一匹餓狼已經盯上獵物，露出了獠牙，只不過獵物還沒有察覺到一樣。然而，此時機敏的天澤覺察到的是另一個危險的信號，一切都要以小姐的安全至上，因此一念之間還是放棄了陸空二澤，而是立即去聯繫了《新聞報》，要求把小姐的文章撤掉。為什麼要撤掉，天澤自然察覺出了其中的問題，這個問題關乎小姐的名聲。在看到勝七的那一瞬間，天澤一定意識到就連勝七這個局外人都已經看透，事情不能再繼續任其發展。

等天澤聯繫完《新聞報》，終於撤下稿子，再回來找陸空二澤，為時已晚。

陸空二澤到底發生了什麼，只得聽雨澤據尚存意識時的陸澤斷斷續續說的內容，重新組合講述出來。

大概就是他們照往常那樣向蘇州河方向去的路上，忽然有個敞胸露懷穿長袍的傢伙堵了上來。並且一上來就莫名其妙地說：「無論是誰，只要做出任何一點危害大小姐的事，我就絕不手下留情。」

只要稍懂武功的人都能看得出，眼前這個賭徒一丁點武功都不會，就算是和普通的地痞打架估計都贏不了。因此有空澤在，兩人一點都沒害怕。

勝七笑著帶兩人去了僻靜的地方，隨後說要與他們用賭定勝負，賭注是命。

到底賭的是什麼，頭部被刺了一刀的小老頭陸澤並沒有說清，恐怕就是最簡單的擲骰子賭大小。但在陸澤斷斷續續的描述中，倒是說到這個亡命賭徒，在賭的過程中一直用一個奇奇怪怪的小型機器計數。一開始兩人根本沒有在意這個裝置，三人的賭局，各有勝負，誰都沒有占到什麼便宜，幾乎是旗鼓相當。可是就在有一局之後，勝七的那個裝置突然彈出了七個白色彈片。就從這一刻起，不知是怎麼個鬼使神差，陸空二澤怎麼也贏不了了。勝七每贏一局，就按下去一個彈片。五局過後，兩人的籌碼全部輸光了。

籌碼輸光，賭局結束。

勝七笑著從袖子裡掏出一把破破爛爛的單把剪刀出來，對兩人說：「好了，把命都交來吧。」

兩人當然沒當回事，又是一把這麼破爛的剪刀，根本感覺不到一丁點威脅。可是下一秒，小老頭陸澤自己都不知道到底發生了什麼，魁梧的空澤被勝七鎖喉，而勝七的單把剪刀已經精准地破開頭骨骨縫插進了自己的眉心。

聽著雨澤的複述，所有人都沉默了。

殺人的動機……除了機敏的天澤有所察覺以外，恐怕只有梁啟是最清楚的了。正是陸空二澤偽造了麵粉廠爆炸的那個打火石證據。看似是給了荒江獨家的線索，可以讓她更為輕易地戰勝梁啟，卻把她引導到了錯誤的路上。

無條件地保護荒江，勝七確實用自己的方式堅守著這個信條……

荒江，看見空澤的屍體和已經成為廢人的陸澤，哭了。卻不是當著眾人的面，而是在聽了雨澤的講述之後，悄悄地躲到了角落裡落淚。她是不會讓別人看到自己如此脆弱的一面，哪怕別人都已經猜到。

決戰篇

From *The New Daily News*

MECHANICAL WONDERS

新新日報館：
機械崛起

第十六話・新年

剛入夜，譚四就找到梁啟的住處來。梁啟以為他是發現了勝七的蹤跡，結果卻是其他的事。

自從麵粉廠爆炸事件之後，勝七就再不見人影。原本梁啟很是在意，想要把這個傢伙找出來繩之以法，但跑遍了租界的大大小小公開的地下的所有賭場，全沒有了這傢伙的蹤跡。三個多月轉瞬即過，看來也沒什麼希望，也就基本放棄了。

時間眼看就要到西曆的新年。雖然華人並不十分在意這樣的節日，但洋人們已經開始蠢蠢欲動，無心工作，等待著新年的到來。租界裡無論是英國美國還是法國德國的總會大樓，都張燈結綵起來。原本就奢華的高大洋樓，到了夜晚，因為電氣彩燈的懸掛就變得更加耀眼。

「最近太不對勁了。」譚四坐在梁啟的房間裡，隨意拿起一支鋼筆，在手裡把玩了一下，和梁啟說了起來。

譚四所說的不對勁，實際上梁啟也有所察覺。

新年臨近，新開的幾家洋人的百貨店，都在門口張貼出打折大酬賓的廣告。到了夜晚，更是把巧克力、咖啡、紅酒、香檳、松露全都擺在了百貨店的門口兜售，洋人們三三兩兩在這些攤位前有吃有喝，挑著他們的年貨。原本這已經算是上海新的傳統，但就是這幾天，梁啟發現無論是最繁華的大馬路、黃浦灘還是人頭攢動的跑馬場，只要是人多的地方，都莫名地出現了一些看上去就有些違和、不大對勁的人。到底是哪裡出了問題，梁啟又一時說不上來。

「你聽說過有個叫『過身客』的吧？」譚四低聲說著，「我現在越來越懷疑他要捲土重來。」

聽到「過身客」三個字，梁啟不禁打了一個冷顫。這個名字早已是令人聞風喪膽的都市傳說。

當然，就算是做新聞記者見多識廣的梁啟，對這個過身客也只是聽說過他的種種恐怖事蹟，而從未親眼見過，也根本不想見。

關於過身客的傳說，時間基本上都停留在甲午之前，發生地在華界和法租界相交的位置。大概是為了營造氣氛，傳言裡並沒有提到已經開始安裝到大街上的電氣路燈，而是還由影影綽綽的自來火路燈照明。在那段時間裡，每到夜晚就會有一個西裝革履風度翩翩的男人走在這樣的大街小巷上，他白淨的臉被自來火路燈照得紅潤，也更讓人覺得可親。然而，這只是表面，只要你被這個男人盯上，恐怕只有受盡折磨而死的結局。男人會在夜晚的街道物色獵物。對於獵物他有什麼樣的偏愛，傳言自然也是眾口不一，有的說專挑小孩下手，這樣的說法自然比較傳統，但更有說是專挑青壯年下手，這就更加給這個夜晚出沒的紳士平添了不少不可捉摸的詭異感。但不過，無論是怎樣的喜好，傳言中他的手法倒是相對一致：風度翩翩的紳士騙取了獵物的信任，隨後就任其帶去了老巢。

這位紳士正是過身客。為什麼會有這麼一個奇怪的稱呼，有人說因為他本身就是死人，「過身」在閩南話裡就是「過世」的意思，因此就是稱呼他是個活死人。也有的人說是他自稱「過身客」，被他抓走又僥倖逃出來的人將這個稱號傳播開來。

「自稱說」倒是更可信一些，不然上海人為什麼要特意用一個閩南語詞彙來形容怪人。關於過身客的老巢的地點同樣眾說紛紜。有的說就在華界和租界的交界處，一處荒廢無人的弄堂，石庫門的鐵柵欄永遠緊鎖，裡面就是過身客的棲所。也有的說是在郊外的別墅。然而，具體是在什麼郊外、什麼別墅，就又說不清楚。

過身客最可怕的地方，自然是因他而死人，且屍體的死狀都相當駭人，就又增添了不少恐怖氣息。在過身客最為猖獗的那幾年裡，幾乎每隔一星期左右的時間，就會有一人失蹤，隨後不久便會發現此人的屍體。絕大多數屍體慘不忍睹，有的是腦袋破裂，腦漿被什麼東西吸食一半，有的是內髒全無，如果屍體只是半成白骨，已算是最體面的。或許正是因為屍體的慘狀，過身客的另一個身分也就被大肆傳開：斯文的食人魔。

既然是這種食人魔一般的存在，想想在夜晚的大街小巷很可能就碰上，恐怖感立即飆升，而整個事件最恐怖的就是，你根本不知道過身客長什麼樣子，在深夜裡，只要看到路燈下有穿著西裝的紳士，就都有可能是過身客。

「可過身客已經是甲午之前的傳說了……」

梁啟雖然打著寒顫，但理性還是督促著他根據事件進行思考。

「首先，過身客，確有其人。」

譚四一臉認真，看上去一點都不像是在開玩笑。這樣反倒更讓梁啟感到緊張，就像這個恐怖的都市傳說即將發生在自己身上，比方說樓下的電氣路燈下，正站著那麼一個西裝革履風度翩翩的男人，仰頭看著自己這間租住公寓的窗。

在W實業成型之後，譚四擁有了更多的信息渠道，從而在查這個過身客上，有了新的進展。風澤是這方面的能手，他不僅精通多門外語，閱讀速度也是神速。譚四在獲取足夠的信息之後，交給風澤來幫忙篩選。而篩選出來的信息，確實讓譚四有所發現。

早在同治年間，美國的耶魯大學招收過不少中國留學生，那都是由中國留學第一人容閎帶去的天才幼童。這些天才幼童，能活著到美國，再考上大學，又能順利畢業活著回到國內的，都成了才，比如詹天佑便是容閎帶去美國的第一批留學生之一。可以說，幾年來容閎帶去的天才幼童，後來全成了大清國不可或缺的人才。

但在資料裡，譚四發現與詹天佑他們同期前往美國並考上耶魯大學的，有一個人從畢業後就銷聲匿跡，再無可考資料。僅此一點，就已經相當不尋常了。而更有趣的是，這個畢業生從英文名字往回推斷大概是叫木西，卻也根本不在容閎所組織的幾批留學生名單之中。

什麼地方多冒出來了一個人？怎麼又在好不容易畢業以後消失了？

「影子替身。」

譚四像是完全看透了梁啟的疑問，直截了當地說出了自己的判斷。

詹天佑一期的美國留學生，是容閎從美國留學回來以後籌劃了許久才終於開始招生的。那是同治十年（1871年）的事，容閎在福建選拔招收了第一批天才幼童，登上了前往美國的輪船。可以說，在當時這些孩子去美國，就跟打包送給河伯沒什麼兩樣，家裡人根本就沒有抱他們能生還的希望。

估計過身客這個名字，也是那時候有的，也或許那時還叫過身仔。

到底當時去了多少幼童，容閎提交的名單記錄在案的是三十人。

但實際上，誰都知道在海上航行數月，對那些幼童來說，能不能全員活著到美國都是一個問題。因此，在三十名幼童的背後，理所當然地還挑選了成倍數量的幼童，隨時填補空缺。影子替身，也就是這些幼童的身分。他們沒有經費，沒有正式的身分，甚至於沒有名字，只有等待。

數月後當輪船終於抵達紐黑文港時，到底已經有多少影子幼童成了正身只能是塵封在三十多年前的事情，完全無法考據，回來的那些人又有多少還是曾經的本體，除了當事人以外也絕不會有誰知道了。

不過，如果這個木西就是過身客的話，有一點是確定的，就是在航行過程中，他並沒能晉級。到了美國，那些沒能晉級的影子幼童下落如何，更是不可能有所記載。容閎從清廷申請來的經費極為有限（在那時距離庚子之變還有三十年的時間，更沒有美國退還回來的庚子賠款留學經費），三十名幼童能安排讀上預科考入大學已經是極限，因此抵達美國之後，雖然活下來卻不幸沒有晉級的影子幼童們就理所當然地被放棄了。反正他們本身也根本沒有被記錄在案，永生都將只是影子。

影子幼童們或許絕大多數都成了童工死在美國西部。但顯然這個木西活了下來，不僅從過身仔成了過身客，還在沒有預科教育的條件下考上了耶魯大學。從耶魯大學的檔案紀錄中可以看到，木西不僅考入大學，讀了醫科，還順利地畢業了。

畢業之後，木西並沒有留校，從此消失在耶魯大學的檔案庫中。

還是那個假設，假設木西是過身客，那他必然早已從美國回來。這樣的人才，就算再怎麼隱匿，恐怕也還是會因為一些小事而顯露頭角。

很快，譚四就發現了新的線索，與過身客鬧得最凶幾乎同年略早，在紹興附近的村子發生過一次不大不小的病災。從記載上看，最終被定為肺蛭病。患病的表現非常駭人，一開始只是咳嗽，後來逐漸咳得嚴重，就有類似於濃血伴隨著劇烈咳嗽嘔吐出來，這樣的症狀人們會以為是肺癆，但看到嘔出的血裡居然還有細細長長一團一團的蟲子，才真的嚇壞了村民。更可怕的是，這種病還會傳染似的，沒過多久，全村有一半的人都在咳了。

一種比死亡還要恐怖的氣氛籠罩了全村。

村子的怪病迅速被傳開，沒有人再敢到那個村子去。但此時，還是來了一個外來人，也是村子的救星。根據零零星星極不完整的紀錄來看，此人是一個留洋歸國的大夫，在他的救治下，疫情很快得到了控制，甚至已經開始嘔蟲的人都逐漸康復了。

在甲午之前，雖然留洋不再像容閎最開始帶幼童去美國那麼困難，但去留學還能回來的人仍舊是鳳毛麟角。這一個留洋的大夫，十有八九正是木西了。

木西到底在那個村子實施了什麼樣的治療，當然不可能有記載，隨後木西再次消失於眾人的視野之中。緊接著沒過幾個月，過身客出沒在了上海。

譚四特意和雨澤了解了這個後來人稱之為「肺蛭病」的病。雨澤專門跑到涵芬樓去查了大量醫學資料，國外的案例也有不少，回來後逐一講給了譚四。聽了這些，譚四心裡反倒有數了。

「什麼意思？」梁啟一頭霧水。

「現在正是把這個過身客揪出來的大好時機。」

梁啟沉默下來。不用說，姑且不計抓到這個數十起命案在身的傳說人物，就算拿到足夠的證據揭露這個人的身分，也已經是個重磅新聞。然而……只是想一想那個過身客，梁啟已經又是一身冷汗。

不出所料，譚四扔給了梁啟一沓子材料。梁啟打開翻了翻，大體上心裡也有了數。這份材料可謂是一份相當翔實、細緻入微的情報，其中記錄了近半個月來在租界裡突然冒出的那些梁啟也發覺不大對勁的人的活動規律。而這些人，在情報上被標注為「鐵爵爺私兵」。

鐵爵爺？梁啟多少聽說過這個人，而且更是早已意識到萌新女校事件也好，那次譚四和他的同門私鬥也好，甚至還有後來很多事情，恐怕都或多或少和這個鐵爵爺有所瓜葛。不過既然自己決意不加入W實業，這一層的祕密還是不去追問更好。話又說回來，譚四講了這麼多，看來剛才說的過身客和這位有著爵位的皇親國戚還是有著什麼關係了。

「其實已經相當明確。」譚四等待梁啟又翻了翻那份情報才開始說，「只是還差了一些細節需要繼續調查，但我現在不得不去處理些棘手的事。所以……」

譚四遲疑了一下，還是沒有接著說下去。

其實譚四不說，梁啟也清楚，前不久被譚四視為大姐頭的女俠在虹口的寓所祕密試驗炸藥，結果不慎爆炸，不僅自己被炸傷，行蹤也被暴露，只好緊急撤離。撤離需要有人掩護，其他人根本靠不住，與大姐頭多年的交情，危急時刻，譚四毫不猶豫，立即挺身而出。

既然已經到了這個份兒上，梁啟不幫這個忙怎麼也說不過去，更何況自己雖然不是W實業的人，但合作關係也不能完全無視，況且就算是出於譚四本人……只是梁啟還是從心底裡哀號著：「我只是一個記者呀！又不是巡捕警察……為什麼總是有這種危險的事要處理。」

也罷也罷，大丈夫身在世間就要敢作敢為……梁啟繼續給自己鼓勇氣。

倒是譚四先把話說開了：「只要暗查就行！千萬別輕舉妄動，有什麼事就立馬知會我。我會立即趕過去處理。你也不會真的想去惹那個過身客的，對吧。」

梁啟苦笑著點點頭。

「不過，要快。我懷疑如果慢了，事件會迅速惡化，結果要比十幾年前只是死個十來條人命要惡劣得多了。不出意外的話，你調查清楚後，我們在張園安塏第那裡碰面。」

「為什麼不去妙卿那裡？」

「張園人多，反倒也挺安全，太危險的事別波及更多人。」

梁啟又點了點頭，這次他是在給自己下決心。

「還有……」譚四給了梁啟一個底端有拉環的竹筒，「裡面是一發煙花，特殊樣式的，萬分緊急的時候，就拉那個拉環，裡面有遇氧自燃的火藥，煙花一放出，我就能立即知道你的位置。當然，最好你根本用不上這東西。」

從來沒見過譚四會這麼囉唆地一件事一件事交代，梁啟不禁覺得有些緊張。不過，他還是接過那個竹筒，像是收藏一支昂貴的鋼筆一樣，放進自己的手提包中。

譚四交代得差不多了，就匆匆地走了。看著譚四消失之後，梁啟把房門鎖緊，拿著情報，開始思考接下來該怎麼做。

從譚四給的情報上看，這些被標注為鐵爵爺私兵的人出沒地點還是很集中的。梁啟把上海地圖拿出來，在上面開始逐一圈點。

基本上是三個地點集中出沒著鐵爵爺私兵：黃浦灘上的英商上海總會門前、外灘公園、大馬路上的遠洋銳利百貨公司。

不過……

多說無益，先去看看現場再繼續規劃。

情報內容早已記在了腦子裡，梁啟把譚四給他的情報統統扔進火盆燒成了炭灰。隨後穿上最不惹眼的長衫便裝，戴著頂瓜皮帽，又檢查了一下火盆裡的灰，沒有什麼遺留，便出了門向著黃浦灘而去。

黃浦灘的新年氣氛已經越來越濃。電氣路燈似乎也都開得更加明亮。一邊是銀行也好還是其他什麼外資公司也罷，氣派的洋樓一棟緊挨一棟，另一邊是黑壓壓的黃浦江和停靠在岸邊的遠洋貨輪。有些貨輪還冒著黑煙，能聽到甲板上用英語歡歌起舞，大概是剛剛抵達上海港，連同聖誕節一起，開起了歡慶party（派對）。

英商上海總會，也是在黃浦灘的馬路上。可以說它是在黃浦灘這裡最古老卻直到此時依舊是最奢華的洋樓建築。上海開埠半個多世紀的興盛和異變，幾乎全可由它來擔當見證。半個世紀以來一如既往的樣貌，典型的英式三層磚木結構洋樓，每一層都有近似於陽臺一樣的走廊朝向黃浦江，走廊有一根根象牙白色的歐式石柱。因為臨近新年，在每一層的石柱上都掛起了電氣彩燈。這樣的總會大樓，即便是在有電氣路燈照明的黃浦灘，還是輕易地脫穎而出，反而還因為自己的華麗為黃浦灘夜色再添濃厚一彩。

這裡是英國僑民商人的俱樂部，又是會員制，即便是洋人也不可以隨便出入，因此裡面到底什麼樣子，只能是從傳聞中猜想。但大體設置還是有一定概念，內部有大小彈子房（小彈子房是檯球廳，大彈子房是保齡球館）、餐廳、酒吧、棋牌室、閱覽室等，統統為了娛樂。從外面望去，多少能看到些室內布置，似乎也都滿是節日的氣氛，隱約還能聽到裡面用留聲機放著音樂。

在總會大樓外面，自然還是聚集了很多華人。一部分看上去像在等人，也有人偶爾向總會裡張望，好奇洋人們的洋節是怎麼個樣子，更有些小商小販挑著擔子準備在這裡賺點洋人們的錢，以及一排打算等到深夜拉上幾個在酒吧喝得東倒西歪的洋人多賺幾個銅板的人力車夫。而正是這些人之中，在梁啟眼裡看去，確確實實有不少人略顯怪異。他們不像其他人那樣總是四處張望，而只是默默地或站或坐在那裡。一點都沒有好奇和害怕洋人警衛的感覺。

這樣的人，大概有四個。梁啟把每一個細節都觀察到位後，立即離開了總會大樓。再到外灘公園，情況和總會大樓那裡差不太多。

這個公園曾經因為一直以來不允許華人進入而引起過多次抗議，現在雖然並不再對華人有完全的禁入園規，但也仍舊只許擁有入場券或者穿著西裝的華人入場。車夫也好，船家也好，或者還有些苦力，坐在外面無所事事。

有三個。梁啟計算著便裝的鐵爵爺私兵的人數。不過，也或許公園裡面還有，如果是私兵，弄一身西裝甚至於弄到入場券都不是難事。

公園裡，洋人們學著中國人的習俗，布了很多不倫不類的彩燈，一些洋人三三兩兩穿著洋裝西服，在燈前指指點點。

實在無法看全公園裡的人，最終梁啟放棄了，直接去了最後一站：遠洋銳利百貨公司。遠洋銳利百貨公司在大馬路中段，也差不多是公共租界的中央位置。

剛剛蓋起來的新樓，有四層之高，幾乎是磚石結構，與英商上海總會大樓那種帶有濃厚文藝復興時期樣式的設計相比，現代得多，方方正正，氣派得很。而在樓頂還專設有一個朝向四面的自鳴鐘，走著洋人的時辰，每小時都會敲響音樂來報時。

在百貨公司這裡的熱鬧程度可以說是比其他兩處翻了好幾倍。不僅百貨公司大樓裡面燈火通明，貨物琳琅滿目，就連門口也全是打折促銷的商品。如果說在總會大樓那裡，華人們還只能悄悄地趴在窗子上窺視，那麼在這裡，華人完全可以毫無顧忌地踏入洋人的新年慶典之中。人多，也就變得更加複雜。

梁啟在整棟百貨公司大樓內部上下觀察，疑似鐵爵爺私兵的人至少有十個之多。況且人越多，他們也同樣越警惕。梁啟決定不多停留，先離開再說。

情況基本上已經掌握，此時梁啟不能回住所，那樣萬一有人跟蹤，很有可能會等到夜深人靜，在住所裡對梁啟下手。因此，只能去最為安全的妓館躲上一陣子。

到了妙卿的房間，梁啟低聲對妙卿說了兩句。妙卿心領神會，便裝作和客人打情罵俏了一陣，讓房間裡的氣氛不至於被懷疑到。

第二天一早，梁啟就穿上存放在妙卿房間裡的西裝，打扮得像個外資公司的買辦，出了門再次去了百貨公司大樓。

想要暗查，首要就是先讓自己融到環境裡去。

白天的百貨公司，相對於晚上來說要安靜許多。大概是因為洋人們在白天都得去公司裡按照他們的時間去上班，只有下了班，他們才活回主人的樣子。不過，再次來到百貨公司大樓，梁啟並不打算進去。內部在頭一天晚上已經全都看清楚了，如果再進去，假若撞上便裝的鐵爵爺私兵，難保不會被懷疑到。因此，他直接到了百貨公司大樓旁邊的小巷。那裡是梁啟早已看好的地方，是一家看上去還不錯的西裝裁縫店。坐在店內，透過窗子剛好可以看到馬路對面的百貨公司大樓的出入口大門。

梁啟拿出一張常用的偽造名片給店家，稱要給老闆的女兒定制一身洋裝。店家看梁啟談吐和穿著都不錯，自然相信，便盡心盡力地為梁啟服務。梁啟按照荒江的樣子給店家描述了一遍，店家自然希望女孩自己來才好量尺寸，梁啟說要先讓大小姐喜歡了她才會來，店家便立即去畫設計稿了。

趁著店家忙著畫稿的空當，梁啟坐在窗邊，就像是看風景一樣觀察著百貨公司大樓的大門。

之所以要定制女孩的洋裝，自然是因為設計起來相當複雜，可以給梁啟足夠的時間觀察。一天的時間轉瞬即過，夕陽下大樓的大門前又熙熙攘攘起來。而鐵爵爺私兵反倒在夜幕之前已經讓梁啟看得心裡有數，無須在這裡繼續了。此時，店家也畫出了第十稿給梁啟，梁啟看了之後不禁心動。這個店家確實辛苦，不妨真的給荒江定制一身算了……便真心地把十幅設計稿都收進手提包裡，謝了店家，說了一句「盡快聯繫」便離開了。

不用再去外灘公園和上海總會，一天的成果也讓梁啟更加確信自己一開始的判斷：雖然是三個地點，但最終他們是打算在百貨公司大樓動手。

其實這也不難判斷，主要是另外兩個地方雖然洋人更加密集，但華人很難進入，即便外灘公園並非完全禁止華人，但如若行跡可疑還是會被立即逐出，華人在外灘公園裡太過顯眼。不容易進入，對打算進行恐怖襲擊的組織自然不利。放棄另外兩處是必然的選擇。而從陸陸續續、來來往往了不下四五批鐵爵爺私兵前來調查過百貨公司大樓內內外外的各種實地情況來看，也就更加確信了。

那麼現在剩下的問題就在於他們打算什麼時候動手。以及這些私兵到底和那個過身客有什麼關係。

原本已經打算回妙卿那裡的梁啟，忽然站住了腳。聽著旁邊一家不算起眼的番菜館正播放著實際上已經過去了的聖誕節相關的音樂，一下子意識到，也許根本沒時間給自己慢條斯理地寫調查報告給譚四了。況且，恐怕譚四現在也根本不在W實業，而在為了幫大姐頭脫身奔走。

聖誕節已過，後天也就是西曆一九〇七年一月一日了。洋人們喜歡聚在大自鳴鐘下面一起喊著數字倒計時迎接新年，所以在明天晚上，這裡就一定會聚來相當人數的洋人，一起喜迎新年的到來。那樣的話，太合鐵爵爺的意了……

梁啟一咬牙，扭頭又回了百貨公司大樓附近。

第十七話・目擊

西曆新年的鐘聲剛剛敲響。在上海的租界區，有幾處都建有大自鳴鐘，鐘樓下面都聚集著剛剛倒計時歡呼、正處在興奮歡騰氣氛下的洋人，也有不少來湊熱鬧的華人，甚至還有從虹口過來的日本人。

忽而，就聽到了警笛聲響起。

所有人都驚慌起來，不知道到底發生了什麼，更不知道發生的事情嚴重與否。但既沒有看到爆炸，沒有看到火光，也沒有聽到槍響，只是全城戒備一般地四處響起警笛。

躲在妙卿房間裡一整天的梁啟，聽到警笛聲四起，也慌了神。妙卿同樣有些緊張，不再是一如既往的懶散，輕聲走到窗前，從窗簾縫往外看了又看。

「不行，我得去找他。」梁啟咬著牙擠出一句話。

妙卿也不退縮，點頭說：「現在我這裡最安全，說什麼也要把他弄過來。」

梁啟從沒想到妙卿她會是這樣一個豪邁又果敢的女子。雖然自己也才剛剛死裡逃生，該去做的終究得去，即便已經違背了自己處事的原則……但要救的那是譚四……

不容分說，讓妙卿房間的門簾仍舊是放下的情況下，梁啟悄悄地溜出了妓館。

四馬路上還沒看到有吹著警笛的巡捕。梁啟算是放心一點，一溜煙鑽進小巷往前走。實話說，前一天的驚魂未定，此時又要出發去面對未知的危險，多少還是帶有著本能性的恐懼。

真是沒想到，這一年的最後一天竟然是這樣度過。

在前一天，梁啟還以為自己完全可以應對。在確定了跟蹤的對象後，他只是假裝成一個下班後無事可做的上班族買辦的樣子，就一直跟著過了洋涇浜，向南而去。

之所以梁啟會這麼大膽地去跟蹤，也是因為他在觀察的過程中發覺這些所謂的鐵爵爺私兵都有一個共同點。無論他們是身材粗壯還是骨瘦如柴，似乎在感知上都有些問題。在一天的觀察下，看到他們被路人撞到就有十來次。在感知方面，恐怕那個過身客也給他們做過什麼手腳。

即便是出了鬧市，走在夜深人靜的小巷裡，也根本沒有被發現。

冬季的上海夜晚，濕冷得讓人瑟瑟發抖，梁啟也搞不清自己到底是害怕還是……只是一隻手已經探到手提包裡，摸到那只竹筒。

終點是建在南市還要往南的地方，在人工堆起的山坡上有一棟孤零零的別墅。

看著通往別墅的竹林小徑，黑黝黝的裡面全是意味不明搖搖晃晃的影子，梁啟不禁又想起過身客的那個啃食人類棄屍荒野的傳說……

已經都走到這裡了，梁啟嚥了口吐沫，把手從竹筒上鬆開，藉著竹林的沙沙聲，上了臺階向那棟別墅走去。

從外面望進去，美國鄉村風格的兩層加閣樓坡頂別墅，總共有四扇窗是亮著燈的。分別是一層左下角的房間、二層全部和三層閣樓樣子的小窗。

太安靜了。

當梁啟潛伏在別墅的鐵柵欄門邊上，等了許久之後，不禁下了這樣的結論。雖然都亮著燈，但是一丁點動靜都沒有，況且從外面看實在看不出所以然，只能鋌而走險進到裡面看個究竟。

圍著別墅的圍牆轉了一圈，梁啟終於找到一處距離一棵樹比較近、有可能翻得進去的地方，嘗試了三次才終於跳了進去。

院子裡面是典型的別墅庭院，和荒江的家也差不太多了，中央有噴泉，別墅前是草坪和修整得有幾何美感的樹。這樣的庭院布局對潛入者來說好壞參半，好處在於視野基本上不受阻擋可以觀察得很清楚，而壞處也在於此，很容易被暴露。

梁啟本來就不是什麼專業密探，就算沿著牆根的陰影向別墅靠近，都顯得笨手笨腳不協調起來，便更加緊張了幾分。

或許算是幸運吧，梁啟小心翼翼地走到了別墅的一扇窗前也沒被什麼人發現。他悄悄地探頭向那扇亮著燈的窗內看。

一眼看去，驚訝不已。

這個別墅內部和想像的完全不同。沒想到裡面幾乎完全是被掏空的，成了一個直通三層閣樓天花板的大開間。所以幾間所謂亮著燈的房間，其實都來源於同樣的光源，那麼沒有亮的窗，反倒應該是單獨的房間。

在通透的屋內空場裡，也是古怪。僅從這扇窗很難看全，只是能看到貼在牆邊是一排排大型玻璃罐，罐子裡面全都裝著意味不明的液體和浸泡在液體裡的密密麻麻的……蟲子？果然是蟲子！但蟲子是死是活看不清楚，只能看出它們種類各不相同。而比起蟲子來，更為顯眼的應該是，在最遠處有一套和這些蟲子玻璃罐完全不是同一風格的區域。在那裡更像是一個機械製造廠，幾個冷冰冰的操作臺和車床之間，坐著一台怪模怪樣有雙臂卻沒有雙腿、只有輪子的大概近三米高的大型機械。這東西……怎麼看也像是一台用於戰鬥的機械兵器。只是它看上去，長時間沒有動過，是廢棄了？還是……

忽然……

一張面無表情的臉，出現在了梁啟的眼前，就只隔了一扇玻璃窗。

驚叫一聲，梁啟被嚇得一屁股坐到地上。隨後立即翻身要跑，卻聽見三樓有開窗戶的聲音。梁啟顧不得太多，翻過身來立即連滾帶爬地往別墅的大門跑。但只聽頭頂似乎有什麼重物一下子飛過，就看到一個粗壯的傢伙從天而降，重重地跳落到了他面前。

梁啟又是「啊」的一聲，扭頭再向反方向跑。見到又有一個面無表情的傢伙從三樓的窗口一躍而起，跳落到了自己面前。落地後，立即向梁啟撲來。

這麼高，他們不覺得疼嗎?!

根本來不及多想，此時梁啟已經把那個竹筒握在手裡。在前後兩個怪異的壯漢撲上梁啟的一瞬間，梁啟已經右手握住竹筒朝天，左手拉掉了那個拉環。只見拉環被拉掉後的小孔裡閃了一下白色的火星，右手手心感到劇烈的一震，「嘭」的一聲爆炸，在一道強光下，一顆禮花彈一樣的火球直飛上天。

也許是爆炸的強光對近在咫尺的兩個壯漢有致盲效果，要麼就是純屬被突然的爆炸震到，反正就在這一瞬間，兩個壯漢都定住了。

當然，定住也只是一瞬。

即便只是一瞬，對毫無反擊能力的梁啟來說也是救命的時間，他根本不顧什麼方向，再次連滾帶爬先從兩人夾擊之中逃離。

面前正是圍牆，梁啟便用自己都大吃一驚的矯健身手一躍翻了出去。同時，那顆火球也在天空中爆炸。梁啟仰頭瞥了一眼，本以為特殊圖案會是個W字母之類，然而卻是……一隻貓的圖案……

根本沒時間管得了什麼貓形圖案的信號彈，梁啟扔掉手裡的竹筒立即往別墅的另外一邊跑。跑不多遠，有一塊大石頭，剛好可以藏身。

之所以沒有往竹林小徑下面跑，是因為梁啟太有自知之明，他知道如果自己那樣跑的話，估計也只是剛剛跑出竹林就會被那幾個傢伙給追上，反倒白白浪費了剛才脫身的機會。所以最好的選擇自然是迅速躲起來，然後等待救兵。

看來剛才翻牆出來時，沒有被更多的人看到。抑或是這些人的腦迴路有些問題。自己消失在他們的視野範圍內，他們不知道推理到牆外來找，而是亂糟糟地在院子裡四處亂撞。聽腳步聲，大概已經有六七人在院子裡了。

這樣的局面雖然是好事，但院子裡亂糟糟卻沒有人說話，只是聽到四處亂竄的腳步聲，說來也是恐怖。

只有盼著譚四快些來救自己了……

過了不知多久，在院子裡的腳步聲依舊亂糟糟沒有停下來時，忽然梁啟聽到有什麼動靜從竹林小徑外傳來。可還沒等梁啟判斷出來那是什麼，就聽小徑外有人喊了一聲「梁先生！快！過來！快」，是……是黃樟?!

梁啟差點沒摔倒在藏身的大石頭旁邊，心裡不禁罵了起來，怎麼是黃樟不是譚四?!黃樟你小子這麼一喊還不所有人都過去了?!但罵歸罵，根本顧不了太多，只能衝出去了。

果然和梁啟預料的一樣，當梁啟衝出來跑在竹林小徑上時，院子裡的一群壯漢就如同終於接收到了信號一樣，蜂擁地破院門而出，追趕上來。而且，這幫人的奔跑速度遠遠超乎了梁啟的想像。梁啟還沒跑出去十米的距離，已經有三個人如同獵豹一樣瞬間奔到了梁啟身後。

或許是太幸運，梁啟這一跑，手提包也翻了個兒，那八頁洋裝的設計稿統統散落在身後的小路上。剛剛奔到梁啟身後的壯漢，正一腳踩到一張。

如果是平時，踩到一張紙並不會怎樣，但因為他的速度過快，反倒因為腳下摩擦力的突變而失去平衡，一下子摔倒在地。緊隨其後的幾個也猝不及防地疊羅漢一般摔了下去。

梁啟擦著冷汗終於穿出了竹林小徑。

在小徑外營救他的原來不只是黃樟，一台左右有兩只大車輪樣貌極為怪異的車停在小徑路口。梁啟立即知道了這是什麼。之前見過，這是夏天時那場水龍大會南洋公學派出參賽的水龍車。只不過現在，它沒有裝水箱。

「別愣著了，快上來！」

黃樟和一個學生騎在左右兩只大車輪裡，雙腳都踩在踏板上蓄勢待發。

不想那麼多，梁啟立即爬上尾部的梯子。他剛剛雙腳離地登上梯子，黃樟和那個學生就已經開始拼命蹬起腳踏板。水龍車一下啟動，速度提升極快。幸好梁啟抓得牢，不然一下就被甩下去也不好說。

水龍車剛剛飛馳起來，五個壯漢就噴射一般從竹林小徑裡衝了出來。

梁啟爬進了水龍車後面如同蠍子尾巴一樣的小操作間。沒有水箱，自然這個操作間也沒有實際用處，坐穩的梁啟，終於感覺自己是獲救了。

可是他還沒真的把氣喘順，就聽到黃樟又大吼起來。

「我去！那幾個都什麼玩意兒?!怎麼跑得這麼快！」

梁啟立即回頭看，沒想到五個壯漢飛一樣地狂奔在這輛以速度見長的水龍車後面。雖然還不至於立即追上來，但恐怕稍有失誤或者速度稍慢下來一點都凶多吉少了。

「大招！換五擋呀！」

這時梁啟才注意到，原來在最前端的駕駛室裡操控水龍車的是大招。從背影就能看出他也緊張得不得了。

「已經是五擋了！」大招也吼了起來。

「我去！拼了！」

黃樟剛沉默了片刻，突然又吼了一聲。

「大招！認識路嗎?!」

「不認識！」

「我去！」

只有風聲，還有水龍車各處飛輪高速旋轉的蜂鳴聲。

那種心驚膽戰，直到此時又要去找出了事的譚四時，梁啟還是想起便心跳加速。

到底去哪裡才能找到譚四……

實際上在新年夜之前，譚四是給梁啟捎過口信的。在黃樟和那個學生都開始體力透支，水龍車速度變慢，五個怪物一般的壯漢迅速追上的時候，終於水龍車也衝進了有人煙的市區。

其實，進入市區，大家就更擔心了，因為道路變得複雜，各種突發事情都有可能發生。但市區的燈光一出現在五個怪物壯漢視野範圍內，立即起了意想不到的作用，他們突然齊刷刷地急停站住，互相用眼神交流了一下，扭頭回了市郊。

他們真的消失後，水龍車上的幾個人才終於鬆了一口氣。看上去，黃樟已經又急又累又怕得快哭了。

水龍車的速度放慢下來，緩緩地停到了不礙事的一個街角。幾個人從水龍車上下來，各個都被汗水給打透了。喘了好久的氣之後，黃樟才說起了那個一同駕駛水龍車的學生。這個學生面色白皙，看上去相當文靜，雖然也是一身汗，但仍有一種處亂不驚的淡定。

「這是我的同學，叫喬均。好像大招和他也認識吧。」黃樟彎著腰擦著汗，一點也不像是在介紹人。

喬均？確實聽大招提起過，這個時候的大招開始認真地和地澤學習各種機械知識，還時常會去南洋公學找一個朋友聊天，偷學些考南洋公學的技巧。好像那個朋友就是叫喬均。還以為會是一個愣頭愣腦的傢伙，沒想到這麼溫文爾雅。

梁啟向喬均笑了笑，點頭致謝。

「對了，您就是梁啟梁先生沒錯吧？這是譚先生托我捎給您的。」喬均從他側挎的一個背包裡掏出了一隻銅軸，遞給了梁啟。

「啊？為什麼他托你捎信，而不是直接找我？」黃樟忽然憤憤不平地抗議。

「當然是怕你一緊張就給忘了。」

梁啟顧不了他們之間拌嘴，拿過這根銅軸看了看，上面布滿位置不一的圓頭短針，一下子就明白是幹什麼用的，卻還不知具體內容是凶是吉，只好先塞進手提包裡，日後再看。

這時大招才終於開口說話，聲音有些顫抖地問：「那……那剛才的那五個到底是什麼怪物？」

他一定是希望兩位南洋公學的菁英學生能給他最為確切的答案，但兩人只是相互對視搖了搖頭。大招又看向了梁啟，梁啟雖然知道些過身客的事，自己又目擊了那些裝有各種蟲子的玻璃罐，但也僅僅只能算是猜出一半，不好過早就下結論，便只好也搖了搖頭。

「不過……那些玩意兒真的不會危及到這裡嗎？」黃樟也惴惴不安起來。

梁啟自然不能說他已經監視這些怪物有一陣子了，並且推測他們要在新年夜動手。因為一來還是不要引起恐慌為妙，哪怕只是如此小範圍的也有可能一發不可收拾；二來根據剛才那些傢伙迴避市區的行為判斷，他們一定是受到什麼命令不能引起民眾的懷疑或者關注。那麼，破壞這次即將發生的恐怖襲擊，大概就還有辦法了。而且剛好這個辦法也只有梁啟能做得到。

不知算不算歪打誤撞，譚四給梁啟的那個信號彈煙花，煙花的樣式太過出奇，夜空中忽然爆炸出一個貓頭樣子的煙花……正好可以以此為引子寫出一篇新聞來，新聞就來介紹一下那個放了貓形煙花的地方其實是市郊的一棟竹林別墅，記者親自走訪，發現那裡不僅僅是豪華別墅，還是一個傳播泰西千奇百怪科學的展覽室，實在是有趣得很，值得市民關注。如此即可，而竹林別墅與過身客的關係，萬不能提。曝光只能適可而止。適度的曝光，對他們來說就是一種威懾，這種威懾至少可以保證他們在新年元旦的計劃必須推延了。當然，一旦發表了這篇新聞，自己的安全也就成了問題，但那都交給新年以後的自己再去發愁吧。

想定對策，梁啟便安慰了幾個年輕人一番，讓他們放心，絕不會讓那些怪物亂來，隨後和他們告別，獨自趕回新新日報館，開始寫那篇必須要寫的新聞稿了。

譚四托喬垧捎來的那根銅軸，正是在將近一年前，梁啟還是一個報館新人重逢譚四時，譚四給他的寫稿人偶裡的部件之一。現在在妙卿的房間裡還有一台用於通訊的寫稿人偶，只要把那根銅軸裝上，內容自然而然就可被寫稿人偶寫出來了。

「有變、散」。

只有這三個字和一個頓點……但顯然能看出譚四遇到的事情有多棘手。

「散」，也就是說不要再去早已約好的張園安塏第會合了？那麼反過來說，他更有可能獨自過去。沒有什麼特別的原因，只是出於對譚四的了解。那個地方人多，相當多，而且人的構成也相當複雜，譚四必然認為那裡是最安全的，可以藏身。

走在大馬路上，燈光依舊明亮，但因為過了零點也有半個多小時，聚在街上的人逐漸散了，然而到酒吧酒館餐館裡的人反倒多了。洋人們就是喜歡這樣的熱鬧，一直熱鬧到天亮也不會覺得累。

警笛聲基本上已經平息。街道顯得更加寂靜了一些，但這樣的寂靜到底意味著巡捕放棄了還是已經抓到了譚四，就不得而知了。也更加令梁啟心急。

加緊了腳步，卻不能過快而讓路人特別是偶爾出現的巡捕產生懷疑，梁啟一路繼續向張園趕去。

要說最為繁華的大馬路已經靜寂下來，那麼張園就可以說是仍處在新年的歡慶之中。在張園裡，人多得嚇人。安塏第門前的草坪，滿是穿著華麗洋裝洋服的洋人們，男男女女有的點起煙火，有的三三兩兩在草坪上跳舞歡歌。草坪邊還搭起了幾個棚子，棚子裡銷售著炭烤肉、熱紅酒等等吃食。

梁啟從他們舞動的扭曲的身體之間穿過，聞著熱紅酒的酒氣混雜著刺鼻的香水味道，鑽進了安塏第大樓內。安塏第裡面也同樣成了舞池，曾經是華人們集會演說的地方，現在成了洋人們的樂園。他們同外面的人們一樣，有吃有喝，有說有笑，唱歌跳舞，吵鬧得讓人心神不安。

不過，正是在這個大廳的角落，梁啟忽然看到幾個已經喝得東倒西歪還在胡言亂語的洋人身旁，地面上有一小攤血跡。

梁啟愣了一下，立即追尋著血跡往大廳的角落去找。

果不其然，譚四正坐在地上。只不過，顯然他的狀態非常不好，雖然看上去出血不多，只是左手受傷，但從眼神和臉色來看，已經疲憊不堪到了極限。

看到梁啟出現在眼前，譚四只是虛弱地說了一句：「沒遇到喬均？」

「別說那麼多，趕緊跟我走。」

反正譚四也無力反抗，梁啟半扛著他，從安塏第側門出來，塞進了早已叫好讓車夫等在張園門口的人力車裡，並放下了保暖用的車簾。

也許真的是這幫群魔亂舞一般的洋人，無意間保護了譚四。

要抓譚四的顯然不是西捕而是清廷的華捕。不然不可能在吹了這麼久的警笛的情況下，卻根本沒有人到最熱鬧的大自鳴鐘附近搜查。就算在租界可以有清廷的巡捕，巡捕也完全不敢在洋人聚集的地方滋事。新年夜的張園，確實是譚四明智的選擇。

妓館裡也進入了深夜環節，大廳裡寂靜無人，所有的客人都在各自的房間裡尋歡作樂，沒有誰再會有閒工夫去看一個人架著一個傷員進到妙卿的房間。

「總算救回來了……」

妙卿又恢復了懶懶的語調，但動作麻利，幫著梁啟把譚四放到床上，又端來一盆熱水，幫譚四擦拭了左手的傷，簡單包紮了一下。

也是在包紮時，梁啟才仔細看了譚四的傷。只是被什麼利器砍到左手，沒有傷到筋骨，也沒有傷到動脈，才終於放下心來。譚四的狀況看來並非是手傷所致，恐怕這幾天別說休息，就連睡覺都沒有過了。

「床上有血跡了，萬一巡捕來查怎麼辦……」梁啟忽然又擔心起來。

「這還不簡單？把他塞到床底下，然後你過來，我就說我來了那個，但梁大爺您還是強要和我睡。」

「確實是個辦法……」

「當然了，我辦法多了去了。那麼……」

梁啟正想再次讚歎妙卿的果敢和智慧，忽然聽到她這話鋒一轉，立即意識到不妙……非常不妙！還沒等梁啟做出反抗，妙卿已經率先笑吟吟地說出了口，那眼神也同樣不容反駁，犀利得甚至可以直接刺死竹林別墅裡的那些怪物壯漢。

「那麼，我既然都幫了這麼大的忙，給我額外加錢吧。」

就知道會是這樣……

梁啟揚起了頭，無助地看著天花板，說不出話。

第十八話 · 前夕

從南洋公學的大門牌樓出來，是跨過法華浜的一座小橋，當年盛宣懷出資創辦南洋公學時才搭上，因此直接命名為南洋公學橋。可以說，這座南洋公學橋對南洋公學來說，也是一種寄託和象徵了。多少心懷抱負的畢業生，就是從這座橋走過，去往公學之外的大千世界實現報國理想。

黃樟，也再次從南洋公學橋走過，當然「走過」只是因為這是他從公學去W實業的必經之路而已。

過了南洋公學橋，走不遠是一條不寬的街道，路兩旁都是高大的法國梧桐。因為已經過了新年，洋人們的狂歡散去，一時間恢復日常，從而即便是傍晚，街上也還算清靜。黃樟正優哉遊哉地準備去搭船，忽然看到街邊有一個老頭向自己走來。大概是因為這個老頭相貌穿著都太過稀鬆平常，一開始根本沒有注意到他，直到他已經即將走到自己跟前時，黃樟才突然感到一陣危險的氣息。然而，對方是個老頭，能有什麼本事？黃樟正打算等老頭近身時再次施展他那三招迷蹤拳關節技，就見還在兩米開外的老頭一抬手，從袖子裡噴出了一個什麼東西。隨後他便不省人事了。

譚四的傷，實際上並不算重，只是左手在戰鬥中被刀砍到。而正如梁啟所猜測的一樣，譚四之所以會幾乎喪失意識地躲在安塏第的角落裡，只是因為他過於疲憊，完全透支。

足足睡了一整天之後，除了左手還不能動以外，基本上已經恢復。

既然已經被梁啟救回到妙卿這裡，譚四也沒有話可說，吃光了梁啟給捎來的整整兩隻烤雞之後，跟妙卿道了謝便離開了。

妙卿給譚四包紮得相當仔細，左手不僅用紗布給纏好，還不知怎麼懂得了西醫外科的方法，用個包袱皮將譚四的手纏好吊在了脖子上。這樣吊著，整隻手都覺得輕鬆了許多，譚四一邊注意著是否還有搜查自己的巡捕，一邊擺弄著自己的左臂，一邊思考著接下來到底該怎麼辦。

就在譚四還沒走到黃浦灘找船過江的時候，忽然有個人迅速向他靠近。

譚四心中一笑，別看自己傷了一隻左手，但只聽這傢伙的步法就知道根本不是自己的對手。只不過轉念一看，周圍人頭攢動，如果大打出手，一定會引起騷亂，以自己現在的處境來說可是相當不利的。這傢伙果然還是知道自己的底細了？所以聰明地選擇了這裡？

那人已經迅速靠近到了譚四身邊，譚四只好準備見機行事，要是真動手也是沒辦法的事了。

走到跟前，那人卻什麼動作也沒做，只是低聲說：「黃樟在我們手上，立即去竹林別墅贖人。」便迅速離開了譚四身邊。

譚四本想回身抓住這個人，但還是停手了。在眾目睽睽之下，不可能制伏這麼一個人當人質，去做交換。看著那人遠去的背影。這樣的做派，依稀讓自己懷念起曾經給大姐頭辦事時的時光，不過就在元旦，大姐頭的隊伍算是垮了。

那個竹林別墅，這兩天聽梁啟的描述已經知道個大概。恐怕鐵爵爺的那些奇怪私兵，還有劉龍的怪異，都源於那裡。以自己現在的狀況，去了能應付得了嗎？還要把黃樟救出來……顧不了那麼多，只能先去會會看。

竹林別墅的位置，譚四早就從梁啟那裡知道了。直接搭船到了附近，再跑著過去。這裡果然是一條竹林小徑。譚四沿著小徑往深處走，上了緩坡，就看到了那棟三層坡頂別墅。別墅的大門敞開，正等著譚四到來的樣子。

天色逐漸暗下來，別墅裡的燈點亮。和梁啟所說的一樣，四個窗是同時亮起。事已至此，就算是一群鐵爵爺私兵，也只能硬闖了。譚四直接走進院子，推開了別墅大門。別墅內光線明亮得甚至有些刺眼，倒是藉著燈光一眼就能看清內部的布局。

大廳如梁啟所述，完全被打通，站在裡面如同在教堂裡一樣，屋頂高高在上。然而，不同的也有，大廳過於空曠了一些，根本就沒有梁啟所說的那些裝滿蟲子的玻璃罐。譚四又迅速環視了一下，牆面多處都有明顯的櫃子印跡，也就說明這裡是剛剛被清空。而唯獨那台突兀的大型裝甲機械，還是和梁啟所說的一樣，坐在牆角。那個是……

還沒等譚四再仔細去看，就聽有一扇門緩緩打開。

譚四回頭，正見一個老頭，推著一個樣子極為古怪的輪椅出來。輪椅上坐著的正是惶恐不安的黃樟。黃樟一看到譚四，立即張大眼睛，但似乎事先受過什麼威脅，並不敢出聲。

「有膽識，真敢單刀赴會。」推著輪椅的老頭倒是泰然自若、慢條斯理地誇讚了一下譚四，「不過，我勸你別輕舉妄動，我知道你的本事，但只要我動一動這個扳手……」老頭指了一下他手扶的位置：「他立馬就能被撕散架嘍。」

聽這個老頭一口京片子，到底他是什麼人譚四已經猜出七七八八。只是一來他看不出那個怪模怪樣的輪椅到底是什麼機關，二來也還沒搞清這棟怪異的別墅裡是不是有什麼陷阱，因此不動是最明智的選擇。

「我也不多說廢話了，雖然我是個老人家了，但在咱這兒不講這些禮數，我自己介紹一下，老夫姓雷，單名一個鯤字。」

聽到這個名字，黃樟自然沒有什麼反應，但譚四確實為之震驚了一下。雷鯤，在早些年裡，那也曾是一個赫赫有名的人物，只不過甲午之前就和洋務派的官員百般不合，早早退出朝野。要說雷鯤的本事，那倒也是非同小可，幼年時就進了魏源門下，專攻泰西科學。被當時人稱為《海國圖志》的一代。只可惜這一批聰明絕頂的學徒，個個都是古怪脾氣，從政路上全軍覆沒，沒兩年就銷聲匿跡，無人再提了。最終可笑的是，魏源的《海國圖志》反倒傳到日本，因為影響頗深，成了日本率先維新成功的重要一環。

雷鯤到底是哪年生人，譚四並不清楚，但算來現在怎麼也應該有七十歲了。竟然一直活著，還這麼硬朗，僅此一點就足以令人驚歎。更令人驚歎的是，從現在的情形來看，顯然他是在甲午之前退隱便去了鐵爵爺那裡，那麼譚四所見到的鐵爵爺的那些稀奇古怪的槍炮，甚至後來譚四一直移作他用的死光炮，恐怕都是出自雷鯤老爺子的設計了。

忽然，譚四意識到這個屋裡的角落，那台大型裝甲機械，大概也是他的傑作之一吧。

這葫蘆裡到底賣的是什麼藥……

雷鯤老頭自然就是在等譚四腦中生出一百個問號來，看著他微微皺眉、目光緊鎖在自己的雙手，不禁呵呵地笑了起來。

「開誠佈公地說吧，你們到底掌握了多少信息？」雷鯤老頭依然慢條斯理，但語氣不容爭辯。

「什麼意思？」

「你似乎沒有提問的資本吧。」

「鐵爵爺在搗毀所有鴉片窩點。」

「呵，銷煙這種事根本不用你來說，是大清國的子民都會做。」雷鯤老頭蒼老的手緊握在那個機關把手上，「別故意兜圈子了。」

「……」譚四沉吟片刻，「過身客，加入了鐵爵爺軍團。」

「哦？那他是憑什麼加入的，你們應該也已經知道了吧？」

「寄生蟲技術。」

這個困擾了譚四近一年的問題，在近期查出過身客的底細和行蹤，再加上新年之前梁啟親眼所見的東西，譚四終於搞明白了到底是怎麼回事。雖然原理不得而知，恐怕只有過身客才能解釋得清，但到底過身客對那些私兵還有劉龍做了怎樣的手腳，基本上一清二楚了。過身客從美國回來，或者說他在美國讀書的時候，就一直在做相關的研究。只不過恐怕沒有足夠的活體給他來試驗，直到在紹興附近村子的那場肺蛭病暴發。查到這裡時，譚四甚至開始懷疑那一次肺蛭病暴發本身就是過身客搞的鬼。先將寄生蟲種到人體內，然後觀察它的繁殖速度以及致死量等。十幾年前的過身客傳說，同樣表現出他在做著人體試驗。那麼多屍體都被啃食，並不是被什麼食人癖的傢伙咬死，而是過身客研製的不同種類的寄生蟲，從內而外地啃食了活人致死。大概真正研製成功是到一年前的事了，過身客終於研製出了多種可控的寄生蟲，也就是梁啟所見到的那些玻璃罐裡的蟲子吧。

這些寄生蟲被種植到人體內，直接在肌肉組織裡繁殖，用蟲代替了肌肉的纖維，而且還強化了人的運動神經和肌肉力度。譚四不禁想起最初在電廠前用朴刀砍進鐵爵爺私兵的腿時那種怪異的手感。

可是現在還有問題……怎麼過身客的試驗室清空了，雷鯤的大型裝甲機械卻還在這裡。

「有一手！有意思！夠厲害！竟然能明白到這一層了，老夫實在都對你心生佩服了。那你看出老夫對那個什麼玩意兒過身客一百個看不慣嗎？」

譚四不置可否地笑了，等待下文。

然而雷鯤老頭卻並沒有繼續說過身客，而是說起了別的。

「你的那個大姐頭就是鐵爵爺暗中活動多時，朝廷才終於抓到她的。我想你這手也是保護那丫頭時受的傷吧？別傷著了筋骨，那可就白糟蹋了你這一身的功夫了。」

「這個就不必您來操心了。」

「好了，那我說正題。」

老頭子說完停頓片刻，感覺就像是口乾需要用唾液潤喉一樣。

「你來這兒自然是來做交易的，我有人質，所以你沒有選擇的權利。」

老頭子又停頓了片刻。

「這裡原本是我的試驗廠，那傢伙來了以後，很多事情都停滯了。你們是幹了好事，那傢伙被你們一攪和，鼠竄逃跑了。現在，只剩下個爛攤子。」

原本想要悄悄靠近尋找時機的譚四，感覺好像有新的轉機，便立即停止即將展開的行動，等待這個老頭繼續說下去。

「你可以過去看看那傢伙，」老頭子用蒼老的下巴微微一抬，指了指牆角的大型裝甲機械，「我的寶貝，只有這麼一台，叫『飛霆甲』，和李中堂命名的那艘英國軍艦同名，十多年前要是這傢伙能動起來，大清國早就強了。」

那台名為飛霆甲的大型裝甲機械有雙臂，看上去也有厚厚的鋼板，恐怕確實是戰鬥型機械。譚四走到它跟前，又大致地看了兩眼，機械臂的關節做得相當精細而且看上去十分結實，如果只是從工藝上講，絕不比英美列強的新式槍炮要差，或者說已經超過了他們的水平。只不過，譚四在心裡還是對老頭子的觀點嗤之以鼻：「老古董，你根本就不懂世界局勢。」

然而，譚四還是拍了拍大傢伙的鋼板，以示欣賞。

「那傢伙我借給你們。」

「啊？」

「不賣關子了。」老頭子拍了一下黃樟的腦袋，黃樟嚇得尖叫了一聲，「擄他過來，只不過是為了讓你能乖乖過來接受我的饋贈。還有，再告訴你們一個消息，你們那個報道算是激怒了爵爺，爵爺決定擇日就架炮轟平洋人們的租界區。他老人家已經親自過來了，開炮時間，也早已定下，正是洋人們的星期一。現在算算，大概還有一星期時間。呵呵，緊張嗎？順便一提的是，他老人家還想看你那個大姐頭上刑場的一幕，所以時間上都安排到一起，圖個效率，過來上海一次不容易，統一完成。」

譚四已經瞪圓了眼睛，盯著這個說話慢條斯理的老頭。

「炮，就架在江南機械製造總局，全是老夫親自設計的大炮，準星射程全沒的說。五十門大炮齊發，轉眼英國人法國人美國人俄國人德國人日本人甚至我們大清國人，管他是哪國人，只要在租界區的，全完蛋。」

「您把這些告訴我，目的又是什麼？」

「我的目的？我的目的當然就是……借刀殺人了。」

他也太直言不諱了……

「我也老了，不想折騰了。我現在只想看著那個渾蛋過身客死在我面前，別的全都是過眼雲煙了。他死了，我就安心隱退。再不問任何世事。」

聽了這話，譚四只是冷冷一笑，半開玩笑地說：「那不妨來我們W實業吧。」

「少得寸進尺！鼻子剛擺這兒，你就要蹬鼻子上臉了。」

「得得，您息怒，咱還是來正經事，把黃樟交還給我吧。」

「自己過來推，還要老人家給你送過去嗎？普通的輪椅，沒任何機關。」

譚四一下子暢快地笑了起來。

老頭子根本不再理睬譚四，雙手鬆開輪椅，腰也塌下不少，轉身緩緩地向別墅大門走去。

走到大門前，正要出去，卻又回頭再次向譚四笑了笑，說：「別忘了，時間只有一個星期了。」

原本打算的是等傷養好，自己潛入到獄裡把大姐頭救出來。狀態良好的情況下，不算是太難的事，做好十足準備，一人不殺也照樣能完成得了。可是如果把救援時間一下提前到了現在的話……

譚四走到黃樟身邊，幫他把手腳鬆開。

「你到底是怎麼讓這麼一個老頭子給擄走的？」

黃樟就把自己被他袖子裡噴出來的不知道是什麼東西擊暈的事講給了譚四聽。

譚四又看了看緩緩走進竹林小徑的老頭的背影，說：「估計他那身上全是機關了。」

「現在怎麼辦？」

「麻煩是挺大的……咱們不能眼看著鐵爵爺拿大炮轟平了租界吧。」

但黃樟清楚，譚四心裡想的一定全都是關於大姐頭的行刑時間突然提前的事，然而自己在這件事上又一點發言權都沒有，只好沉默下來。又過了一會兒，大概是因為別墅裡太過安靜，安靜得幾近尷尬，黃樟就只好沒話找話地又說了一句。

「真的就這麼簡單？」

「不好說，不過兩件事倒是有些意思。一個，你安全了，這個輪椅真的什麼機關都沒有，剛才我還特意扳了一下這個。」

「萬一要是有呢！天啊……」

「另一個，咱們想辦法先把那玩意兒運回去，我看了一下，那玩意兒沒有動力系統。」

向前推了一下輪椅後，譚四忽然又說：「噢，對了，還有第三件事。」

「什麼？」

「我一隻手推不了這個輪椅，你就不能站起來自己走嗎？」

當譚四和黃樟在牆角的飛霆甲周圍研究了一番之後，確定這東西根本運不走。雖然這傢伙有輪子，但沒有動力驅使，輪子是鎖定的，根本無法轉動。而沿著機件結構很容易就摸到了它的動力系統所在，差不多就是類似於動物的腹部位置。

飛霆甲的巨大機身，除了在尾端是暴露在外的座椅和操作平臺以外，整個都是包裹在鋼板之中的，看上去相當耐打。而它的動力艙則被保護得更加嚴密，鑽到飛霆甲的底端，才在左右的車輪組之間看到動力艙的艙門。

譚四單手打不開艙門，就又爬出來讓黃樟幫忙。

黃樟彎下腰看了看，鑽到飛霆甲底盤下面，鼓弄了一會兒，打開了艙門。

譚四正想鑽過去看看情況，就見躺在地上的黃樟一起身鑽了進去。

「咦？這裡面是空的。」

聽到艙內傳來黃樟悶悶的聲音。隨後，他又鑽了出來。

「太黑了，什麼都看不見，但裡面完全是空的。」黃樟站到飛霆甲旁邊，比畫了比畫，「差不多從這裡到這裡，然後從這裡到這裡。」

譚四站在飛霆甲旁邊，根據黃樟的描述在腦中構想了一下。那麼差不多裡面有小半間屋子那麼大了。再看它的頂部，左右各有一根長方的煙囪，明白了它所設計的動力系統是什麼了。想想雷鯤活躍的年代，蒸汽機是最先進的動力系統，如此設計也的確毋庸置疑。只是，如果是蒸汽機，這個空間確實太小，怪不得雷鯤說這傢伙根本就沒能動起來。

最終只是送了一堆廢鐵，還當成什麼寶貝了。

不過，譚四還是鑽到了動力艙裡，摸黑四處探查了一下。再鑽出來，跟黃樟說：「這傢伙咱確實運不走，現在你去把天澤他們都叫來吧，不好意思讓你跑腿，但你也聽到了，時間緊迫，刻不容緩。」

黃樟沒有抱怨，立即快步出門。

待黃樟離開，整棟別墅也重歸蕭寂。冬季陰冷的風，吹動別墅外的竹林，說是一種容易令人進入冥想的氛圍，也不為過。只是譚四沒有工夫去冥想，擺在他面前的是如此兩難的抉擇。江南製造在城南，大姐頭現在被關押在虹口，如果那個雷鯤說的是真的，就真的只能選其一了。在新年前夜，已經逃走無望時，大姐頭為了讓譚四全身而退說了一句「大義為重」，沒想到這個「大義」將會如此沉重。

院子外面有了腳步聲，聽得出是黃樟他們來了。待他們進到別墅裡，看到連荒江也一起到來，倒真是讓譚四倍感欣慰和感動。別看她是個愛耍性子、脾氣不小的富家大小姐，但確實是一個相當懂得分寸和大義的人。同樣，並非W實業成員的梁啟也在其中，這樣也好，怎麼說梁啟也不是外人。

想必在來之前，黃樟已經把剛才的情況全跟大家說過了。

「那麼……」

「那麼先看看那個鐵疙瘩到底能不能動起來吧。」

聰明的荒江搶在譚四要說些什麼之前，率先向那台從沒成功獲得過動力的飛霆甲走去。實際上，所有人心中都有的是要說的，但所有人都在迴避，不願說出那個已經不會有異議的抉擇答案。

擅長機械的地澤緊跟在荒江身後，到了飛霆甲跟前，圍著它看了又看。荒江則鑽進了底盤下面那個動力艙，地澤立即俯身向裡詢問了一聲後，遞給了鑽進動力艙裡面的荒江一盞早就準備好的油燈。

所有人都靜靜地等待著荒江。

過了好一會兒，荒江才從飛霆甲的肚子裡鑽出來。把油燈遞還給地澤，又登上了飛霆甲尾端的操控檯，坐到駕駛座上，比畫了比畫，便準備下來。地澤伸手把她接下來，安穩地放下。

下來以後，荒江環視了一圈所有W實業成員並包括編外人士粱啟，最終把目光落在了大招身上。上下打量了大招半天，看得大招渾身發癢。

隨後，荒江終於笑了笑說：「我看這傢伙，也只有咱們能讓它動起來了。」

第十九話 · 出征

出征。當所有人都整裝待發在臨時的新據點「竹林別墅」時，恐怕也是譚四最不想看見的一幕。

譚四不可能真的完全相信雷鯤老頭的一面之詞，在整整一星期的準備時間中，他托天澤去暗查這些信息到底是否屬實。而天澤帶回來的消息卻是更加肯定了雷鯤老頭所言。幾天的調查因為不敢打草驚蛇，沒能進到江南製造局裡面，只是在周圍定點觀察，就見到陸陸續續聚來了數批穿著胸前「鐵」字號衫的私兵。

「能預估出人數嗎？」

「很難，但少說也有二十人。」

譚四計算了一下自己所能制伏的人數極限。可是現在自己的手傷，再加上他們的特殊體質……

「看到鐵爵爺本人了嗎？」

「沒有。」

這又是一層隱性的危機，有可能隨時爆發。現在的局勢最好的戰術自然是擒賊先擒王，但不知底細，無法速戰速決，就會平添戰友們的危險。

譚四眉頭鎖得更深。

炮轟租界區，確實應該通告官府，讓官府出面阻止，但鐵爵爺本身就是官府，再加上他既然真的能徵用江南製造局，更是說明鐵爵爺是獲得了官府的默許來做這件事。因此確確實實別無他法，只有自己帶人出擊了。

一個星期以來，恐怕最好的消息就是那台甚至可以說是被廢棄的古董級戰鬥型機械飛霆甲，竟真的根據荒江所提出的改造方案改造成功，動了起來。方法，說來也相當簡單，就是捨棄掉它原本的蒸汽機動力的設計，直接更換為W實業的一個法寶級科技器物——貓電。

當然，帶動自行車的貓電，功率上自然遠遠不足，但通過荒江的計算和設計，在動力艙中布滿採電橡膠壁，大大地增加了採電面積之後，整個功率都被大幅度提升。仍舊僅僅一隻貓，竟能足夠帶動起一台大型戰鬥機械。這是相當了不起的設計，但其中也有難題，就是不能像自行車那樣將貓半固定在貓電蓄電箱上，貓絕對不會乖乖地去蹭，因此必須要有一個人全程看管和安撫這隻電能提供者。動力艙中相當狹小，再加上新添的橡膠壁，W實業的人，也只有明顯發育不良、骨瘦如柴的大招，才能勝任。

大招倒是十分樂意，帶著在電廠旁弄起來的貓園中最喜愛的野貓前來。只是當他看到動力艙的那兩根做蒸汽機排氣的煙囪被拆除，成為給動力艙打開的兩個口徑不小的孔道時，多少還是擔心了一把。他擔心貓會從那個孔道逃走，但實際上，他抱來的貓對動力艙內部給它擺設的小玩具毛絨球更感興趣。

而真正操控駕駛飛霆甲的任務，自然落在了黃樟身上。原因倒也很簡單，這台戰鬥型機械根本沒有安裝近些年才有的機關槍，只有兩隻有機械鉗的機械手臂，因此除了譚四之外，恐怕只有黃樟的那三招關節技大概還能派上用場，只是有個前提條件，那就是在操作上真的可以融會貫通。可是這已經是最好的選擇，沒有別的辦法，只能趕鴨子上架。

不過，最終飛霆甲還是需要兩隻貓才夠。

因為在飛霆甲的動力艙改造上，又增加了兩個用電設備。譚四將那台死光機安裝在了飛霆甲的機甲底盤上，同時設有信號收發雙用天線。另外就是在動力艙中裝上了一台無線電收報機。

同時，在竹林別墅設立臨時的信號站。

兩套設備的安裝目的顯而易見，靠死光機採集圖像，發送給身在臨時信號站的荒江，由荒江掌控實時戰況敵情，迅速發電報給飛霆甲。大招在動力艙中接收電報，並快速把電報紙條讀給黃樟聽，在電報機旁還裝有一盞微小的電燈，供大招在光線不足的情況下可以看到電報紙條，電燈瓦數極低，耗不了多少電。

這樣的團隊協作設計多少能讓這些沒有戰鬥經驗的人在協作下更高效安全地完成任務。

出征……

冬季的傍晚，太陽吝嗇地收起了最後一絲溫暖，默默地沉下。

在上海縣城再往南，距離租界有了一段距離，反倒比租界區更有中國自己的年味。剛好這一天又是臘月二十三的小年，入夜後在縣城也好或者再往南些的破舊弄堂以及棚戶區也好，時不時放起鞭炮。此起彼伏，好不熱鬧。

在這樣的夜晚，飛霆甲的聲音反倒更容易被掩蓋。至少這一點，讓譚四感到略有些欣慰。

而就在飛霆甲已經預熱完畢，發出低沉的渦輪轉動聲時，天澤走到了梁啟的身邊低聲說：「也是這兩天打探到的消息，明天大姐頭將被押送轉獄了。如果被押回紹興，恐怕回天乏術。」

梁啟回眼看了看天澤，非常明白為什麼他只跟自己悄悄地說。對於這兩件事，不能再讓譚四痛苦抉擇一次了。梁啟向天澤點了點頭，隨後只是和大家說了一句「不想去什麼江南製造局，準備回報館趕稿」，便頭也不回地率先下了竹林小徑走掉了。

有些措手不及的譚四看著梁啟的背影，心中微微嘆了口氣，想來他就算去了，也幫不上忙，就不多說，開始最終部署隊伍。

大招將貓電蓄滿，黃樟表情嚴肅，雙眼凝視前方，飛霆甲已經駛下竹林小徑。荒江和負責迅速發報的風澤一同登到竹林別墅的頂層。天澤負責維護死光機等竹林別墅裡的全部程序正常運轉，地澤和雨澤作為後勤一同出征。

因為是小年，梁啟走出竹林小徑，開始向市區跑去，只有四處起伏的鞭炮聲，跑了許久才終於遇到一輛人力車，立即坐上向報館而去。

梁啟的思路非常清晰，對他來說自然不可能做到用武力去救大姐頭，但他至少可以用自己的報紙來盡可能地延緩大姐頭被押送回紹興的時間。

抵達報館，梁啟直衝上樓，根本不管其他幾位同事看到自己火急火燎的樣子而投來的驚異的眼光，拿出稿紙奮筆疾書，以「救救身陷冤案的女俠」為題立即成文。隨後，急匆匆拿給經理，要求追印號外立即發行。

然而，當梁啟看到經理慢條斯理地接過他的稿子的動作時，就已經意識到不妙。果不其然，經理只是掃了一眼文章，就笑吟吟地把稿子放到了一邊，準備和梁啟拉家常，說各種不相干的話。

梁啟當然不會遂經理的願，做出了最後的掙扎。

經理也意識到了梁啟這一次的強硬態度，立即換了一副面孔，嚴厲地盯著梁啟，不容置疑地說：「這件事，我早就知道，但我跟你說，她被抓這件事秘不可宣。」隨後，拿起那張梁啟剛剛寫好的稿子，撕得粉碎，並追加了一句「這都是為了你好」，就讓梁啟出去了。

梁啟瞬間只剩下了無望無力。遠遠地包裹在租界區之外的華界紛紛燃放起來的鞭炮聲，整個天空如同鬧了肚子一樣，嘰裡咕嚕地響個不停。

譚四一馬當先，衝到了江南製造局的門前。入夜已久，有些有錢的人家已經開始放起煙花，江南製造局背面就是黃浦江，除去總局本身的占地面積龐大之外，左右都是碼頭，反倒可以隱約看到江面，偶爾能看到花花綠綠、五彩斑爛的煙花倒影在漆黑的江面上閃現。

譚四對坐在飛霆甲尾部駕駛座上的黃樟再次囑咐說千萬不要輕舉妄動，等待他的信號行事。又對地澤、雨澤囑咐了一遍，才放心向江南製造局的大門潛行而去。

在上海城南這裡的江南製造局算是五十年前李鴻章開設的這個大型兵工廠從虹口遷來後，最為龐大完整的一處。輪船、鍋爐、機械、槍支、炮彈、水雷，幾乎所有的一切都在這裡製造生產。由於屬於軍用，沒有老百姓進去過，更不知道裡面到底是什麼樣子。只是路過可以看到在鐵柵欄大門之內的空場、面積可觀層層疊疊的廠房、一棟相當氣派的洋樓和背後永不停息的機械運轉聲音以及代表著發展和進步的滾滾濃煙。

譚四的計劃，他自己深知絕非萬全。在天澤確認了雷鯤所說屬實，至少是屬實一部分時，他就知道這裡面絕對不會那麼簡單。時間如此緊迫，又有不可測因素。只能先出一招，接著見招拆招了。

帶著飛霆甲來，便是給這一招上了保險。萬一事態有變，飛霆甲多少能拖住一些時間，不要求他們能輸出多少戰鬥力，只要給自己足夠的時間把鐵爵爺揪出來，阻止這次炮轟租界的預謀就大功告成。

剛剛翻過圍牆跳進總局院內的譚四，就聽那道鐵柵欄門緩緩地開啟了。

譚四倒吸一口氣，果然遇到的是預想中最壞的一種。顧不了太多，譚四立即向回衝，這預示著所有計劃必須全部取消，立即撤離。但他卻發現，飛霆甲在黃樟的操控下已經駛入院中。還沒等譚四向黃樟喊話，就見到原來是在黃樟身後有三個私兵正在追趕。沒有辦法，只能讓他們先到空場再說。再看地、雨二澤，已然被抓。

譚四一咬牙，別無他法，只能拼死一搏。從懷裡把改造過的轉輪手槍掏了出來。

飛霆甲已經被私兵們趕到了總局內的大空場中央。

此時，從空場一側走出一個人，樣貌年輕，穿著相當考究的西裝禮服，就像是準備參加一場盛宴一樣，只是手裡提著一個方方正正的大手提箱，看上去有些怪異。

「死老頭，居然敢把這破玩意兒扔給敵人來對付我。倒是陪你們玩玩再說，等爵爺把租界區全都炸乾淨，我再去揭露死老頭的惡行。」

譚四又看了一眼那個自言自語一樣的傢伙，心想誰管你了，便已經迅速趕到飛霆甲旁邊會合，並向飛霆甲簡短地喊了一聲：「大招！」

此時黃樟已經用架在飛霆甲機甲上端的死光機掃遍全場。

飛霆甲內傳來電報聲後，聽到大招喊道：「左六，右八，中七！」

黃樟補充說：「背後還有四個，兩個人押著二澤。」

「炮呢？」

「沒有炮！」

「可惡……」

管不了那麼多，計劃完全重新來過。譚四手握轉輪手槍，向前看看。自己對付中間七個人，迅速殺進江南製造局的大樓再說，恐怕裡面還有人。飛霆甲能拖住多久是多久，一旦拖不住，譚四再三囑咐能殺出去就殺，殺不出去就立即不抵抗束手就擒，不要有無謂的犧牲，這些人根本幹不掉，一切目的就是協助譚四揪出鐵爵爺即可。揪出鐵爵爺，譚四會立即回來與這裡做交換。

最後譚四又多說了一句給黃樟：「小心那傢伙，那傢伙恐怕就是過身客。居然還能保持年輕，絕對也對自己的身體動過手腳。」

黃樟點頭之際，譚四已經衝了出去。

梁啟同樣走到了抉擇的邊緣，事已至此，也許自己真的只有以卵擊石一般地去獄裡找機會救大姐頭了。

一年多來，報館的窗外景象，已然春去秋來變得再熟悉不過。忽而有人在華界放了煙花，一顆顆火球在空中炸開，遠得很，卻似乎還是能映得報館內或紅或綠地變換著色彩。

同事們早就下班回家過小年去了。經理離開時，也語重心長地跟梁啟說了一聲「別做傻事」。只不過，現在已經無計可施。

自己就像幽魂一樣，蒙頭蒙腦地穿戴整齊，下了樓出了報館。這路總覺得是要去關押大姐頭的監獄，卻又似乎是去往城南的江南製造局。

忽然，就在梁啟幾乎是夢遊一樣走上望平街時，一個聲音一下將其驚醒。

「最近，你一直在找我吧。」

梁啟眼前一亮，回頭向那聲音看去。雖然是冬天，已經添加了棉衣，但他還是敞胸露懷一副地痞的樣子。果不其然，是勝七。

看到勝七就在自己身後，梁啟心中一涼，難不成自己就命止於此了？可是還有很多想要完成的事情沒做，譚四也肯定還在拼死戰鬥……

梁啟心中只剩下一個念頭：不行，自己現在還不能死！便不顧一切扭頭就跑。

可是勝七一把就將他揪了回來，按在了牆上，笑吟吟地盯著梁啟。

「你這是要去哪兒呢？」

勝七陰陽怪氣地問。

梁啟看到他袖子裡的單把剪刀，破破爛爛的樣子簡直就如同是在哪個鮮魚市場隨便偷來的一樣，然而想到他用這個單把剪刀瞬間就殺了空澤。梁啟嚥了口唾沫，把頭扭過一邊，無力掙扎。

「我來幫你呀。」

「嗯？」

勝七知道梁啟肯定不會再跑，也就鬆了手，說：「你難道不是要去監獄救那個女俠？」

梁啟沒有直面回答。

勝七把破破爛爛的單把剪刀從袖子裡掏出，在梁啟眼前晃了晃，自言自語地說：「好像有點生銹了，大概還得再去弄一把回來。最近用這玩意兒用得很順手。」

「好了，咱不耽誤工夫，我樂意來幫你這個忙，怎麼樣，求之不得吧？」

「先說條件吧。」梁啟基本上恢復了平靜，重新凝視著勝七來說話。

「哈哈，夠聰明。我的條件當然就是跟我賭嘍，我呢，嗜賭如命，自然不會放過這麼個機會。一局定勝負，你放心，我現在還沒進入連勝範圍。」

勝七把剪刀放回去，又從袖子裡把那個魯班鎖一樣的計數器拿了出來，「看，還都沒開啟。」

計數器上七個扁孔裡的彈片都沒有彈起來，根據勝七所說，只有統計次數到一定程度時，七個彈片才會彈起，同時他進入獨屬於他的連勝七次的勝七領域。

「賭什麼?我的賭注你也一定早就想好了吧，是什麼？」梁啟只能孤注一擲了。

「爽快。你的賭注嘛，我喜歡賭命，但要你的命沒意思，不妨來賭譚四的命吧。」

「什麼意思？」

「你贏了，我就去救那個女俠，當然能不能救得出來，我也保證不了，但肯定會去救。我贏了，我就去把譚四殺了。不用你動手，全都是我來。怎麼樣，是不是特別划算。」

「為什麼一定要他的命……」不過，梁啟心中盤算得倒更加清楚，譚四的武功，就以勝七這個樣子，怎麼可能殺得了。

「因為他讓大小姐進了個什麼鬼玩意兒組織，非常危險!所以乾脆殺了他，這樣才能保證大小姐的安全。」

「瘋子……」梁啟不禁心裡嘀咕了一句。

「好，那賭什麼?」

「你先把賭注擺出來。」

「哦?你是想知道譚四在哪兒?」

「當然。不擺出來怎麼能稱之為公平呢?」

「現在在江南製造局。」

那裡，他根本不可能接近得了。

就在譚四突襲向前衝去的同時，譚四還是開槍了。他不想殺人，但是這些人原本就已經是被過身客用寄生蟲改造過的活死人了。並且，根據那次和劉龍對戰的經驗來看，一發子彈根本殺不了這些活死人。如果肉搏，七個人全撲上來，單手的譚四根本應付不了。擊中他們的要害，讓他們遲緩哪怕一秒鐘，譚四就有辦法殺出重圍繼續向前。

轉輪手槍裡的六發子彈幾乎同時射出，如果只觀看譚四的槍口噴出的火花，甚至會以為是正在天空中炸開的扇形煙花倒影。六個私兵的功力確實比劉龍差得遠，被子彈擊中之後，幾乎全都被高速的子彈所帶倒。就像和盛司琮的那一對雙胞胎大漢比槍法時一樣，譚四只是巧妙地一抖右手的手腕，轉輪已經彈出。左手雖然被繃帶纏緊，但拇指和食指還可以自由活動，便在一瞬間已經從懷裡掏出另一個裝滿子彈的轉輪，裝到了槍上。與此同時，第七個私兵已經撲了上來。譚四向右一個滑步，躲閃開，將手槍夾到左腋下，同時一個飛速迴旋，拳頭重重地擊在私兵的後腦，感到他的腦骨已經裂開。

最後一個私兵臉朝下重重地砸在了地上，同時也意味著譚四殺出了重圍，衝進了江南製造局的辦公洋樓。

而在私兵圍剿的另一面，卻並沒能像譚四這樣迅速突圍。除去被譚四放倒的七個私兵以外，剩餘的十六個私兵全撲向飛霆甲。

飛霆甲在黃樟的駕駛下，時而突進時而旋轉，時而拼命揮動雙臂，如同一頭在非洲大草原上被一群鬣狗圍攻苦苦應戰的大象。但這頭大象，雖然看上去慌亂至極，但一直能在最關鍵的時刻躲開鬣狗的利齒，這有賴於那位在遠程觀看實時戰況並迅速做出反應指揮作戰的荒江。大招不斷地在動力艙中大聲喊著電報紙條上的指令，黃樟便操控著飛霆甲左閃右避，甚至已經成功地擊飛了三個私兵。

譚四的判斷沒有錯，一衝進洋樓，在大廳裡，就看到了雷鯤老頭。遠遠的在大廳的另一頭，雷鯤老頭坐在一個後面架有兩根煙囪的輪椅上。

「比我想像的可能幹多了。」雷鯤老頭仍舊那樣慢條斯理。

「鐵爵爺在哪兒？」

「你也是個聰明人，你覺得我會告訴自己的敵人這種事情嗎？不過，我真是沒想到，飛霆甲竟然真的能動起來。我看到它開進來時，差點都被感動哭了。說說你們是怎麼弄的。」

譚四不多說廢話，立即向雷鯤老頭衝去。雷鯤當然不會束手就擒，沒看清到底他動了什麼機關，兩根煙囪冒起黑煙，輪椅一下子後撤進了黑煙之中。因為看不到雷鯤現在的動作，譚四急停住了腳步，不敢貿然行動。

「今晚可是小年兒，根據咱們北方人的習俗，得吃餃子。趕緊買點兒醋去，一會子咱爺兒倆吃著餃子喝一口兒的。」

聽著聲音，譚四立即判斷出雷鯤的位置，即便他手裡拿了什麼武器機關，現在也必須殺過去先把他制服再去找到鐵爵爺。但當譚四衝進黑煙時，卻沒抓到人，只聽已經在洋樓外面黃浦江前傳來雷鯤的聲音。

「別著急，一會兒等我帶爵爺一起先把租界區炸平，再來抓了你慢慢審問飛霆甲是怎麼動起來的。」

「我們來賭巷子，簡單快捷省事。」勝七依舊是那種鬼魅一般的笑。

勝七提出的賭法確實簡單得很，就是望平街旁邊的一條小巷，賭小巷從此時起第一個出來的是男是女。一局定勝負，不許反悔。

隨後兩人同時拿起一塊石子在地上寫出了自己所押的內容。

這場賭局，看似十分公平，各有二分之一的概率。但實際上，勝七已經提前出了老千。賭法是他提出的，自然他早已做好準備，作為一個常年賭博的人，記憶力和觀察力都不會差，在堵住梁啟之前，勝七正是從這條小巷走過來。走過來的時候，他將所有在自己身後走來的人都記在腦中，並記住了他們每一個人的走路速度。從剛才和梁啟交談到此時，勝七一直看著走出來的人，計算著接下來將是誰走出。因此，對勝七來說，這已經是穩操勝券。

勝七毫不猶豫，在地上寫了一個「男」字。而當他扭頭看梁啟寫的，差點一頭磕到地上。梁啟寫的是：狗（男）。

「你這是什麼玩意兒?!」

梁啟卻只是笑而不語，意思是勝負即將見分曉。實際上，當勝七提出「賭巷子」時，梁啟就已經料到他作弊了，賭，從來就不可能基於公平之上。如果把這件事說得更好聽一點，那麼就是提前看到有人進到小巷裡的勝七，是這次賭局的莊家，賭局永遠是有利於莊家的。只不過，這一次作為閒家的梁啟，卻也是手中一副「好牌」。如果賭其他的，梁啟自然沒有勝算，但算得上是自作聰明的勝七所提出的這個賭局，剛好撞到了梁啟的槍口上。勝七是一個記憶力超群的賭徒，而梁啟則是一個精於觀察的記者。這條街可是望平街，這也是勝七失算之一。再如何善於記憶，怎麼可能會比一個在這裡工作了一年多的記者更熟悉這條街呢。這個時間點，剛好會有一個家庭主婦帶著狗出來遛彎兒。由於狗的生物鐘極准，因此出來的時間也幾乎是固定的，剛好此時，正是該這條狗一下子竄出小巷，跑到望平街的電線桿旁邊撒尿的鐘點。

果然，一條看上去不怎麼樣的黃狗，從小巷中率先跑了出來。隨後才是勝七所看到的那個男人，再隨後是黃狗的女主人。

「要不要去驗證一下那條狗是公是母？」

「不用了……」勝七臉上的笑容早已消失殆盡，沒有笑容的勝七，立刻變得恐怖如厲鬼。

勝七咂嘴說道：「居然真的輸了。」

隨後勝七按動了幾下那個匣子上的按鍵，七個白色彈片一下子彈了出來。這還是梁啟第一次見到，緊盯著勝七的那個魯班鎖一樣的匣子。

「不過，你看，剛剛好。所以……」勝七特意停頓了片刻，讓梁啟好好品味一下這個「所以」的意思後才繼續說，「所以我並不想浪費這七次機會，我呢，還是要去把譚四幹掉，嘿嘿，我就是這麼一個無賴的人。只是你放心，該去救的人，我還是會去。」

說罷，勝七把小匣子收回袖子裡，揚長而去。

看著勝七的背影，梁啟忽然間意識到一件令其不寒而慄的事。如果勝七一直誇誇其談的「勝七領域」是真的，那麼……對勝七來說，賭命也是一種賭，所以只要他那個小匣子的彈片彈起，不僅僅是賭錢，就算是賭命，他照樣能贏。所以他才能那樣離奇地殺掉武功肯定比他強得多的空澤……

「等等！我好像發現什麼了，再轉向過身客那邊採集一下。」

大招大聲地讀出了新收到的電報內容。

此時已經陷入困戰，不知是黃樟的反應已經開始有些滯後，還是私兵們逐漸習慣了飛霆甲的節奏。方才的僵持局面，基本上迅速崩塌。黃樟幾次都險些被私兵的朴刀砍到。

有些力不從心的黃樟，還是按照遠程參戰的荒江的指示，強行讓飛霆甲轉頭朝向了遠遠坐著觀戰的過身客。

「就這麼一瞬間夠嗎？」黃樟立刻又轉動飛霆甲用側面裝甲擋住了一刀。

「不知道，應該行了吧……來了！」

隨後，只聽大招高聲念道：「沒錯了！大招！你爬出去，在死光機上有一個操作輪盤，照我這個數字調一遍，快！」念完以後大招才發現這一條原來是發給自己的指令，卻被自己統統念了出來，真是丟臉……

不過他立即意識到……爬出去？扭死光機的操作輪盤？現在？怎麼可能做得到！這是要幹嗎?!

電報機又響起，這回只有一個字：快！

譚四顧不了更多，必須速戰速決才行，一躍衝出了辦公洋樓的後門。前方是一片廠房，繞過廠房，便是黃浦江。正當譚四心急如焚地尋找雷鯤的蹤跡時，忽而聽到黃浦江中波濤異常洶湧。

有什麼東西緩緩地從漆黑的黃浦江下面冒了出來。就像是升出一座江中島……

第二十話・墜沉

竟有一座島，從黃浦江中浮起。

湍流的黃浦江湧上這個突然浮出的島，讓在岸邊的江浪都洶湧憤怒起來。而在漆黑的江面上，映著遠處的斑斕煙花，不甚協調。

登島！鐵爵爺必然也在島上。

江南製造局遷至黃浦江邊，目的就是方便造船，岸邊少不了大小船隻。譚四在一大堆小型蒸汽船中，找到一艘木船。踢開纜繩，跳上木船，搖著櫓便在洶湧的江浪中顛簸著向那座緩緩上浮的島嶼划去。

兩隻貓已經在動力艙中被顛得東倒西歪，即便只是看著它們，大招心裡也已經吼了起來——不能再打了！大招摸了摸兩隻貓的頭，低聲跟它們說：「再堅持一下，咱們就回家。」

飛霆甲再次旋轉震盪，坐在動力艙裡也很難保持平衡，但大招還是把兩隻貓都固定好之後，打開了動力艙下面的艙門，爬了出去。

六個車輪就在大招的左右，像是吃了菸袋油的壁虎一樣不斷地向前向後轉動得毫無規律。

假若此時從飛霆甲的底盤掉下去，保不齊會被哪個輪子給碾成肉餅。不巧的是，從一開始，飛霆甲的底盤就沒設計可以攀爬的架子，大招半個身子探出底盤，只能抓住搭架死光機的支架試試。這個支架原本就是臨時裝上，幸好大招身體瘦小得很，爬上去顫顫巍巍，但好歹還沒塌掉。

大招正抗拒著無規律的震盪旋轉小心翼翼向死光機爬去時，聽到黃樟大喊：「快呀！大招！我快擋不住了！」忽然也是心神一亂，差一點被甩下來，不禁想罵，又根本分不出神來和黃樟拌嘴。

終於，大招爬到了死光機的尾端。

幸好他對這架死光機熟悉得很，恐怕熟悉的程度在這些人中僅次於譚四了，好歹它也是去年冬天譚四從大姐頭那裡拿回來就一直是他來給它安裝支架調試電源，第一個使用它的人還是大招自己呢。當時也是冬天的夜晚，也是有一群鐵爵爺的私兵，只不過那時有譚四，他一下子就把幾個私兵全打翻了……

「快呀！」

「好了！調好了！」

「然後呢？」

「我哪兒知道呀！」

「電報！電報來了！」

大招也聽到電報機又「嗒嗒嗒」地響了幾聲，但自己想要反過身再爬回去，至少也需要半分鐘的時間。現在已經感受到黃樟開始慌手慌腳，完全沒了章法。大招一咬牙，看準時機，跳下了飛霆甲。雙腳剛一落地，大招立即向前一竄，剛剛好從動力艙的艙門洞口鑽了進來。此時飛霆甲猛地向前衝了一下，艙門一下撞到了正在空中向動力艙內躍入的大招的肚子上。

值得慶倖的是撞擊的角度還算不錯，並沒有把大招撞出動力艙，而剛剛好給撞了進去。大招到了動力艙裡，根本顧不上被撞得想吐的疼痛，立即把艙門關上，以保不會掉出去。

「好了！發射！」大招只是如實地讀了那條電報。

「什麼發射呀?!」

「我不知道！」

但就在黃樟已經抓狂，覺得自己立即就要被這些難纏的私兵砍成肉醬卻完全無計可施的時候，他推動操縱桿，右機械臂一掄，竟又打中擊飛了一個。這次擊中的手感簡直如同打了一記本壘打一樣爽快到了心窩裡去，就連黃樟本人都為之大吃一驚。接下來又擊飛一個。接二連三，忽然覺得自己有如神助，越戰越勇。

梁啟卻感覺自己已經糟透了，永遠會把所有事情搞砸。在這條街上，他已經生活了一年有餘，卻從沒能做出任何像樣的事情。甚至於就算他贏了勝七的賭局，卻還是如同輸掉了全部一樣，他根本沒有辦法阻止勝七。

轉過望平街便是四馬路。只要入夜，這裡就永遠是如此的燈紅酒綠、歌舞昇平。人們歡笑著玩鬧著，把兜裡最後的銀子全都花光，從來不會在此刻想到下一秒到底會迎來怎樣的命運。

而眼前，梁啟已經走到了妙卿所在的妓館。他站在妓館門口，定了定神，打起了精神，這是最後一搏。

「大招，到底怎麼回事？」

不僅自己一口氣將所有的私兵全都打飛，看到地澤和雨澤也都掙脫開了擄住他們的私兵，黃樟才終於回過神來，知道一定是剛才遠程的荒江用死光機做了什麼，才會有這種效果。

「我好像明白了。」大招對著艙外一邊說，一邊把兩隻貓從皮帶上鬆下來，抱在懷裡安撫著它們，「當初這個死光機本來就是從鐵爵爺那裡搶來的。恐怕是我們一直錯用了它的真正用途，這玩意兒……大概就是用來控制那些私兵的。」

「荒江可真是厲害，靠傳過去的圖就發現另有一台死光機，還能立即算出干擾頻率？」

「可怕得近乎魔鬼了……」

「喂！大招！」剛剛鬆下一口氣的兩個人正聊著，黃樟忽然又緊張起來，向著孔道裡喊。

「怎麼了？」

「那個！那個過身客衝過來了。」

「就他一個人，怕什麼？打飛他，我看好你。」

「沒電了呀！快讓貓蹭蹭呀！」

「啊？那也來不及了呀！」

「算了，就他一個人。你快給飛霆甲充電，我直接把他制伏。」

說著，黃樟跳下駕駛座。

黃樟會的三招，全是擒拿手關節技，換言之就是反擊時才能派上用場的招式。因此，在過身客歇斯底里地衝到他面前卻沒有出手時，黃樟只能擺好架勢，擋在過身客面前。

還在拼命地向那個從水下浮起的巨形物靠近的譚四，看到了這一幕。

這完全就不是什麼江中島，一開始譚四認為它會是一艘大型的潛水艇，但當看到比萬噸巨輪還要大的雪茄形龐然大物已經浮出水面並繼續向天空升起時，譚四才意識到這是一個藏在水下的巨型飛艇。

飛艇的氣囊部分已經完全浮出水面，如同升起一座四面都是瀑布的山一樣。飛艇繼續自動解開一組錨，聽到鐵鍊脫落的聲音，一陣擴散開來的巨浪再次襲向譚四的小船。但眼看這個巨

完全地升了起來。

型飛艇就要飛出水面，就算船翻在黃浦江裡，譚四也要殺上去。

一旦它飛離，誰也阻止不了。所謂的炮轟租界區，原來是用巨型飛艇來轟……就算是想到雷鯤的話裡有詐，也完全沒有料到他們能造出如此驚人之物，這樣的實力，恐怕也只有鐵爵爺這樣地位的人才能調集足夠的財力物力來支撐。假若他手下的人能齊心協力，觀念能不固化到如此地步的話，真有可能逆轉出什麼新世界也不好說了。

譚四恨起這些勢力的不公，咬著牙在一波波巨浪中繼續奮力前行。

巨型飛艇的吊艙也逐漸浮出水面。由於飛艇藏在水下，因此這個吊艙完全看不到有窗。已經近在咫尺的譚四感受到僅僅吊艙就已經有了巨大的強烈壓迫感。

譚四搖著櫓，讓小船穿過如同傾盆大雨時屋簷下的水簾，終於到了飛艇的近前。站在小船裡，靠櫓掌握著平衡，譚四仰頭看著這個在自己面前緩緩升起的龐然大物。雖然吊艙沒有窗，或者說為了防水，原有的窗全被擋上了嚴嚴實實的鋼板。譚四將別在腰間的轉輪手槍再固定了固定，毫不猶豫，一躍而起，單手抓住了吊艙上的一條纜繩。待整個身體保持住平衡後，便靜候可以進到吊艙內部的機會。

飛艇脫離黃浦江之後，上升的速度變快，轉瞬間已經距離江面有大約十米的距離。飛艇還在上升，同時可以聽到有機械開始運轉的聲音。譚四順著纜繩滑到吊艙的最低端，果然看到一排直徑一米有餘的排水口，開在吊艙底端。排水口已經將水排淨，緩緩地重新閉合。譚四一閃身，如同彈跳起來的蜘蛛一樣鑽進了排水口中。

在排水口完全閉合之前，譚四已經從通道爬進了巨大的儲水箱中。藉著最後的光線，他很輕鬆就找到做清潔和維修用的門。當一片漆黑之時，他已經摸到了門前，三兩下將門打開。

推開儲水箱的清潔口，看到的正是預料之中的景象——紅通通幾個高功率的蒸汽鍋爐，兩個樣貌幾乎相似的燒火工，正在給鍋爐添煤，另有一個人在扳動各種閥桿。

必須速戰。譚四掃了一眼三個人的位置，在他們發現自己並做出反應之前，已經規劃出了最佳路線。譚四直接奔上左側鍋爐腳架，在那個人低頭檢查錶盤的時候，將其一拳擊暈，同時奪過扳手甩向鍋爐房另一端的那個燒火工。在扳動閥桿的那個人，即便已經發現譚四這個侵入者，也為時已晚。譚四已經站在了他的面前，同樣也只是一拳，直接擊暈。

正在此時，蒸汽機運轉中的隆隆聲下，意料之中的人終於出現——劉龍。

劉龍還是那一身舊時武館裡的短打扮。不過，顯然劉龍的身體又受到了進一步的改造。他沒了辮子成了光頭，而左側頭骨明顯是被卸下，現在用曲度還算合適的鋼板替代。不知這些是出自雷鯤還是過身客之手了。

站在遠端鍋爐房入口的劉龍雙手背後，左右抽出了兩把匕首。右手正握微收左手反握在前的雙匕首起式。

譚四把轉輪手槍從腰間拔出，用餘光又看了一下現在的場地。面對面兩台高溫鍋爐之間，算是有一小塊空地，延伸的長度因為有鍋爐的體積，還算不錯，足夠跑得開，但寬度，目測頂多只有三步的距離，太過狹窄，對於譚四來說相當不利。

然而再不利，只要面對的是劉龍，就必須迎戰了。

譚四一個側身，跳至鍋爐之間的夾道。但譚四的腳也只是剛剛落地，只見劉龍僅僅用右腳蹬了一步，就如同子彈一樣衝到了自己面前。幸好已經基本站穩才被劉龍如此神速地突襲，譚四狼狽不堪地滑步側身，多少算是躲開了劉龍的第一擊。

十年來的同門兄弟，就在上海滿是煙花的夜空中，已是波濤洶湧的黃浦江上，無聲地開始了這一場再度重逢的死鬥。

招式實在太過熟悉，因此就算第一步躲得踉蹌，譚四還是立即站穩，抬右手去格必然會來的一記補刀。然而，就在即將格在劉龍左手手腕上的一瞬間，這傢伙已經將左手縮回反向劃向譚四左腿。雖然譚四已然料到這個套路，但完全比他所預想的快了太多。再想躲已經來不及，幸好做出反應，只是被劃破不深的一道。

譚四知道現在的劉龍絕對比上一次樹林惡鬥時又有所不同，在沒探清都有怎樣的突變之前決不能輕易出招，便立即跳出戰區，重新調穩步伐。

在梁啟看來，這正是他拼死才能做到如此的最後一搏。

妙卿看著雙眼漲紅滿是血絲的梁啟，都開始可憐起他來，主動從床上坐起來，在自己屋裡固有的爐子裡用鐵釺揀了一塊燒得紅通通的煤，放進自己用的銅手爐裡，再用棉布口袋套好，遞給了梁啟。

梁啟將妙卿房間裡的所有設備統統打開，先是讀取了近一個月來W實業的數據庫中所存儲的所有新聞數據。四台小型寫稿人偶一起將梁啟想要的信息寫出，梁啟便逐一閱讀，然而結果如其所料。沒有，沒有任何一家報館報道過大姐頭祕密被捕的消息。唯一涉及到的僅有幾家報館報道了跨年夜那天四處響起的巡捕警笛聲，然而也都只是講了事件，沒有講事件的起因和結果。

想到經理所說，這件事他是知道的，到底知道多少，梁啟無從猜測，但至少不會一無所知。新新日報館是一個微不足道的小報館，經理都已經收到秘不可宣的通知，那麼大報館恐怕也都不會例外。自從「蘇報案」之後，這條線就一直繃在這裡。只是現在，估計即將要有所不同了。

梁啟下定決心，自己來做這第一個打破死寂絕望的人。

將電報機打開，梁啟雙指按到電鍵重錘上，輕輕向下一沉，重錘觸擊，第一道電流瞬間成為信號，發送出去。

雖然現在，W實業全員都在為了阻止鐵爵爺炮轟租界區而戰鬥，但在陸家嘴的那家廢棄而後再次利用起來的蒸汽發電廠，此時一切必然都還在運轉，那裡已經永不會當機。

梁啟將大姐頭的消息按其所知的一切，事無鉅細地統統發送。而接受的對方，就如每一次他來妙卿的房間發送當天的見報新聞一樣。只是將這些信息，存儲到了W實業的數據庫中。

然而，這一次，最大的不同就在於，這條信息並非見報內容，而是一條真正的未加報道的新聞線索，共享到了數據庫中。明天一早，近幾個月來所有被天澤遊說而加盟的報館，他們的記者都會看到。而這個已加盟到W實業的報館聯盟中的報館已經覆蓋到的是——全上海。

如釋重負。

梁啟逐字逐句將女俠事件的始末如實用電碼錄入到了龐大的數據庫中。

只要有人可以看到，就一定會有人開始行動的。新新日報館無法報道，不代表其他報館也都不敢，《申報》不敢，《新聞報》不敢，但總有誰會敢，上海數百家報館，以至全國，一旦出現……梁啟將一條信息，像一粒絕佳的酒麴一樣扔進了數據庫的米倉之中，只要一定時間，佳釀必會出產。

這才是譚四組建W實業的真正目的吧。而自己，只不過是這個巨大齒輪轉起來的一個小小推動力而已，依然微不足道。而這種微不足道，恐怕也是梁啟渴望追求絕對的中立的必備條件，並無任何的遺憾。做好一個「隱身人」，窺視整個世界以及歷史，才會變得更有可能。

過身客根本不屑於和他交手，在黃樟擋在路上時，他只是從腰間像是取彈夾一樣抽出一根注射器，毫不猶豫地將其中的不明液體注射到了右肩上，隨後扔掉注射器，走到了黃樟面前。

因為幼年就去了美國，又在美國長大，過身客根本就沒有留辮子，戴著一頂圓帽，穿著樣式考究的西裝，儼然是一個洋紳士。

沒想到過身客的面容會是這麼年輕。黃樟多少知道些他的傳說，如果是容閎帶去的第一批留美幼童中的一個的話，現在至少也要四十歲以上近五十歲了。但從面容上看，竟是和自己的同學們都沒什麼太大差別，一丁點蒼老的痕跡都沒有，除了眼神完全沒有一絲稚嫩，和在紳士圓帽檐底下散露出的亂蓬蓬蒼白的頭髮。

只是他的一半臉部肌肉似乎完全僵化，歇斯底里的表情只存在於另半張臉上，看上去又平添了幾分恐怖氣氛。況且黃樟深知他那一針絕對有什麼特殊功效，見過身客步步靠近，原本擺好架勢準備迎擊，卻感覺腿已經抖了起來，不由自主地一點點向後撤步。

大概沒有多少人近距離看到過身客的臉後還能活著，黃樟心中不禁有了這樣的想法。與此同時，過身客已經走到他的身邊，就像是要趕走一條野狗一樣，右手向黃樟掄去。

只要對方出招，黃樟就有辦法應對。看過身客的來拳方式，根本沒有一丁點武術基礎，在一瞬間黃樟腦中感覺放下心來。黃樟向右撤下半步，用右臂外側貼住來勢，並向其前胸推格。對付一個純外行來說，黃樟的整個動作一氣呵成，可以說是無懈可擊。接下來只要用左臂由下而上一搓，就可以借勢將過身客鎖住按倒在地了，如果再下手狠些，他的右臂也可以直接在推出時被順勢拗斷。

然而，就在黃樟借勢前推時，就已經感到完全不對勁了。雖說過身客根本沒變換什麼招式，但這外行的一拳，該借的勢有些過於兇猛……黃樟，整個人已經直接被過身客的這一拳帶飛，重重地摔到了兩米開外的地方。

地澤、雨澤趕了過來。雨澤立即到黃樟身邊察看他的傷勢。沒有受到重傷，這也幸虧剛才黃樟先是躲開側身借勢，如果直接硬格這一拳，恐怕雙手的骨頭全都要斷了。

本想協助雨澤來扶黃樟的地澤，看到過身客已經走到飛霆甲附近，便不顧一切衝了過去，就像是要搶回自己的愛人一樣。

當然，其貌不揚的地澤根本不是過身客的對手。他從背後撲上去抱住過身客，想要扭身把他摔倒在地。結果過身客輕鬆就掙脫開來，轉過身來，用那隻注入了蠻力的右臂重重地捶在地澤身上。幸好過身客根本沒有武功，這一拳雖重卻沒有命中什麼要害，打在了地澤的左肩上。恐怕有了多處骨折，地澤疼得哀號著在地上打滾。

過身客對待地澤就像剛才他對黃樟一樣，完全不放在眼裡，甚至都沒有關心過這些被自己打傷的到底是些什麼，他只是一心地向飛霆甲而去。

只不過，此時黃樟已經趁剛才的空當，跑回飛霆甲上。看電力雖然還沒充滿，但足夠使用，就立即重啟機械，投入戰鬥。

看到飛霆甲又動起來，過身客立即再次陷入癲狂，號叫起來。嘴裡罵著：「永遠是你這個死老頭！老不死的玩意兒！在我前面當絆腳石！永遠壞我的事！都給我去死！」便轉身也向飛霆甲衝去。

雨澤立即趕去把倒在地上的地澤拖了起來，躲遠後幫他做基本的接骨和止血處理。

大招當然不知道外面到底都發生了什麼，還在奇怪為什麼過身客會那麼歇斯底里，就聽到右側的鋼板被重錘一樣的東西擊中。像被敲響的悶鐘一樣，震得大招差點嘔出晚飯來。

「媽呀！外面怎麼搞的呀。」

「一會兒再解釋……啊！」

聽到黃樟又是一聲驚叫的同時，鋼板再次被重重擊中。

「你這個破爛玩意兒老古董！」過身客吼叫著，用他那隻注射過怪異藥劑被增強的右臂重重地捶在了飛霆甲的鋼板上。

「我去！他根本就把我給無視了……」雖然黃樟感覺好像自己是安全的，但同時也油然而生了一種失落。

「求你了，別再讓他捶了，我已經快被震吐了。」

「好，看我的！」

坐在動力艙中的大招感覺飛霆甲突然來了一個急速轉彎，然後整個車身顛了一下。

「啊！不好，好像軋到他，給碾到輪子底下了……」

過招四五個回合之後，譚四基本上判斷出了劉龍的新變化。不知做了什麼，劉龍的爆發力異乎尋常，同時，譚四還發現這傢伙的反應速度也超出了人類的正常範疇。只要出拳被察覺，劉龍必然能在最不可思議的時間內做出反應，再加上他的爆發力，躲開每一拳似乎都輕而易舉。而他刺出的每一刀卻都更重，角度更奇詭難防。此時譚四身上已經有了四處刀傷，幸好都不重，姑且不會影響譚四的動作和力道。

要說譚四的槍，還是滿膛六發子彈。但肯定是不可能用槍來解決眼前的危機。上一次樹林惡鬥，已經證實了除非用槍擊殺，不然子彈對劉龍來說毫無效果。雖然在江南製造局裡，譚四也開槍打過那些私兵，但顯然他們之間的意志力和武功都不在同一個層級。對那些私兵起作用的，幾乎不可能對劉龍起到作用。而另外在於，如此狹窄的空間，開槍本身就成了劣勢，子彈必然只能擊中槍口前直線上的東西，太容易預判，加上劉龍現在的爆發力，只要看到譚四抬槍口，劉龍立即就能把他封住。

不過，不一定每一方面都處於劣勢就一定會敗。利用好劣勢，反倒有可能扭轉。如何利用?自然就是靠劣勢誘騙。越是眼看就到手的勝利，就越容易引其上當。

大概是肌肉的爆發力太過兇猛，有幾次譚四都發現劉龍會不小心把招式給打老了。雖然劉龍有超人的反應和肌肉爆發力，但招式用老這一點，足可以把他所有優勢扯回到平常人的水平上來。只要捉到他一次用力過度，就可以逮到。在這一點上，譚四是完全的機會主義者。

譚四毫不猶豫，開始扔出誘餌。他抬起槍來虛晃一下。果不其然，劉龍預判的是譚四要開槍，便猛地直切他的射擊路線，右手匕首狠狠地刺了出來。顯然是因為劉龍同樣預判這一刺已定勝負，定要了譚四的命，匕首刺得又重又狠。早已猜到這一刺的路線，譚四盡最大可能地閃身讓開。雖說還是被劃到左肩，但劉龍刺空收招的全過程便統統在譚四面前近在咫尺的地方上演。譚四毫不猶豫，單用右手借勢一扭，腳下一蹬，終於將劉龍擒拿在了手下，並用槍口指在了劉龍的腦袋上。

被槍指到，劉龍卻根本沒有一絲敗北的懊悔，而是輕蔑地笑出了聲，喊道：「這東西對我根本沒有用！廢物！」便一腳重重地踹在了譚四腹部，譚四一下飛出有四五米的樣子，撞到了鍋爐拐角的護欄上。

不過對譚四這種高手來說，一回生二回熟是絕對可怕的。當劉龍腦子還沒有跟著譚四的新戰術開始轉動思考起來的時候，譚四已經在又被劃到四五刀的情況下一而再，再而三地捉到劉龍，槍也一次次指到他的腦袋上。

當然，每一次逮到劉龍，譚四也都會受到重擊，原因很簡單，以他這個正常人範圍內的力量，根本不可能真正擒拿住近乎怪物的劉龍。

將譚四第九次踢飛之後的劉龍，同樣也憤怒至極了。

「為什麼就一定要用那種沒有用的玩意兒?!你的長劍呢？你為什麼不跟我堂堂正正、痛痛快快來打！」

「你終於肯跟我對話了。」

「再給你最後一次機會，要不要和我一起去殺洋人？我再適應適應這個身體，就可以無敵於天下了。今晚炸了租界區之後，我們就脫離這裡自立門戶，殺光所有洋人。」

「你太天真了。況且……」譚四沒有把話說完，只是向劉龍挑釁地一笑，又抬起了手槍。

看到譚四的手槍，劉龍就對其怒不可遏，一下就又要殺來。但當他剛一用力蹬地，突然就全身無力地摔倒在地了。與此同時，譚四用槍口遠遠對著劉龍，嘴裡輕聲地說了一聲「啪」，繼續微笑著看著劉龍。

「你……」劉龍立即檢查自己的身體到底發生了什麼。

「你的身體，自癒能力居然也有這麼強，一開始沒有發現，真是萬分地失策疏忽。我開始割下的那幾刀都太淺，害得全白費不說，還白白挨了你好幾刀。」說著，譚四把一發未發的轉輪手槍插回腰間，把綁在左手上已經破破爛爛的繃帶解開，露出一把利刃握在譚四的左手掌心。

「專門為了和你決鬥準備的，我這隻手呀，雖然傷還沒痊癒，但本來也沒傷到筋骨，根本沒什麼大礙。上次跟你打了一次就知道，你身上已經沒有痛感了，那麼想制服你反倒變得更加容易，反正你也發現不了我動的手腳，把筋骨全都挑斷，什麼人、什麼樣的身體都不可能動彈得了了。」

「卑鄙！你怎麼現在變得這麼卑鄙！」

「好了，鐵爵爺是不是在上面？」

「……」

「你不說就是說明在了。」

隨後轉身要出鍋爐房準備上到飛艇的吊艙第二層。

「你去找鐵爵爺有什麼意義？你根本連一隻貓都不會殺，這個世界上根本不需要你這樣的懦夫。」

「我去說服鐵爵爺。」

聽到這句話，劉龍突然笑了，笑得歇斯底里，笑夠了，說：「你連我都說不服，你還想去說服爵爺？」隨後，他笑著倒在了地上。

在鍋爐房裡惡鬥了太久，又沒有窗，根本不知道飛艇飛到了什麼位置。剛才感到飛艇搖擺得厲害，恐怕是開始提速。

譚四推開鍋爐房的門，看到外面是條狹長的走廊，和任何一艘輪船的內艙沒什麼兩樣。走廊的兩側或近或遠有幾個艙門，可以聽到各種機械運轉的隆隆聲在走廊中迴旋碰撞。

現在有兩個選項給譚四，其一是在這些門中找到大炮控制室，運氣好的話直接找到大炮，然後搗毀，阻止行動大功告成。這個選項看似完美但問題很多，如何找到大炮，在根本沒有飛艇內部設計圖的情況下，只能四處亂撞。這是關乎整個租界區居民生命的事，決不能把成敗簡單推給「運氣」。況且以剛才觀察劉龍身體的自癒速度來看，剛才挑斷的筋骨，頂多半個小時就能恢復。等他恢復了，再打一次，能贏的可能性幾乎為零了。無論從哪方面來說，時間都極為緊迫。四處亂撞碰運氣的選項絕不可以了。因此，譚四毫不猶豫地選擇了選項二：繼續去抓鐵爵爺本人。

一艘雪茄形狀的龐然大物——巨型飛艇，就像是從黃浦江裡探出頭的雷龍一樣，緩緩升到天空。黃樟不可能注意不到，但他也根本沒精力去注意。

「我好像真的軋到他了！怎麼辦呀？」

「問我幹嗎？我這裡艙門被卡住了，也打不開。快下去看一眼呀。」

黃樟還年輕，從沒見過死人。在戰鬥的時候，他也從沒有真切地考慮過這個問題，而此時，當他意識到一個剛才還活生生的人，壓在了自己操作的機械車輪下面，終於有了第一次要面對屍體時的慌張。

這麼沉重的大型戰鬥型機械，當它碾過一個人時，就算這個人身上有什麼變異，那也不可能完好地活下去了吧。黃樟思索著現在過身客的存活率，跳下駕駛座，去看現場。

過身客果然已經被碾進了車輪下面，半個身子完全被右側的車輪給軋爛。現狀慘不忍睹，在考究的西裝裡面，整個人都扭曲。當年的天才幼童，第一批留美的人才，竟就這麼飛蛾撲火一般地將死在車輪之下……

他還在掙扎，扭動著整個上半身。

黃樟很想幫他從車輪下出來。正在黃樟爬到底盤下面打算做點什麼的時候，忽然看到這傢伙沒有僵化的那一半臉上，根本沒有痛苦的表情，要說憤怒確實有之，但更多的竟然是笑。笑得簡直恐怖，並且完全無視就在身邊不遠的敵人。

「死老頭，你算計我。」咬牙切齒、自言自語的過身客臉上卻還是輕蔑的笑，「你算計我到這種地步……但你這個破銅爛鐵……」

忽然過身客從腰間又抽出一根注射器，狠狠地插入自己的頸部，將裡面的液體統統注射進了動脈。

黃樟見到過身客這一連串的動作，嚇得連滾帶爬往外跑，並且向著飛霆甲裡喊：「大招！快出來！」

「啊？怎麼了？艙門打不開呀！好像是被那傢伙給卡住了！」

聽到大招的聲音從飛霆甲頂端兩個方形孔道裡傳出的同時，被壓在飛霆甲輪子底下的過身客，也忽然大喊了一聲。

「只有我才與生命同在！」

所有人都還沒反應過來到底怎麼回事的情況下，只見飛霆甲下方的過身客突然爆炸了。就像是一條青蟲一樣炸開，搞不清到底是什麼東西，全是黏稠的黑色液體，滿滿地粘在飛霆甲底盤。然而最可怕的事情是，在過身客身體爆開的同時，他的雙手用什麼東西打出了一道電弧火花。

黃樟剛要返回看如何把大招弄出來，就見飛霆甲的底盤一下子燃起了熊熊烈火。

「媽呀！外面怎麼了?!」

也感到不對勁的大招在動力艙裡極為不安地問。

黃樟還有地澤、雨澤已經顧不上回答大招的疑問，紛紛衝到了飛霆甲前。地澤看了一眼火勢，大喊：「快鏟土來！」便拖著受傷的胳膊和雨澤一起往廠房方向跑。一般來說，工廠廠房裡都會有消防設備，至少有鐵鍬。

而黃樟徹底慌了神，站在飛霆甲前，竟是不知所措。

不用誰來回答，在動力艙裡的大招很快也猜到外面發生了什麼。因為整個動力艙裡已然悶熱。他再次去開下面的艙門，把手已經被燒得滾燙根本沒法觸碰。被燙得使勁吹了半天手的大招，愣了一下，隨後立即向外喊道：

「黃樟！快到頂上來！快！」

黃樟被大招一喊，才醒過神兒來，但看到飛霆甲已經完全被大火籠罩，不知道該怎麼上去。此時，一盆冷水從頭潑下來，隨後聽到趕回來的雨澤的聲音。

「還愣著幹嗎？」

再看雨澤也是一身濕漉漉的，已經跑到飛霆甲的火海前。黃樟立即跑過去，雨澤雙手一托黃樟的腳，黃樟就跳到了飛霆甲的頂上。可是上飛霆甲上面有什麼用？這東西全是鋼板，上面沒有艙門，根本打不開……

只見一隻貓頭從通氣孔道裡探了出來，並聽到裡面喊：「快救貓！」

「啊？」

「快！」

黃樟立即伸手把貓從孔道裡拉了出來，用力向外一扔。貓在空中漂亮地翻身越過了火牆，安全著陸。隨後，再是一隻。

「好了，你快逃吧。」

大招竟然在這個時候還故作成熟。

然而，同時也聽到飛霆甲下面的雨澤喊著：「黃樟！快跳下來！快！不然跳不出來了！」

沒有辦法，黃樟只好奮力一跳，身上帶著焦糊的味道摔在了硬邦邦的夯土地上。

雨澤正在奮力地把沙土向飛霆甲揚去。但是，一來從過身客身體裡炸出來的到底是什麼根本搞不清，完全撲不滅，二來火基本上是在飛霆甲的底盤向上燃燒，沙土也好，潑水也好，都搆不到。結果只能眼睜睜地看著火越燒越大，而大招完全出不來了。

大招也真切地意識到恐怕是沒希望了。

真是討厭呀，總想著以後有機會，張園的過山車還一次都沒坐過呢。也才剛剛下定決心好好學習科學，去考南洋公學，像喬均那樣堂堂正正地成為一名大學生。那種生活不知偷偷憧憬過多少次了。真是太討厭了……好像什麼都才剛剛開始，就……那次去救梁啟，駕駛著水龍車多神勇呀，哪怕再神氣一次也好，哪怕……

好羨慕喬均，好羨慕黃樟，好羨慕荒江，好羨慕他們所有人，好羨慕……

橡膠開始燃燒起來，刺鼻的氣味迅速布滿整個狹小的動力艙。

真是太討厭了……想要向外面喊「別忘了餵貓」，卻發現嗓子已經完全啞掉，根本喊不出聲來。或許還有什麼想說，但似乎也都來不及了……

黃樟他們好像也在喊著什麼，卻根本聽不清楚。轉眼間，連那兩個可以讓貓鑽出去的孔道也看不見了……

什麼……都不見了。

一路狂奔，譚四衝上了飛艇吊艙的頂層。雷鯤老頭，微笑著坐在蒸汽輪椅上，迎接著譚四的到來。

「好像過身客他們完事了。」雷鯤用下巴指了指朝向浦西一邊的窗。

這一層呈半弧形，應該是從水中出來以後，才打開了窗板，現在的弧面全是玻璃窗，視野極佳。

譚四朝雷鯤所指方向看去，果然可以從上空看到黃浦江邊的江南製造局。同時，看到那裡冒著滾滾黑煙。譚四心中不禁更加焦急起來，不知道那些孩子都還安好與否。

「要不要坐下來喝杯龍井？這裡看煙花可是全上海一等一的角度了。」雷鯤依然說話慢條斯理，不緊不慢。

飛艇正沿著黃浦江緩慢飛行，已經快到向北而去的轉彎處。

「別鬧了老人家，您喜歡看煙花，咱們慢慢看。現在火急火燎的，多沒情調。而且就咱倆人，也不夠熱鬧，不如把鐵爵爺也叫上，咱爺兒仨一塊過小年兒？」

「放肆！爵爺是你叫的嗎？」

「得，我跟這兒賠不是了。但咱這不是著急嗎？要不咱爺兒倆聊聊？咱就光看煙花，別自己放炮了，還圖個省事，好不好？」

「你這都跟哪兒學的油嘴滑舌沒正形？」

「我從小長在通州，那京城還不就是隔壁大叔一樣。」

「行了！」反倒是雷鯤先綳不住這個勁。

譚四臉上的笑容也一下消失，把轉輪手槍又拔了出來，指向雷鯤，沒再多說一個字。

「我只是爵爺他老人家的代理。你要是真想談判，還是直接跟他老人家來吧。當然了，他老人家賞不賞這個臉，我就不好說了。」

譚四依舊沒有說話，只是用槍指著雷鯤。

「就知道劉龍是個廢物……」雷鯤自己嘀咕了一聲，開著輪椅向譚四方向而來，「別激動，爵爺他老人家在你後面。」

譚四並沒有立即回頭，因為他知道雷鯤的那架蒸汽輪椅上全都是機關，決不能掉以輕心。順著雷鯤駛過面前，譚四才轉過身去，看到雷鯤將蒸汽輪椅停在了半弧大廳直線的一面。

停下輪椅，雷鯤緩緩站起來，走向唯一一扇門前，將門打開。又坐回了輪椅上，回頭說：「我老了，站久了腰疼。請進吧。」

譚四依舊小心，讓雷鯤先進，他跟在雷鯤的蒸汽輪椅後面，進了房間。走進以後，譚四卻意想不到地愣住了。

面前，或者說這間巨大的房間裡，並沒有人，根本沒有人。當然，所謂沒有人不意味著這間面積恐怕可以占整個吊艙七成之多的房間裡就是空空如也，什麼都沒有，而是滿滿全是……

連組的巨型差分機。

簡直就如同一間超大型機房。一排排巨型差分機還有解析機聯動在一起，由蒸汽帶動，金紅色的銅軸還在有規律地前前後後上下左右轉動，聲音鏗鏘有力，只要是稍微熱愛一點機械的人，恐怕都會被這間超大型機房裡如同音樂一般的運算聲音所迷住。

整個機房都在運轉著，有條不紊。

想必雷鯤早就預料到了譚四會被震驚，他便又得意起來，有意低聲地回身跟譚四說：「這就是爵爺了，還不趕緊叩拜？」

確實，譚四完全說不出話來。但仔細想，又再合理不過，雷鯤老頭都已經老到這種程度，是當今光緒帝親叔叔的鐵爵爺，豈不是更老，老到根本動不了身才對……

「我說過，我只是爵爺他老人家的代理。他老人家深謀遠慮，早在幾十年前就將自己還有他的鐵的意志一起，灌進了偉大的機械之中，獲得了永生。我，只繼承著他老人家鐵的意志而已。所以，你想談什麼，就直接談吧。爵爺根本不在乎那些世俗禮數。」

「這……怎麼談……」

譚四立即明白了劉龍說過的那句「你連我都說不服，還想說服鐵爵爺」的另一層意思。

雷鯤開動蒸汽輪椅，領著譚四走到一張電報桌前，指了指桌上唯一的發報機，說：「會用吧？」

譚四哼了一聲。

「得，那你直接敲就行了。爵爺會用那盞燈回復。」

順著雷鯤所指，可以看到有一盞泛著奇怪的幽紅燈光的白熾燈，在正中央的差分機前面。

「你們聊聊看，沒準爵爺會欣賞你。」然而雷鯤說完這句話卻笑了起來，笑得輕蔑。

時間確實不多了，不能再繼續耽誤下去。譚四立即到發報機前，快速敲了要求撤回飛艇的電報信息。

敲完之後，就見整座機房一下變得更加熱鬧起來，「咯嗒咯嗒」的運算聲音四起。隨後，那盞紅燈閃動起來。

確實和譚四所猜的無差別，燈光傳遞信息靠的是摩爾斯電碼。然而，當譚四看完紅燈閃爍的全部信息後，發現這其中所帶的語句完全是斷斷續續不成句子的，要比市面上的民用電報文還要簡略。

說來也的確可以理解，這樣每閃動一次所消耗掉的能源都足夠燒開一壺水了。

「我來翻譯給你聽吧。沒有誰再能理解得了爵爺的簡略了。爵爺他老人家說：『殺光洋人就隱退。』」

「根本沒有必要殺戮。」譚四立即敲擊發報機，「我們只要比洋人走快半步，就贏了世界。」

「那死去的將士們的仇誰來報？」

「站到世界之巔還要什麼仇恨？」

譚四發完這句之後，並沒有再等許久，就見那盞紅燈閃了幾下。

雷鯤呵呵一笑，說：「爵爺說：『你可以滾了。』」

譚四知道如果出於節能考慮，鐵爵爺也不會繼續跟自己這個話不投機的人來繼續談判。那麼只有……

突然，機房的大門被什麼人一腳踹開。是劉龍，是那個又自癒完成跑來復仇的劉龍。

這下麻煩可大了……譚四心裡暗自叫苦。

而當譚四已經做好再戰的準備時，卻見劉龍一個爆發，直接撲向了雷鯤。雷鯤雖然是個老頭，面對劉龍的神速完全不可能做出什麼反應，但他的蒸汽輪椅卻如同自動的一般，精准地射出一把飛鏢直刺入劉龍的左胸。

劉龍高喊著「沒有用！」，就已經撲在了雷鯤面前，匕首深深地刺進了雷鯤的咽喉。

而雷鯤竟然沒有立即斷氣，而是微微扭頭看向整座機房，聲音漏了氣似的說：「我死了，誰來陪爵爺聊天……啊……」

刺死雷鯤之後，劉龍扭過頭來，看向譚四，擦了擦臉上雷鯤的血，說：「我想明白了，現在我該得到的力量全得到了，只要殺了你們這兩個老妖怪，我就能掌管天下了。殺洋人，還要殺光大清國的所有惡人。兄弟，你就答應了來協助我吧。」

然而，譚四卻只是喊道：「不要拔！」

為時已晚，劉龍已經將雷鯤射中他的那支鏢拔了出來。鏢的末端有一道彈簧機關，只要用手一拔，鏢頭就會立即被裝置在裡面的彈簧撐開，又因為鏢帶有倒刃，在強力彈簧的作用下，刺中的部位會立即劃開巨大的創傷，如果再拔出甚至連內臟都會一同帶出。而這支鏢射中的正是劉龍的心臟。

根本沒有血噴出來，只看到些細小的扭在一起的蟲被帶出。

劉龍看到自己一下子受了如此重創，也是大吃一驚，雖然可以癒合，但一時間因為心臟功能受損，也開始有些站立不住。又沒幾秒鐘的時間，在心臟癒合的過程中，他倒在了地上。

走到劉龍面前，譚四又看了看他的傷勢，不禁咂舌。從又深又長的傷口可以看到半個心臟在跳動，而它的周圍，滿滿的都是不知名的蟲在迅速生長並用身體像織網一樣重新勾連。

譚四正打算把劉龍扶起來，突然聽到一陣打開艙門的聲音。譚四立即衝出機房，趴到外面的玻璃窗上向外看。飛艇已經沿著黃浦江飛到了公共租界和法租界交界的洋涇浜，燈火通明的黃浦灘就在下方，有不少人好奇地聚到黃浦灘岸邊仰望這艘緩緩飛來的巨型飛艇。而也是此時，飛艇吊艙的最底層，譚四看到那裡打開了一排艙門，同時探出了烏黑的大炮。

看到大炮，譚四立即跑回了機房。而此時，躺在地上的劉龍還在緩緩地說話，就像是在抽水於一樣泛著咕嚕聲。

「沒事，下面的所有燒火工全都被我殺光了。那個廢銅爛鐵的老妖怪，也根本活不長。」

譚四只是從他身邊跑過時，甩了一句：「只要你別再添亂就阿彌陀佛了！」

「你為什麼就偏要跟我對著幹?!」

譚四根本不想搭理他，跑到了發報機前，打算再和鐵爵爺談判。

「好！你不是我隊伍的人，我就殺了你。」

匕首一下飛來，譚四一側身倒是躲開了，但那匕首也直接戳在了發報機上。

瞬間，譚四感覺一切都完了。大炮都已經探了出來，只要鐵爵爺不主動停止，就算現在衝下去找到火炮再搗毀，也已經來不及了。

譚四思考片刻，想了想現在飛艇下面正是黃浦江……立即做出了新的決定，轉身拖起躺在地上仍舊移動困難的劉龍，直接出了機房，朝向玻璃窗衝去，側身弓腰，連帶劉龍一起，撞破玻璃窗，飛出了飛艇的吊艙。

飛艇已經蓄勢待發，即將開炮。

譚四在墜落的空中，轉身拔出那把轉輪手槍，六發子彈，統統射向飛艇的巨大氣囊。

氣囊裡是氫氣，遇火立即爆炸。

夜空中突然炸出一團照亮了半個租界區的火球，而後火球伴隨著綻放的煙花一同，緩緩墜落。在空中燃起熊熊烈火的巨大骨架，完全無視黃浦灘邊圍觀群眾的驚叫，如同一具憤怒的魔鬼一般，墜向了烏黑卻波濤洶湧的黃浦江。

From *The New Daily News*

MECHANICAL WONDERS

尾聲：兩個葬禮或者更多

陽光，不為世事所動地再次灑在上海這座異乎尋常的城市的每一條街巷。

或許冬季很難能有如此的陽光，在上海生活的每個人，無論華人還是洋人，似乎都在打開窗的那一瞬間，心情舒暢。

這些人裡，到底有多少見識到了僅僅是前夜，那艘巨大到如同空中怪獸一樣的飛艇，在整座城市的上空緩緩掠過。就算是親眼見到那艘巨型飛艇化為火球墜入黃浦江中，恐怕也只是成為一時的談資，沒有多久即將淡忘。

譚四躺在浦東岸邊破破爛爛的小碼頭上，一動不動，仰望著難得晴朗的天空。而在他的身邊是劉龍，一具已經死透了的劉龍的屍體。

他根本不知道在自己墜入黃浦江後到底都發生了什麼。大概是逐漸恢復回來的劉龍救了自己，但之後又發生了什麼……

譚四起身來檢查劉龍的屍體。

他的前胸、後背、左肋等等有七處中刀，統統是精準地直刺入心臟，如果是普通人，每一刀都會直接斃命。再加上飛艇上已經受過一次重創，劉龍的心臟恐怕正是在這種不堪重負的情況下終於停止了跳動。

譚四又努力回憶了一下，依稀好像記起了些斷斷續續的場景。

除了洶湧的江浪拍打河岸的聲音以外，似乎是聽到有什麼船靠岸。之後是靠近的腳步聲，那時的譚四想要掙扎著起身，但整個身體已經沉重得讓自己完全陷沉在意識的黑洞之中。

隨後記得的是劉龍的聲音，「我的兄弟只有我才能去殺！」

那個人沒有說什麼，似乎只是默默地將刀刺中劉龍的心臟。譚四看著劉龍的屍體，不知這其中到底哪一處是第一道傷。

又是靠近的腳步聲，還有劉龍迅速爬起撲來的聲音，緊接著又是倒地的聲音。反反覆覆、反反覆覆，直至最終一切都靜寂下來。

最終還有什麼？那人似乎也被累壞，咂了咂舌，說了句「無聊」，就走了。

譚四從劉龍的屍體邊站了起來，遠望著江對岸，那邊仍舊是繁華喧囂的黃浦灘租界。隨後，將劉龍的屍體扛在肩上，回了自己的電廠。

被燒得焦黑不成樣子的飛霆甲，也已經在那裡了。

同樣用重獲新生一般的心情，迎來了這個異乎尋常晴朗的清晨。梁啟並不知道自己到底能點燃多大的焰火，而且他也根本不想去靠近。此時的妙卿還是那個樣子，一切俗事皆不關心，轉瞬間，梁啟倒發覺也許真的只有妙卿是自己的同類。

從妙卿的房間出來後，他直接去了報館。同事們早早都來上班，氣氛完全是進入過年狀態。沒有什麼人還埋頭苦幹，聊著昨晚去哪裡吃了什麼大餐，還有就是黃浦江上空的爆炸。

爆炸當然要見報，有人已經開始寫相關的新聞稿。標題各個嚇人。然而，梁啟卻一點也不關心，他只是在等待，等待一定會發生的事情爆發。

終於，在第三天，大姐頭見報了。內容十分簡單，僅僅只是夾雜在家長裡短雜七雜八的新聞之中出現，窄窄的一小條關於女俠意外被捕的消息。

但這已經足夠。

再過了一個星期，傳來了新的消息，有位豪傑單槍匹馬地去劫了獄，還創下了連殺七名預警的壯舉，但最終仍舊未能成功，豪傑也身負重傷逃離現場。大姐頭回天無力，被迅速推上了刑場行刑處死。

報界，集結在了張園安塏第，為這位女俠開起了不可名狀的追悼會。

一切就此都啟動了。

然而，譚四卻並沒有去參加這場追悼會，長期以來只是每天獨自去到浦東荒僻的樹林中，去陪陪兩座根本不成樣子的墓碑。這其中一座墓碑旁，立著一台巨大的戰鬥機械，它已經被擦拭得乾乾淨淨，卻永不再用。

只是，偶爾會有些野貓跑來，跳到飛霆甲的機艙上，好奇地從方形的孔道鑽進去，玩耍。

TITLE

新新日報館 機械崛起

STAFF

出版 瑞昇文化事業股份有限公司
作者 梁清散
繪師 Cola Chen

創辦人 / 董事長 駱東墻
CEO / 行銷 陳冠偉
總編輯 郭湘齡
責任編輯 徐承義
文字編輯 張聿雯
美術編輯 謝彥如
國際版權 駱念德 張聿雯

排版 洪伊珊
製版 明宏彩色照相製版有限公司
印刷 桂林彩色印刷股份有限公司
綋億彩色印刷有限公司

法律顧問 立勤國際法律事務所 黃沛聲律師
戶名 瑞昇文化事業股份有限公司
劃撥帳號 19598343
地址 新北市中和區景平路464巷2弄1-4號
電話 (02)2945-3191
傳真 (02)2945-3190
網址 www.rising-books.com.tw
Mail deepblue@rising-books.com.tw

初版日期 2023年10月
定價 420元

國家圖書館出版品預行編目資料

新新日報館：機械崛起 / 梁清散作. -- 初版. -- 新北市：瑞昇文化事業股份有限公司, 2023.10
352面； 14.8x21公分
ISBN 978-986-401-665-5(平裝)

857.83 112014186